婚約破棄令嬢の華麗なる転身

登場人物紹介
エヴァン・レイニー
潤沢な資金を持つ謎の商人。
癖の強い黒髪と紫色の瞳をした
エキゾチックな美丈夫。
アイリスの事情を知り、
援助を申し出るが……
アイリス・シュトレーン
名門シュトレーン侯爵家の令嬢。
十八歳。第二王子の婚約者として
厳しく躾けられる。緩やかな金髪と
青い瞳を持つ。しとやかながら
凛とした強さのある少女。

国王
ガルディーン王国国王。
フィリップの父。
フィリップ
ガルディーン王国第二王子。
二十歳。アイリスと婚約
していたが……
シュトレーン侯爵
厳しく気難しいアイリスの父。
マリーベル
アイリスの従姉妹。
明るく気さくな姉貴肌。
伯爵夫人。
コナー
エヴァンの従者。

第一章　まさかの婚約破棄

「――今、なんとおっしゃったのですか、国王陛下？」

自分の隣で絶句している父に代わり、シュトレーン侯爵家の一人娘、アイリスは震える声で問いかけた。

淡く輝く柔らかな金髪に縁取られた面立《おもだ》ちは、楚々《そそ》とした美しさに満ちている。深い海の色を写し取ったような大きな青い瞳は特に印象的だ。

だが、アイリスはその瞳を大きく見開き、いつもは薔薇《ばら》色に輝く頬を真っ青にしている。

季節は初春。寒さがなりを潜《ひそ》め、春の花がほころび始める季節だが――彼女たちがいるガルディーン王国、国王陛下の謁見室《えっけんしつ》には、真冬の湖より凍《い》てついた空気が流れていた。

動揺を抑えきれないアイリスの問いかけに対し、布張りの玉座に座る国王は、気まずそうに視線を逸《そ》らす。

だが、ほどなくしてぞんざいな口調で問いに答えた。

「第二王子フィリップと、そなた……シュトレーン侯爵令嬢アイリスとの婚約を、破棄すると言ったのだ」

破棄したい、ではなく、破棄する、、——

すでに決定事項として伝えられた内容に、アイリスは目の前が真っ暗になったように感じた。

（なぜ。いったいどうして……）

——アイリスが生まれたシュトレーン侯爵家は、ガルディーン王国において宰相などの要職を歴任してきた名門貴族だ。それもあって、アイリスは物心つく前に、この国の第二王子フィリップの婚約者と定められた。

それ以降、王子の婚約者にふさわしくあれと厳しく教育されてきた。

晴れて十八歳を迎え、本格的に結婚の準備を始めていた、その矢先のことである。

……とてもではないが「はい、そうですか」とすんなり認められる心境ではなかった。

「……恐れながら陛下、婚約破棄となった理由をお聞かせ願えませんか？　フィリップ殿下の婚約者として、なにかわたしに至らぬところがあったのでしょうか？」

勉強も礼儀作法も人一倍頑張ってきたつもりだが、自分でも気づかぬうちに、フィリップ殿下や陛下の逆鱗《げきりん》にふれることをしてしまったのだろうか？

さらに顔色を青くさせるアイリスに、国王はきっぱり断言した。

「いいや。そなたに問題はない」

アイリスはほっとするが、同時に戸惑いが大きくなる。

視線でそれを訴えると、国王は深くため息をついた。

「……当事者であるそなたらには、話さぬわけにはいかぬな。だが、これは王族の威信にかかわることゆえ、他言無用とするように」

王族の威信にかかわる……アイリスも同席する両親も、ゴクリと唾を呑み込んだ。

玉座に背を預けた国王は、アイリスたちを見下ろしゆっくりと口を開く。

「そなたらも、フィリップが隣国ルピオンに留学していたのは知っておるな？」

「は、はい……芸術分野の見聞を広めるためと。留学からお戻りになり次第、挙式と伺っておりましたので、こちらでも準備を進めていた最中でした」

ようやく衝撃から立ち直ったらしく、アイリスの父シュトレーン侯爵が頷いた。

「その留学先で、あろうことかフィリップは、現地の女優に熱を上げ――その女と結婚すると連れて帰ってきおったのだ！」

唾棄《だき》するような国王の言葉もさることながら、伝えられた内容にアイリスも両親も大きく目を瞠《みは》った。

「流行《はや》りの小説でもあるまいし、王子と女優の結婚など許すはずがない。本来なら叩き出してやるところだが――問題は、その女優がフィリップの子を身ごもっているということだ！」

国王の言葉に、アイリスの母はひっと喉を鳴らして気を失ってしまった。

できることならアイリスも気絶してしまいたかったが、椅子の肘掛けを握ってかろうじて耐える。

国王の話では、どうやら現在、その女優は国王直属の近衛兵監視の下、離宮に留め置かれているらしい。たとえ認められなくても、相手が王子の子を身ごもっているとなれば、下手《へた》に追い出すわけにはいかないのだろう。

そして肝心のフィリップは、王城の自室で謹慎中とのことだった。この場に出てこられないのも、外部との接触を禁じられているからだという。

「再度言うが、このことはこの場にいる者だけの秘密だ。王子が隣国で女優を孕《はら》ませたなど、外聞が悪すぎる。知られれば王家の権威が失墜しかねない」

それは確かにそうだろう。しかし……

(それだと、わたしが理由もなく、ただ一方的に婚約を破棄されたことになってしまう……)

貴族の娘にとって、結婚は人生における重大事だ。

娘本人と言うより、その生家にとって重要な意味を持つ。娘を少しでもいい家に嫁がせることができれば、姻戚によって家格を上げることができるからだ。

だからこそ貴族の娘は、幼い頃より貴婦人教育を施《ほどこ》され、夫に忠実で貞淑な妻になることを求められるのだ。

それが、結婚間近に王家から婚約破棄を申し渡されたとなれば……世間はアイリスをどう見るだろう。なにか殿下や陛下の気に障ることをしたのだと疑われることは、きっと免《まぬが》れない。

(そんなことになったら、わたしには次の嫁ぎ先など見つからなくなる……)

アイリスはとっさに、父に助けを求める視線を送っていた。

父はアイリスの視線に気づくことはなかったものの、なんとかして陛下のお考えを変えようと身を乗り出して懇願《こんがん》する。

「し、しかし、陛下もその女優を歓迎しているわけではないのでしょう？　ならば、予定通りアイリスと結婚し、生まれた子供を二人の子として引き取ってはいかがでしょうか？　女優は殿下の愛人ということにすれば……」

父の提案に、アイリスは思わず息を呑む。

確かにそれなら、アイリスは婚約破棄の憂《う》き目を見ることはなくなるだろう。

その代わり、夫に愛人がいることに目をつむって生活することになる。おまけに二人の子供を自分の子として育てるなんて……

だが、それに対する心配は杞憂《きゆう》だった。国王が重苦しいため息をつき、首を横に振ったからだ。

「余も同じことを提案してみたが、フィリップが頑《がん》として受け入れぬのだ。自分は女優を一途に愛している。その愛を裏切るような真似はできぬと抜かしてな。まったく……」

国王もそうとう参っているのだろう。片手に顔を埋《うず》めて肩を落とす様《さま》は、一国の王とは思えぬほど小さく見える。

しかし、アイリスと父侯爵に比べればまだマシなほうだ。最後の望みも絶《た》たれて、二人は文字通り絶句したまま凍りついてしまった。

「侯爵家には後日、慰謝料を送る。すまぬが、それで此度《こたび》の話はなかったことにしてくれ。――もう下がってよい」

国王陛下の言葉に、父はぎこちなく立ち上がってお辞儀する。つまり父は、国王陛下の決定をそのまま受け入れるということだ。

（嘘でしょう……？）

呆然としたまま頭を下げるアイリスは、足下が崩れ落ちるような絶望に落とされる。

あまりのことに口も利けないまま、侯爵家の三人は王城をあとにするのだった。


侯爵家へ帰宅し、意識が朦朧《もうろう》としたままの母が使用人によって運ばれる中、アイリスは父に呼びつけられて書斎へ入る。

王城では極力感情を表に出さなかった父だが、さすがに家ではそうはいかないらしい。

「なんということだ。よりによって婚約破棄とは……！　アイリス！　おまえがフィリップ殿下を虜《とりこ》にできていなかったから、殿下は女優ごときになびいてしまったのだぞ⁉」

文机《ふづくえ》を拳《こぶし》でドンッと叩いて、父が血走った目で怒鳴《どな》ってくる。

激昂《げっこう》する父から投げつけられた言葉に、アイリスは息を呑んだ。

（そ、そんな……。婚約破棄はわたしのせいだとおっしゃるの？）

思いもよらない言葉に、ショックで足下がふらついてしまう。

――確かにフィリップは、こちらが手紙を出してもほとんど返事をくれなかったし、贈り物をくれることもなかった。婚約者として一緒に舞踏会へ参加しても、最初のダンスを踊ったあとは気の合う友人たちと楽しむばかりで、アイリスはずっと放っておかれていたのだ。

それを寂しく思わなかったと言えば嘘になる。だが未来の王子妃として、夫となる方に忠実で貞淑な振る舞いを求められてきたアイリスは、フィリップにそれを伝えることができなかった。

それでも彼は、夫婦として長い人生をともにする相手だ。だからこそアイリスは、これからじっくりと関係を深めていって、二人なりの幸せを築いていけたらいいと考えていた。

――けれどフィリップは、アイリスに対してそう思わなかったらしい。

唇を震わせ立ち尽くすアイリスに、父は厳しく言い渡した。

「おまえはしばらく自室で謹慎していろ。しばらくその顔をわたしに見せるな。忌々《いまいま》しい」

――このシュトレーン侯爵家で、父の言葉は絶対だ。アイリスはぎゅっと目をつむり、ぎこちなく一礼する。

「まったく、役に立たない娘だ」

書斎を出る際、父の吐き捨てた一言が、いつまでもアイリスの耳にこびりついて離れなかった。

＊　＊　＊

それからしばらくして、王家から正式に二人の婚約破棄が公表された。

表向きは『王子側の都合により』とされたが、それ以上の理由が公《おおやけ》にされなかったため、アイリスの懸念《けねん》通り、様々な憶測を呼ぶことになった。

さらには、フィリップが従者へ「アイリスは中身のないお人形のようで、一緒にいてもなんの面白味もなかった」と不満をこぼしていたことが広まると、事態は悪化の一途をたどる。

――確かに、アイリス・シュトレーンは花のような美しさを持つ淑女だった。しかし貴婦人として模範的すぎて、一緒にいると息が詰まる。

——新しい物好きで奔放《ほんぽう》なフィリップ殿下にとっては、かなり息苦しい相手だったのだろう。

などと、周囲はさも婚約破棄の理由がアイリスにあったかのように、フィリップに同情しているという。

久々に顔を合わせた父からそう聞かされたアイリスは、驚きと衝撃のあまりしばらく口を利くことができなかった。

「噂好きの輩《やから》から散々質問攻めにされた。婚約破棄だけでも家の恥だというのに、さらに面白おかしく噂されるなど……」

「面白おかしく……噂……？」

父の口調から、それが決していい内容ではないと察し、アイリスはこわごわと尋ねてみた。

親戚の付き合いで夜会に出席していた父は、怒りをぶちまけるように帽子を床に叩きつける。

「婚約破棄の原因は、おまえにあるのではないかという話だ……！　王家が婚約を破棄せざるを得ない事情——子を孕《はら》みにくい体質であるとか、すでに純潔を失っているのではないか、と噂されていると、懇切丁寧に教えられたんだぞ！」

あまりにひどい憶測に、アイリスは真っ青になってよろめく。

「どうして……」

「王家の簡潔な公表は、フィリップ殿下があえて泥を被ることで、おまえの名誉を守ろうとしたのではないかと思われているそうだ。お優しい殿下が婚約破棄のせいで謹慎されていることに、多くの人間が心を痛めておる」

「そ、んな……」

なんとも皮肉な話だ。婚約者がいながら留学中に女優を孕《はら》ませたフィリップのほうが、世間から同情されているなんて。

「それだけ周囲がおまえに悪感情を持っていたということだ。そうでなければ我が侯爵家の一人娘が、そのような悪評を被《こうむ》るはずがない！　おまえ、よもや噂されている通り、すでに純潔を失っているのではあるまいな⁉」

父にギロリと睨《にら》みつけられ、アイリスは氷水を浴びたように背筋をゾッと凍らせた。

「お父様、なにをおっしゃるのです⁉　神に誓って、そのようなことはありません！」

まさか実の父にまで不貞を疑われるなんて思ってもみなくて、アイリスは必死に首を横に振る。

「これまでフィリップ殿下の婚約者として、恥ずかしくない生活をしてきました。それはお父様もご存じのはずです。どうしてそんなことを……！」

「知ったことか！　女が言うことなどそもそも信用できん。そうでなければ、このような噂が立つはずがないだろう！」

近くの戸棚をドンッと叩いて、父は口角泡を飛ばして怒鳴《どな》ってくる。

父の言葉に、全身が震えるのを止めることができない。アイリスは国王陛下から婚約破棄を告げられたとき以上のショックを受けて、その場にへたり込みそうになった。近くにあった長椅子の背に手をつき、どうにか身体を支える。

（お父様はもう、わたしの言葉を信じてはくださらないの……？）

きっと父にとっては『娘が王子に婚約破棄された』という事実がすべてで、これまでしてきた努力やアイリス自身のことなど、どうでもいいことなのだ。

父と一緒に部屋に入ってきた母も、アイリスを擁護することなく、ただ沈黙を貫いている。

両親にとって、婚約破棄された自分はもう、娘としての価値などないのかもしれない。

そう思った瞬間、アイリスの胸に深い悲しみが込み上げてきた。

知らず涙が滲《にじ》んで、頬を濡《ぬ》らしていく。だが声もなく泣く娘の姿すら視界に入れたくないとばかりに、父はさっと背を向けた。

「これほど醜聞にまみれ、この家に泥を塗ったおまえには、もはや求婚する者も、もらい受けてくれる者もいないであろうな」

すれ違いざま吐き捨てられた言葉が、アイリスの心をさらに深く傷つけたのだった。


それからのアイリスは、もはや生きているのか死んでいるのかわからない生活を送った。

父は特に謹慎を続けろとは言わなかったが、どこかに行く気持ちも誰かと話す気力も起きず、じっと自室に引きこもっている……この家で、アイリスは今や完全に腫物《はれもの》扱いになっていた。

専属のメイドたちさえ、食事や入浴のとき以外に寄りつくことはなくなった。

一人でいると、気持ちはますます沈み込む一方である。

(まるで世界中が敵に回ったみたいだわ……)

鏡に映った自分のひどい顔を見て、アイリスは力なく笑う。

十八年間、ひたすら家や王家のために努力してきたけれど、その結果がこれほど惨《みじ》めなことになろうとは……正直、思ってもみなかった。

部屋に引きこもっていても、メイドたちの噂から、状況がどんどん悪くなっていることが窺《うかが》える。

今では貴族だけに留まらず、多くの民が第二王子の婚約破棄について噂していて、屋敷の前を新聞記者が陣取っているような有様だ。

周囲に求められるまま、王子妃にふさわしい貴婦人であろうとした。だが婚約破棄となった途端、皆がアイリスを一方的に非難してくる。

非難されるだけの問題がどこかにあったということだろうか？　だとしたら、それはなんだったのだろう？　いったい自分のなにがいけなかったのだろうか……？

婚約破棄を言い渡されてから今日まで、何度となく自問してきたが、いまだ明確な答えは出てこない。いっそ世間が言うようにアイリスに問題があったのなら、自業自得《じごうじとく》だとあきらめもついたのだろうか？

(これから、いったいどうすればいいのかしら……)

出口のない迷路をさまよい、アイリスは一人、部屋でため息を吐いた。

そんなある日――

心配した父方の従姉妹《いとこ》であるマリーベルが、アイリスの見舞いにやってきた。

「お久しぶりね、アイリス。婚約破棄のショックで寝込んでいると聞いていたけど、ひとまずそういうわけではなさそうで安心したわ」

「マリーベル……」

アイリスの自室に入ってきたマリーベルは、きちんとした格好で出迎えたアイリスを見て、ほっとした様子で胸を撫で下ろした。そして以前と変わらぬ親愛のこもった抱擁《ほうよう》をしてくる。

久々に感じるひとのぬくもりに、心身ともに弱っていたアイリスはつい泣きそうになった。

「ひどい顔色よ。こんな暗い部屋に閉じこもって、身体によくないわ」

マリーベルはアイリスの頬を両手で包んで、じっと顔をのぞき込んでくる。

アイリスは「ええ、そうね」と微笑んだが、マリーベルはかすかに眉をひそめた。

「……事情はお察しするけど、屋敷の中まで暗すぎよ。あなたたちももっと愛想よく笑いなさい」

マリーベルはため息をつき、無表情でお茶を運んできたメイドに文句を言う。

相変わらずの従姉妹《いとこ》の様子に微苦笑して、アイリスは彼女を長椅子に促《うなが》した。

「仕方ないわ。あれからずっとお父様の機嫌が悪いのだもの。笑い声どころか、くしゃみをしただけでも怒られるのよ」

「伯父様も変わらないわね。そういうところがうちの父と合わないのよ、きっと」

マリーベルはやれやれ、とばかりに肩をすくめる。

「ふふっ。マリーベルったら」

従姉妹《いとこ》の大げさな仕草に、アイリスはついくすくすと笑ってしまった。

マリーベルはほっとしたように口元を和《やわ》らげる。

「よかった。まだ笑える気力は残っていたわね。そうやってもっと笑っていればいいのよ、アイリス。だってあなたはなにも悪くないんだから。堂々としていたらいいわ」

その言葉に、アイリスは驚いて息を呑んだ。

「マリー……あなたはわたしが悪いとは思わないの？　世間の噂では、わたしに非があったと言われているのに」

「あいにくとわたしは、あなたと十八年も付き合ってきたのよ？　ひとに言われるまでもなく、あなたがどんな人間かはよぉく知っているの。真面目すぎるほど真面目なことも、王子妃になるために頑張ってきたことも、すべてね。そんなわたしが、根も葉もない噂ごときに惑わされると思って？」

ふふんと得意げに微笑まれて、アイリスは胸の奥がじわじわと温かくなるのを感じた。本当に久々に感じる喜びの感情に、彼女の口元にも自然と笑みが浮かぶ。

「……ありがとうマリー。本当に、ありがとう……」

「なによ、大げさね。それより聞いてよ。この前うちのひとったらね……」

マリーベルはさっさと話題を逸《そ》らして、いつも通り自分の夫のことや最新の流行のことなどを話し始める。これまでの鬱々《うつうつ》とした時間を忘れ、アイリスも年頃の女性らしい世間話を楽しんだ。

が、それからしばらくした頃。マリーベルが突如として立ち上がり、寝室に続く扉に歩いて行く。

「マリーベル？　どうしたの……」

驚いて声をかけた次の瞬間、マリーベルが開いた扉の向こう側から、二人のメイドが部屋に倒れ込んできた。

「——主人の会話に聞き耳を立てるなんて、恥を知りなさい！　わたしの家のメイドだったら、紹介状を書かずに叩き出してやるところよ！」

慌てて逃げ出すメイドたちにフンッと鼻を鳴らして、マリーベルは憤然《ふんぜん》と扉を閉めた。

「まったく、侯爵家に仕える者としての誇りはどこへ行ったのかしら!?」

「……もしかしたら、お父様がわたしを見張るように命じたのかもしれないわ。わたしはもう信用されていないから」

ぷりぷりと怒っているマリーベルに、アイリスが寂しげに言った。

「はぁ!?　なんてことを言うのアイリス……っ」

いくらなんでも侯爵がそんなことをするわけない、という顔をしていたマリーベルだが、アイリスの神妙な面持《おもも》ちを見て口をつぐんだ。

そのままなにかを考え込むようにしたあと、「よし決めた」と手を叩く。

「——いいわ。アイリス、あなた、うちにいらっしゃい。こんな重苦しい雰囲気の屋敷に閉じこもっていても、いいことなんて一つもないもの！」

「え、マリーベルの家に？」

突然の提案に、アイリスは目を瞬《またた》いた。

「部屋に閉じこもっているだけなら、どこにいたって同じでしょう？　それならうちのほうが断然いいわよ。人目を気にせず羽を伸ばせるわ」

「でも迷惑になるんじゃ……」

「いいえ、ちっとも。うちはわたしと夫の二人きりだし。使用人たちも信用できるわ。ね、そうしましょう？」

……確かに、このままここにいても気が滅入《めい》る一方で、なに一つ状況が変わることはないだろう。それに、変わらないマリーベルの明るさにふれて、落ち込んだ気持ちが軽くなったのも事実だ。

アイリスは少し考え、従姉妹《いとこ》の申し出を受けることを決意した。

善は急げとばかりに、マリーベルから父への取り次ぎを頼まれて、アイリスは久々に自室を出て父のいる書斎へ向かう。

会うことは了承してくれた父だが、二人が入室しても手元の新聞から顔を上げようとはしなかった。

見るからにこちらを拒絶した態度に、アイリスは言葉が出てこなくなる。そんな彼女の気持ちを察してか、マリーベルからアイリスを家に引き取りたいと申し出てくれた。

「今はなにかと外が騒がしいことですし、しばらくアイリスをわたしの屋敷で預からせてもらえませんか」

（お父様は許してくれるのかしら……）

アイリスはマリーベルの横でうつむき、じっと身を硬くする。

「好きにするがいい」

すると、すぐに父は素っ気なく頷いた。

アイリスは、喜びにぱっと顔を上げる。だが続く父の言葉によって、その喜びは一瞬にして砕け散った。

「いっそのこと、そのまま修道院にでも入ってしまえ。アイリス、おまえはもはやこの侯爵家の汚点でしかない。親戚の家に置くことすら厭《いと》わしい」

「――……っ」

思っていた以上に冷たい言葉を浴びせかけられて、アイリスは凍りついたように動けなくなった。

（修道院……）

それはつまり、家も家族も、社会的な地位もすべてを捨てろと言われているも同然のことだ。事実上の勘当宣言と言ってもおかしくない。

（婚約を破棄され悪評にまみれたわたしは、お父様にとってもう娘でもなんでもないと……？）

あまりに無情な言葉に、目の前が真っ暗に閉ざされていく。

言葉もなく立ち尽くすアイリスの隣で、同じように呆然としていたマリーベルだが、一足先に我に返って猛然と口を開いた。

「伯父様、いくらなんでもあんまりなお言葉ですわ……！」

だが父は不機嫌そうに眉をひそめただけでなにも言わない。アイリスはそっとマリーベルのドレスの袖を引っ張った。

「アイリス……！」

「マリー、いいの」

自分のためにマリーベルまで父の怒りを買ってはいけない。アイリスはちらりと父に視線を向

けた。

父は新聞に目を落としたまま、話は終わったといった様子で二人を見ることすらない。アイリスは震える唇を噛みしめた。

（わたしの居場所は、もうこの家のどこにもないんだわ……）

父の冷たい言葉が頭の中でこだまする。

こんなにも自分が父から疎《うと》まれ、いらない存在になっていたという事実に心が凍りついていく。

「……失礼します」

震える声で挨拶《あいさつ》するアイリスの隣で、唇を引き結んでマリーベルも一礼する。

書斎を出るまでなんとか気丈に振る舞っていたアイリスだったが、扉が閉まった瞬間、ふらりと身体をよろけさせた。

「アイリス！」

言葉もなく震える身体を、マリーベルがしっかりと支えてくれる。

「……大丈夫よ、あなたにはわたしがいるわ……！」

マリーベルの言葉に、アイリスは溢《あふ》れ出しそうになっていた嗚咽《おえつ》を、なんとか呑み込むことができた。それでも震えは収まらず、マリーベルの腕にすがりついてのろのろと歩を進める。

やっとのことでアイリスの自室に戻ると、マリーベルはすぐにメイドへ荷造りを指示した。

そして当座の着替えと愛用の品をまとめさせているあいだに、アイリスをメイドが着ているような簡素なドレスに着替えさせる。

家の周りには今日も記者や野次馬が押しかけているらしく、彼らをやり過ごすために必要な変装らしい。

言われるまま着替えたアイリスは、うつむきながらマリーベルのあとに続く。

おかげで裏口につけられた馬車に乗るまで、アイリスの正体に気づかれることはなかった。

「すぐに出してちょうだい」

馬車に乗り込むや否《いな》や、マリーベルはすぐさま御者に命じる。

馬がゆっくりと走り出すと、様子見にやってきた野次馬たちが慌ててうしろに下がり道を空けた。

人だかりを抜けたところで、アイリスは目深に被っていたヘッドキャップを上げ、外に目を向ける。

車窓を流れる景色を見るともなく見つめながら、彼女はこれまでの人生をぼんやり振り返った。

(フィリップ殿下に婚約破棄され、父に見捨てられ……。わたしのこれまでの人生はなんだったのかしら……)

生まれてから今日までの十八年間、アイリスの人生は王子妃になるためだけにあったと言っても過言ではない。

子供の頃から外出は制限され、付き合う友人も両親が決めた人物のみ。

年頃になった娘たちが社交界デビューに向けて盛り上がる中、アイリスは教師の数を増やされ、誰よりも完璧な淑女であるよう求められた。

勉強と習い事に明け暮れた日々……なにかを楽しむ余裕など一切なかった。

離れていく侯爵家を見つめながら、虚しさのあまりドッと疲れが溢《あふ》れてくる。

そのとき、マリーベルがそっと声をかけてきた。

「あなたはもっと怒っていいし、泣いてもいいのよ、アイリス」

「え……？」

マリーベルのほうこそ泣きそうな顔をしながら、アイリスの手をしっかり握ってくる。

「あなたが幼い頃から頑張ってきたことを、わたしはよく知ってるわ。いっぱい我慢して、周囲の期待に応《こた》えてきたことも。それなのに、こんなふうに家を追い出されるなんてあんまりよ。一番の被害者であるあなたは、もっと怒っていいの」

「……マリー……」

「この馬車にはわたしとあなたしかいないわ。大声を上げて伯父様をなじったって、泣きわめいたって、車輪の音が全部掻き消してくれるわよ」

「……っ」

ちょっとおどけた様子で片目をつむられて、アイリスは笑おうとした。

だが……できなかった。それまできつく結んでいた口を開いた途端、目の奥が熱くなって、唇が大きく震える。

「マリー、わたしのこれまでって、いったいなんだったの……、こんな……っ」

「うん、つらかったわね、アイリス」

優しく肩を撫でられた瞬間、アイリスは顔をくしゃくしゃにして泣き出した。大粒の涙がぼろぼろこぼれて止まらなくなる。

突然、婚約破棄されたショックや、父に見放された悲しみ。すべてを失った絶望に、アイリスは声を上げて泣き続けた。

ずっとこらえていた涙は、一度流れ出すととめどなく溢《あふ》れ出てきて、アイリスはマリーベルにすがりつき悲しむ心のまま嗚咽《おえつ》した。


――マリーベルが住まうエデューサー伯爵の屋敷は、一等地より少し外れたところにあった。郊外だけに庭は広々としていて、街の喧騒は届かない。ゆっくりと心の傷を癒《いや》すにはもってこいという場所だった。何度か泊まったことがある客間が居室として用意され、顔見知りのメイドが側仕えについてくれる。

マリーベルを始め、その夫である伯爵や使用人たちも、温かくアイリスを迎えてくれた。

そうしてアイリスは、野次馬や記者の目がない屋敷で、優しいひとたちに囲まれて終日ぼんやり過ごしていた。心にぽっかり穴が空いたようで、なにをする気力も起きない。もしかしたら涙とともに、いろんなものが流れ出してしまったのかもしれないと思った。

それでいて、夜は寝台に入ってもなかなか寝つけず、ようやく眠っても、父の無情な言葉が耳によみがえって飛び起きてしまうのだ。

空腹も感じず、食事もほとんど食べられなくなった。

どんどん痩《や》せていくアイリスを心配し、マリーベルがあれこれと世話を焼いてくれる。心配をかけたくないのに、アイリス自身、自分がどうなってしまったのかわからない状態だった。

そして、伯爵家に滞在して一週間。

その日もアイリスが自室となった居間からぼうっと庭を眺めていると、マリーベルが大量の雑誌を持ってやってきた。

「アイリス、今日はいいものを持ってきたのよ。これを見れば、あなたもきっと元気が出てくると思うわ！」

目の前にドンッと積まれた雑誌の山を見て、アイリスの目が丸くなる。

「なぁに、これ……？」

「ファッション雑誌よ！　ルピオンから半年分取り寄せたの」

そう言ってにっこりと笑うマリーベルに、アイリスは改めて目の前の雑誌の山を見やる。

いくら地続きとは言え、これだけの雑誌を隣国から取り寄せるのは大変だっただろうに……

「あなた、昔からこういうのを見るのが好きだったじゃない？　いい気晴らしになるかと思って」

「覚えていたの……？」

微笑んで頷く従姉妹《いとこ》を、アイリスは驚いて見上げる。

物心ついた頃から、王子妃にふさわしくなるため淑女教育に明け暮れてきたアイリスだが、その中で唯一楽しみにしていたのが針仕事だった。

淑女の嗜《たしな》みには、刺繍《ししゅう》を始めレース編みや編み物も入っている。針仕事全般を教えてくれた家庭教師は裁縫が得意で、授業の合間に色々な話をしてくれた。

彼女はアイリスに、服飾の最先端を行く隣国ルピオンのカタログや雑誌も持ってきてくれた。それを寝る前に読むのが、アイリスのなによりの楽しみだったのである。

いつだったか、マリーベルにもこっそりそのことを話したことがあった。まさか、それを覚えていてくれたなんて……

「ほら見て！　あなたが好きそうなドレスがたくさん載っているわよ。こういうドレスを着てみたいって、前に話してくれたじゃない」

最新の雑誌を開いたマリーベルが、アイリスの隣に座ってページを見せてくれる。

そこに載っていたのは、スカートをベル状に広げたシンプルな形のドレスだった。

コルセットで腰を締め、バッスルを使ってスカートをうしろに大きく膨らませるのが主流のこの国のドレスに比べ、ルピオンの装《よそお》いは驚くほど簡素だ。

だがシンプルな形ながら、スカートを裾だけ広げたり、袖に膨らみを持たせたりして、アクセントをつけているように見える。

「向こうのドレスはなんだか簡素なデザインね。華がないって言うか……」

横からのぞき込むマリーベルが首を傾《かし》げる。彼女の言葉にアイリスは首を横に振った。

「でもアクセサリーは面白いわ。それにこのヘッドドレスも、とても可愛い……」

髪飾りを指さしながら、アイリスの口から自然と言葉が出てくる。

すると、マリーベルは嬉しそうににっこりと笑った。

「せっかくだし、気に入ったものを真似して作ってみたら？」

「真似して、作る……？」

思ってもみなかった提案にぽかんとするアイリスに、マリーベルは「手始めに、これなんかいいんじゃない？」と、先程アイリスが目を留めたヘッドドレスを指さしてくる。

(確かに、これなら見よう見まねでも、なんとか形にできそうだけど……)

興味を示したアイリスを見てとり、マリーベルはあっという間にたくさんの布や、侯爵家でアイリスが使っていた裁縫道具を部屋に運んでこさせた。どうやら雑誌と一緒に用意していたらしい。

「ここは侯爵家じゃないし、あなたはもう王子の婚約者じゃないわ。好きな雑誌を堂々と開いていても、針仕事を朝から晩までやっても、誰も怒ったりしない。時間はいくらでもあるんだし、思いっ切り好きなことをしてみたらいいんじゃない？」

そう言って、マリーベルは笑顔でアイリスの部屋を出て行った。

残されたアイリスは、ぼんやりとマリーベルに言われたことを考える。彼女の言う通り、今のアイリスには時間がたっぷりあった。

今も変わらず心にぽっかりと穴が空いているけれど、その心にマリーベルの言葉が消えずに残る。

「思い切り、好きなことを……か」

せっかく見本となる雑誌もあるのだし、と、アイリスは久々に自分の裁縫道具に手を伸ばした。

雑誌のヘッドドレスを参考にして、手持ちのレースの中から使えそうなものを吟味《ぎんみ》していく。侯爵家にいた頃、馴染《なじ》みの仕立屋から買い取ったビーズや糸もテーブルの上に引っ張り出す。

始めてみると、自分でも驚くほど夢中になっていた。材料を選んだり、布にビーズを縫い留め、レースを巻きつけたりするうちに、なにも感じなくなっていた心の奥から、ふつふつと喜びが沸き上がってくる。

針仕事をするとき必ず感じていた、楽しいという気持ちが――

作業の途中、メイドたちが様子を見にきたり、お茶やお菓子を置いていってくれたりしたが、アイリスは夢中で手を動かし続けた。

おかげでヘッドドレスが完成したときには、もう日が暮れかけていた。

「明かりを置いていってくれたのにも気づかなかったわ……」

傍《かたわ》らの小机にいつの間にかランプが置かれていることに気づいて、アイリスは驚きのあまりパチパチと目を瞬《またた》いてしまった。

ちょうどそのとき扉が小さくノックされて、側付きのメイドが顔を出す。

「失礼いたします、アイリス様。そろそろお夕食の時間になりますが、いかがいたしましょう？」

「え、もうそんな時間なの？」

午前中から作業を始めたのだから、昼食も食べずにひたすら没頭していたようだ。

「わたしったら、ごめんなさい……！」

きっとメイドたちは自分に食事のことを聞いてきたはず。けれどアイリスはそれに返事をした記憶がない。もし適当な返事をして、用意してもらった食事を無駄にしていたら、申し訳ないことをしてしまった。

しかし、メイドは嬉しそうに首を横に振る。

「いいえ、集中しておいででしたので、お声をかけずにおりました。こちらにいらしてからのお嬢様はあまり元気がないご様子でしたので、楽しそうに作業される姿を嬉しく思っておりました」

なにも言われないながらも心配されていたと知り、アイリスは嬉しくも恥ずかしくなる。

「ありがとう……。おかげで完成したわ。これなんだけど……」

赤面しつつ、手元のヘッドドレスを掲《かか》げてみせた。

「まぁ、なんて可愛らしいのでしょう……！　とてもお上手ですわ、お嬢様」

アイリスの手からヘッドドレスを受け取ったメイドは、いろんな角度からそれを眺めている。彼女の興奮した様子を見たアイリスも、嬉しさに頬を緩《ゆる》めた。

「そう言ってもらえて嬉しいわ。わたしもこんなに楽しかったのは久しぶりで――」

はにかみながら話し始めたそのとき、アイリスのお腹が、くぅ、と小さく鳴る。

誤魔化しきれないその音に、アイリスは無言で赤くなり、メイドは目をまん丸にした。

「……どうやら、身体が栄養を求めているようですわ、お嬢様」

「……そ、そうみたい。補充しないといけないわ。できれば、たくさん……」

神妙な顔で口を開いたメイドに、アイリスもまた同じような表情でこくりと頷く。そして、二人は同時にぷっと噴き出した。

空腹でお腹が鳴るなんて初めての経験だ。この頃は空腹を感じること自体なかったのに。

マリーベルの言ったように、思いっ切り好きなことをした効果は絶大だったらしい。

そんなことを考えながら、アイリスはその日久々に、出された食事を完食したのだった。

それ以降、アイリスは日中は針を動かして過ごすようになった。

先日のヘッドドレスに続き、コサージュや帽子飾りをどんどん作っていく。

そして世話になっているメイドたちには、名前の頭文字を刺繍《ししゅう》したハンカチーフを送った。

「まぁ、なんて素敵な刺繍《ししゅう》でしょう……！　お嬢様、本当にいただいてよろしいのですか？」

お茶の支度のためにやってきたメイドの一人にハンカチーフを手渡すと、ひどく恐縮しながらも刺繍《ししゅう》の文字を大切そうに撫でている。そんな彼女に、アイリスはにっこり笑って頷いた。

「もちろんよ。どうか受け取って」

「ありがとうございます……！」

メイドは、嬉しそうにハンカチーフを受け取ってくれた。

自分の作ったものを手にした彼女たちが笑顔を見せてくれると、空っぽになった心が満たされていく感じがして、アイリスもまた嬉しくなる。

針仕事をする専用のスペースを自室に作って、アイリスは毎日楽しく針仕事に励《はげ》んでいた。

そんな折、マリーベルがひょっこり部屋を訪ねてきた。

「うわ、ずいぶん本格的な作業場ができたわね」

あらかじめ許可を取ってはいたが、実際に文机《ふづくえ》の上に散らばる生地《きじ》や糸を見て、さすがのマリーベルも驚いたらしい。

アイリスは作っていたリボン飾りを置いて、マリーベルのために椅子を持ってきた。

「散らかっていてごめんなさい。おかげさまで、毎日がとても楽しいわ」

「それはいいことね。ここへきたときより顔色もよくなったし、メイドたちにもあなたのハンカチーフは好評みたいよ」

「ふふ、ありがとう。ところでマリー、なにを持っているの？」

「よくぞ聞いてくれました」

マリーベルはこの部屋へ入ったときから小脇に抱えていた小箱を、アイリスの前で開いた。

「お気に入りの帽子なんだけど、ここが少し汚れてきちゃったのよ。上手《うま》いこと隠せないかしらと思って」

小箱に入っていたのは手のひらサイズの小さな帽子だ。アイリスも、マリーベルがこれを身につけているのを何度か見たことがある。

「ああ、このリボンのところね。確かにちょっと汚れているわね」

「気づかないうちに煤《すす》がついちゃったみたいなの。どうにかならないかしら？」

アイリスは少し考えて、リボンと似た色のレースを道具箱から引っ張り出す。それを使って手早く小さなコサージュを作り、汚れているリボンの上に縫い留めた。続けて同じようなコサージュを何個か作って、形を整えながら周囲に縫い留めていく。

ものの一時間もしないうちに、薔薇《ばら》のコサージュがたくさんついた可愛らしい帽子ができあがる。

メイドが運んできたお茶を手に、アイリスの作業を見守っていたマリーベルは、完成品を手に取ってあんぐりと口を開けた。

「どうかしら？　気に入らないようなら、すぐに直すから遠慮なく言って」

「まあ、アイリス、気に入らないなんてことあるわけないわ。あなたって天才よ！　こんなふうにしてもらえるなんて思ってもみなかったわ！」

マリーベルはさっそく帽子を被り、手鏡をのぞき込んで歓声を上げる。

彼女が心から喜んでくれているのがわかり、アイリスも嬉しくなった。

（自分が作ったもので誰かに喜んでもらえるのって、すごく嬉しいことなのね）

ハンカチーフを手にしたときのメイドたちの笑顔も思い出し、アイリスはしみじみと思った。

また、そう感じられるようになったことで、周囲への感謝の気持ちも湧いてくる。

自分のためにいつも誰かが心を砕いていてくれるのだと思うと、ぼんやりと過ぎ去るだけだった日々がとても温かく優しいものに感じられた。アイリスはマリーベルたちのおかげで、傷ついた心をゆっくりと癒《いや》していったのだった。

——侯爵家を出てから二十日ほど経ったある日。

マリーベルとその夫である伯爵は夜会に出かけていたので、夕食は一人だった。

賑《にぎ》やかに会話をする相手がいないと、あっという間に食事が終わってしまい、いつもより早い時間に寝支度が整ってしまった。

気を利かせたメイドが、お茶を淹《い》れましょうかと言ってくれる。アイリスはお礼を言って、安眠に効くというハーブティーを淹《い》れてもらうことにした。

（静かな夜だわ……）

窓辺の揺り椅子に座って、アイリスは窓越しに夜空を見上げる。薄い雲で月が隠れてしまっているが、静かでいい夜だった。

そろそろ本格的な社交期に入り、あちこちの屋敷で夜会や舞踏会が開かれるようになる。

マリーベルは社交好きだから、この屋敷でも舞踏会を開くはずだ。広い庭を活用したお茶会や、音楽会も。アイリスも去年まではそれらに招待されていた。けれど……

（今年、わたしが人前に出ることはできないわね……）

たとえ侯爵家を出されなかったとしても、フィリップ王子に婚約破棄されたアイリスが、人目のある場所に出て行くことは難しい。

マリーベルはなにも言わないけれど、きっとアイリスのことを根掘り葉掘り聞かれているはずだ。従姉妹《いとこ》である二人が姉妹同然に仲良くしていたことは、社交界でもよく知られている。

（ここはとても居心地がいいけれど……だからといって、いつまでもお世話になっているわけにはいかないわよね）

今はここにアイリスがいることは知られていないが、ひとの出入りが多くなれば気づく者も出てくるだろう。悪評にまみれた自分がいることで、マリーベルに迷惑がかかることだけは避けたい。

かといって、今の自分が他に頼れる場所など、すぐには思いつかなかった。

王子の婚約者ではなくなり、侯爵家を出され事実上の勘当を言い渡された自分は、身分もなにも持たないただの十八歳の娘でしかない。

もはや当たり前の結婚も望めない自分の行く末は、父の言うように修道院しかないのだろうか……

(いったいこの先、どうすればいいのかしら……)

考えれば考えるほど落ち込んできたアイリスは、ハーブティーを無理やり喉に流し込んで寝台へ向かった。

＊　＊　＊

それから三日ほど経った日のこと。

アイリスが自室で刺繍《ししゅう》を刺していると、廊下からドタドタと走ってくる音が聞こえて、バンッと扉が勢いよく開いた。

「ねぇ、アイリス！　舞踏会に行ってみない？」

息せき切って飛び込んできたのはマリーベルだ。

「舞踏会!?」

アイリスの口から、ひっくり返ったような声が出る。

「いきなりなにを言い出すの、マリーベル。今のわたしは、人前に出て行ける状況じゃ……」

「もちろん、わかっているわ。だからね、行くのは仮面舞踏会よ！」

「仮面舞踏会？」

アイリスは思わず従姉妹《いとこ》に聞き返してしまった。

仮面舞踏会というものの存在は知っていたが、参加したことはなかった。厳格な父が『仮面で顔を隠すような集まりなど、いかがわしい！』と言っていたからだ。

アイリスも王子の婚約者という立場から、そうした集まりには参加しないようにしていた。

「仮面舞踏会と一口に言っても、色々あるのよ。今回の仮面舞踏会は、身元のしっかりしたひとしか参加できない集まりだから安心して」

「……でも、見るひとが見れば、わたしだってわかってしまうんじゃない？」

だがマリーベルは『その質問を待っていた！』とばかりに、ぐっとアイリスのほうへ身を乗り出してきた。

「今回の仮面舞踏会はね、ただ仮面をつけるだけじゃなく、参加者が思い思いの格好で楽しむことができるのよ！」

「思い思いの格好？」

首を傾《かし》げるアイリスに、マリーベルは両腕を広げて滔々《とうとう》と語った。

「例えば、女性はドレスを着なくてもいいの。男装したり、何百年も前に流行《はや》ったような襟の分厚い古風なドレスを着てもいいのよ。わたしの友達なんか、道化師の格好をして、その場でジャグリングをしたんだから！　髪を染めたり、カツラを被ったりするひともいるから、絶対にばれたりしないわ」

「ど、道化師の格好……」

確かに、お祭りの街角で芸を見せる赤鼻の道化を、誰も貴族のご婦人とは思わないだろう。アイリスは、大昔のドレスを着てしゃなりしゃなりと歩く貴婦人や、付け髭《ひげ》やカツラをつけて闊歩《かっぽ》する紳士たち、ひょうきんな仕草の道化師を思い浮かべる。その瞬間、思わず笑みがこぼれた。

「ね、流行《はや》りのファッション雑誌もいいけど、普段見られない装《よそお》いを直《じか》に見物するのも楽しいと思わない？　きっといい気晴らしにもなると思うわ」

ぐっと拳《こぶし》を握って力説する従姉妹《いとこ》の姿に、アイリスの心が揺れる。

自分に関する悪い噂のことを思うと、人前に出ていくのはかなり勇気がいる。けれど家の中で鬱々《うつうつ》と今後について考え込んでいるより、もしかしたらいい案が浮かぶかもしれない。

（そうよ、誰とも喋《しゃべ》らず、壁の花になっていれば、きっと誰も自分に気づいたりしないわ……）

それに……マリーベルの言う、様々な格好をしたひとで溢《あふ》れる舞踏会を見てみたいという気持ちもあった。

そう結論づけたアイリスは、こちらを窺《うかが》うマリーベルの手を取りにっこり微笑んだ。

「ありがとう、マリーベル。とても楽しそうだわ。是非わたしもご一緒させて」

仮面舞踏会に参加すると決めたら、急ぎ必要になるのは当日の衣装だ。

「せっかくだから……このヘッドドレスをつけていこうと思うの。なかなか身につける機会がなかったから」

そう言ってアイリスが取り出したのは、マリーベルがファッション雑誌を持ち込んだ日に作ったヘッドドレスだ。レースを寄せて花びらの形を作り、ビーズをたくさん縫い留めた華やかなものだ。

笑顔で頷いたマリーベルは、さっそく「それに似合う装《よそお》いは……」と知恵を絞ってくれる。

「そうねぇ、例えば、そのヘッドドレスを花冠に見立てて……こう、なにか妖精っぽい格好にしてみるっていうのはどう？」

「ああ、おとぎ話に出てくる妖精姫みたいな？　確かあの妖精姫は、シュミーズドレスを着ていたかしら？　それだったら、ヘッドドレスにもう少しコサージュを足して、豪華にしたほうがいいわね」

「せっかくだから髪もそれらしくしましょうよ。緩《ゆる》めに巻いて、結わずに垂らしておくの。――あ！　いいことを思いついた。アイリスが妖精姫なら、わたしは悪者の魔女の格好にするわ！」

アイリス以上に楽しそうな様子で、マリーベルがはしゃいだ声を上げる。そんな従姉妹《いとこ》を見ていると、アイリスの胸にも仮面舞踏会を待ち遠しく思う気持ちが湧き上がってきた。

(他の参加者も、いつもと違う格好をして、まったく違う自分になって参加するのだから、きっとわたしのことも気づかれたりしないわよね)

そうしてアイリスは、マリーベルとその日を指折り数えて待ちながら、当日ギリギリまで妖精姫のドレス制作に明け暮れたのだった。

第二章　仮面舞踏会での出逢い

マリーベルの友人が主催者だという仮面舞踏会は、かなり盛況のようだった。馬車寄場に入った時点で多くの馬車と招待客が見えて、それなりの規模だということに驚く。

ようやく馬車を停めることができたので、アイリスは蔓草《つるくさ》模様が入った仮面を身につけ、マリーベルと連れだって馬車を降りた。

「ずいぶんたくさんのひとが招待されているのね」

「ここのご主人が派手好きだからね。もちろん、その奥方であるわたしの友人も。夫婦で趣味が合った結果の催《もよお》しって感じね」

会場となる広間へ歩きながら、アイリスはそっと前後を歩く人々に目を走らせる。もしかしたら誰かがアイリスに気づいて声をかけてくるのではないか、と不安がよぎった。

そんな従姉妹《いとこ》に気づいたのだろう。マリーベルが「大丈夫よ」と耳元で囁《ささや》いてくれる。

「今日のあなたはとっても可愛い妖精姫よ。誰も気づきやしないわ。むしろ、そうやって猫背でそこそしているほうが人目を引いちゃうわよ。もっと胸を張って堂々としていなさいな」

そう言われても……という心境だが、マリーベルの言うことはきっと正しい。アイリスはうつむきそうになるのをこらえて、ぐっと顎《あご》を上げた。

緊張しながら受付を済ませ、外套《がいとう》を預けて広々とした会場に入った瞬間――

アイリスは思わず息を呑んで、入り口に立ち尽くしてしまった。

「これは……、なんて、すごいの……！」

舞踏会は大盛況だった。高い天井とガラス張りの壁が覆《おお》う広間には、すでに五十人以上の人々が詰めかけ、仮面と思い思いの衣装で楽しんでいた。

シャンデリアがこれでもかと光り輝く中、皆が談笑したり踊ったり、酒と料理に舌鼓《したつづみ》を打ったりと、この場を満喫している様子だ。

「見て、マリーベル。大昔の騎士の鎧《よろい》姿をしている方がいるわ！　あの鎧《よろい》、素材はなにかしら……まさか本物というわけではないわよね？」

ガシャンガシャンと音を立てながら横を通り過ぎていく騎士を見て、アイリスは目を輝かせる。思わず従姉妹《いとこ》の袖を引っ張ると、マリーベルは苦笑して肩をすくめた。

「そんなの、わたしに聞かれてもわからないわよ。鎧《よろい》の専門家じゃないんだから」

「あ、ねえ、向こうには男装した女性がいるわ。あの格好は乗馬服かしら。でもフリルをたくさん使っててとても素敵……！」

「ね？　いろんな装《よそお》いが見られるって言った通りでしょ？」

マリーベルの言葉に、アイリスは大きく頷いた。

本当にいろんな格好のひとがいた。何十年も前に流行した、ゴテゴテとしたドレスを着ている貴婦人もいれば、巻き毛のカツラをつけて、ヒールの高いブーツを履いた紳士もいる。

しかもよく見てみれば、完全に当時のままの格好というわけではない。最近になって考案されたレースを上手《うま》く取り入れたりして、それぞれが趣向を凝《こ》らした装《よそお》いをしている。

見れば見るほど楽しくなって、アイリスは夢中で周囲を見回した。

同じように周囲に目を走らせたマリーベルは、ほっとした様子で息を吐く。

「よかった。誰もあなたとは気づいていないみたいね。まぁここまで妙な格好の人間だらけだと、現実のことなんてどうでもよくなるのかも。それが仮面舞踏会のいいところよね」

「ええ、そうね。……あ、マリー、あそこで手招きしている方がいるけど、知り合いかしら」

「ああ、そうだわ。この家の奥方よ。今日は修道女の格好をすると言っていたから間違いないわ。挨拶《あいさつ》しなきゃ。あなたも一緒にくる？」

「……いいえ、遠慮しておくわ。なにがきっかけでわたしと知られるかわからないし……。なにか聞かれたら、田舎《いなか》から出てきた遠縁の娘とでも言っておいてくれる？」

「……そうね。そのほうがいいかも。じゃあ挨拶《あいさつ》に行ってくるけど、一人で大丈夫？」

「ええ、壁際で大人しくしているわ」

気遣わしげなマリーベルに微笑んで、アイリスは壁際に置かれた長椅子へ向かう。

舞踏会が始まったばかりということもあって、休憩用に置かれている長椅子に座っている者は皆《かい》無《む》だ。おかげで広間全体を見渡せるいい位置に座ることができた。

みんな社交に忙しいのか、壁の花になっているアイリスになど目もくれない。おかげでアイリスは思う存分、人々の衣装を楽しむことができた。

仮面越しの狭い視野の中、目をこらして会場を眺めていると……

「——あなたは踊らないのか？　せっかく魅力的なドレスを着ているのに」

不意に傍《かたわ》らから声をかけられて、アイリスは思わず息を呑んだ。

幼い頃から叩き込まれた淑女教育の甲斐あって、無様に飛び上がることはなかったが、顔を上げる動きはややぎこちなくなってしまう。

声のしたほうを見れば、どこか気怠《けだる》そうな笑みを浮かべた紳士が立っていた。

黒の上下にマントを羽織って山高帽を被っている。このところ世間で流行しているという小説に出てくる、怪盗の格好だろうか？

いずれにせよ、長身の彼にとてもよく似合っている。少し浅黒い色の肌が黒い仮面と相まって、エキゾチックな雰囲気を醸《かも》し出していた。

（——貴族の方かしら？　知り合いではなさそうだけど）

もっとも仮面をしているから確証はないが。

アイリスは何事もなかったように長椅子へ座り直し、紳士に向かって口を開いた。

「ええ、踊るよりも、舞踏会の様子を眺めているほうが楽しいので」

「ほう、人間観察が好きということかな？」

「いいえ。ひとより衣装を見ております。皆様とても素敵な装《よそお》いをしていらっしゃるので」

男は「なるほど」と呟きつつ、アイリスの全身に視線を走らせた。

「そういうあなたも、素敵な衣装を着ている。特に、頭を飾るそれはとても趣味がいい」

アイリスは目を瞠《みは》ってヘッドドレスにふれる。自分で作ったものを見ず知らずのひとに褒《ほ》められて、胸の中に嬉しさが込み上げてきた。

「……ありがとうございます。これは自分で作ったものなのです」

「自分で……？」

紳士は興味を持ったのか、少しこちらへ顔を寄せてきた。

「ビーズとの合わせ方が面白いな。もしやこれとお揃いのドレスも自分で？」

再びアイリスの装《よそお》いを頭からつま先までさっと一瞥《いちべつ》した紳士が、さらに身を寄せながら聞いてくる。

その距離の近さに、アイリスはなんとなく落ち着かない気持ちになった。

今日のアイリスは、妖精姫をイメージしたハイウエストのシュミーズドレスを着ている。シュミーズドレス一枚だとあまりに薄すぎて肌が透けてしまうので、コルセットを身につけ、腰元には布を巻いた。大きく開いたデコルテには草花を模したレースを縫い付け、ドレス全体に蔓草《つるくさ》模様の刺繍《ししゅう》を入れて豪華さを出している。

「ええ……そうです」

「それはすごい」

お世辞ではなく本当に感心したという声音《こわね》で言われ、アイリスは目を見開いた。

貴族の世界では、貴婦人はハンカチーフやシャツの袖口に刺繍《ししゅう》をすることはあっても、衣服や小物を作ることはほとんどない。それは仕立屋の仕事だからだ。貴族相手なら眉をひそめられてもおかしくないことだけに、紳士の言葉にひどく驚かされる。

彼が貴族なら、よっぽど心の広いひとなのかもしれない。もちろん、貴族でない可能性もあるけれど……

「では、あなたはデザイナーかなにかなのかな？」

「デザイナー？」

(仕立屋のことかしら……？)

聞いたことのない言葉に首をひねったアイリスは、こちらをのぞき込む紳士へ正直に答えた。

「いいえ、違いますわ」

「……ああ、失礼した。この場で職業を聞くのは無粋《ぶすい》だったたな。気を悪くさせたのなら謝罪しよう」

そう言って頭を下げられて、アイリスは面食らってしまった。軽くとはいえ、立派な紳士に頭を下げさせてしまい、どうしていいかわからない。

慌てて椅子から立ち上がり、気にしないでほしいと伝えようとすると——

「あら、アイリス？　そちらの方は？」

友人への挨拶《あいさつ》を終えたのだろう。マリーベルが戻ってきた。

怪盗の仮装をした男は、さっと身体を起こす。

「お連れの方が戻ってきたようだな。それでは、わたしはこれで失礼するとしよう」

なんとも言えない気持ちでアイリスは頷く。すると男は胸に手を当てて一礼しつつ、そっと耳元で囁《ささや》いてきた。

「次はポーリーン子爵家で開かれる仮面舞踏会に参加する。今日と同じ格好で行くから、もし会えたときは――」

男は言葉の続きをあえて言わず、仮面の奥から意味ありげに微笑みかけてくる。アイリスがとっさに反応できずにいるうちに、彼はさっとマントを翻《ひるがえ》して、人混みの中へ消えていった。

呆然とその背を見送るアイリスに気づき、マリーベルがすまなそうな目を向けてくる。

「もしかして、お邪魔してしまったかしら？」

「あ……いいえ、いいのよ」

そう言いながらも、アイリスは男が去って行ったほうをじっと見つめる。

不思議なことだが、あんな短い会話を交わしただけなのに、彼はこれまで出会った誰よりも、強い印象をアイリスに残していった。

(次はポーリーン子爵の仮面舞踏会に参加すると言っていたけれど……)

そこに行けばまた会えるのだろうか？　アイリスは、そんなふうに思った自分に驚いた。

アイリスはそっと頭に手をやる。

彼に褒《ほ》められたヘッドドレスが、シャンデリアの明かりに照らされてキラキラと輝いていた。

仮面舞踏会のあと、怪盗の仮装の紳士のことが胸に残る一方で、アイリスは彼が口にした『デザイナー』という言葉も気になっていた。

（たぶん、ドレスや小物の装飾を考案するひとのことだと思うけど……）

折良く、マリーベルが新しいドレスを作るために懇意の仕立屋を呼ぶというので、アイリスは思い切ってその場に同席させてもらうことにした。

顔を知られている可能性を考え、頬にそばかすを描き、お下げ髪と縁の大きな眼鏡で変装する。その甲斐あって、やって来た仕立屋はアイリスを侍女の一人と思ったようだ。おかげで彼女たちの仕事ぶりを自由に見学することができた。

作業の邪魔にならないよう気をつけながら、彼女はドレスの図案を広げた仕立屋に、「これはあなたが描いたものなの？」と問いかける。

「いいえ。こちらはわたくしどもの専属デザイナーが手がけたデザイン画ですわ」

「専属デザイナー……。そのひとたちが、こういうものを描くの？」

「はい。これまでマリーベル様にご注文いただいたドレスから、好みの傾向を導き出し、そこに最先端の流行を取り入れたデザインを考案させていただいております」

仕立屋が胸を張って告げる。アイリスは何枚かの図案を手に取り、熱心に見つめた。

「こういったものは、ドレスの作り方を知らないと描くのは難しそうね……」

思わず呟いたアイリスに、仕立屋は当然とばかりに頷いた。

「おっしゃる通りですわ。デザイナーは、誰よりも衣服の製法に精通している者がなるのが一般的ですから」

（なるほど……。わたしはこれまで、すでにできあがっているものを参考にしていたけれど、デザ

イナーは違うのね。どういったものを作るか、一から考えるのが仕事なのだわ）

「ここが提案してくるドレスは色使いが大胆で、とても気に入っているの。きっとセンスのいい方が図案を考えてくれているのね。仕上がりも丁寧だから、お友達にもお勧めしているのよ」

採寸を終えたマリーベルが会話に入ってくる。仕立屋は相好《そうごう》を崩して頭を下げた。

「伯爵夫人にそうおっしゃっていただけるなんて、感激の極みですわ。デザイナーやお針子たちも、喜びます。次のドレスはより美しいものをお渡しできるように、いっそう励《はげ》みますわ」

「ええ、お願いね」

マリーベルの言葉に、うしろに控えていたお針子たちがどこか誇らしそうに微笑んでいた。

その表情を見て、アイリスの脳裏に自分の作った小物を受け取ってくれたメイドたちの笑顔がよみがえる。直した帽子を受け取ったときのマリーベルの顔も。

（わたしも、こんなふうになにかを作って、誰かに喜んでもらえる生き方がしたい……）

ふと、そんな考えが頭に浮かぶ。と同時に、この先どうしようかと考え続けていた胸に、希望の光がぽっと灯《とも》った気がした。

アイリスはその気持ちのまま、思い切って、デザイナーとはどういう仕事か、どうやったらなれるかと仕立屋に質問する。

アイリスの勢いに驚きながらも、仕立屋は丁寧にその質問に答えてくれた。

曰《いわ》く、デザイナーのほとんどが、幼い頃から仕立屋で修業を積んでいる者なのだという。お針子としてある程度の腕を認められてから、デザイナーのもとで勉強するのだそうだ。

つまり、幼い頃からその世界に入って学ぶしかデザイナーになる方法はないらしい。

それを聞いたアイリスは、がっかりする気持ちを抑えられなかった。希望の光が見えたと思った矢先に、躓《つまず》いてしまった感じが否《いな》めない。

はぁ……と、大きなため息をついたところで、マリーベルに声をかけられた。

「そういえば、この前の仮面舞踏会、あなたずいぶん楽しんでいたでしょう？　今度はポーリーン子爵のところで同じような催《もよお》しがあるのだけど、行く？」

「ポーリーン子爵の仮面舞踏会……」

その言葉で、真っ先にアイリスの頭に浮かんだのは、あの怪盗の仮装をした紳士のことだ。

彼は別れ際、次はポーリーン子爵の舞踏会に参加すると言った。

気づくとアイリスは、前のめりになってマリーベルの手を握っていた。

「是非行きたいわ、マリーベル……！」

「あらまぁ、よっぽど気に入ったのね」

そう言いながら、マリーベルは嬉しそうに破顔した。

「本当にあなたはドレスを見るのが好きね。仕立屋にも色々質問してたし……。まぁなんにせよ、元気が出てきたならよかったわ！　やっぱり好きなものに囲まれるって大切よね」

うんうんと頷いているマリーベルを見つつ、アイリスはめまぐるしく頭を動かしていた。

もしかしたら、あの紳士は服飾やデザイナーについて詳しいのかもしれない。

貴族にとって、身につけているものを褒《ほ》めるのは挨拶《あいさつ》みたいなものだ。だけど、彼はもっと専門的な視点からアイリスのヘッドドレスを見ていた気がする。

（彼ならデザイナーのなり方について、なにか別の方法を知っているかもしれない……！）

「アイリス？　なにぼうっとしてるの」

マリーベルに声をかけられ、アイリスはハッと顔を上げる。いつの間にか仕立屋たちは帰り支度を終え、部屋を出て行くところだった。

マリーベルと並んで仕立屋を見送りながら、アイリスは密かに胸を高鳴らせる。もしかしたら自分は今、これから進むべき道について考えるきっかけを得られているのかもしれない。

（あの紳士にまた会って詳しい話を聞ければ、自分のやりたいことがはっきり形になるかもしれないわ……！）

期待に胸を膨らませながら、アイリスは当日に向け「よし」と密かに気合を入れた。


そして、仮面舞踏会当日――

中世風の薄桃色のドレスを着て階段を下りてきたアイリスを、先に玄関で待っていたマリーベルが目を丸くして迎えた。

今日のアイリスの装《よそお》いは、形こそ中世風のドレスながら装飾は凝《こ》った現代風という、変わっているがとても可愛らしいドレスだった。

ストンと自然な形に裾の広がるアイリスのスカートをまじまじと見て、マリーベルが尋ねてくる。

「アイリス、あなたのセンスって独特ね。バッスルのないドレスなんて、腰がスースーして落ち着かなくない？」

アイリスは髪飾りを整えつつ、ちょっと唇を尖らせた。

「そう言うけど、お隣のルピオンではバッスルのないドレスが主流なのよ？　それにこのスカートは、とても動きやすくて楽なんだから」

実際、バッスルがないだけで驚くほど動きやすい。特に馬車の乗り降りの際など、感動して思わず笑ってしまったくらいだ。

タラップを上るのも座席に座るのも、いちいち姿勢を気にする必要がないのだ。スカートの膨らみを崩さないよう浅く座る必要もないから、馬車の揺れでバランスを崩すこともない。

（そう考えると、この国は装《よそお》いでも女性の行動を制限しているみたいね……）

侯爵令嬢として、王子の婚約者として、常に厳しく行動を制限されてきたアイリスだからこそ、そんなふうに感じるのかもしれないが。

ほどなく会場となるポーリーン子爵家の屋敷に到着し、二人は先日と同じように連れ立って受付を済ませた。

先日の舞踏会に比べるとやや規模が小さいが、照明をあえて暗くして、妖《あや》しげな雰囲気を演出している。

会場にも黒っぽい格好をしているひとが多いようだった。その中にいると、薄桃色のアイリスのドレスは少し目立つかもしれない。

だが今日に限ってはそのほうが都合がよかった。主催者に挨拶《あいさつ》してくると言うマリーベルと別れ、アイリスはゆっくりと人混みの中を歩き始める。

装《よそお》いは新しくしたけれど、仮面は前と同じものだ。そうすれば、相手もきっとアイリスに気づきやすい。

アイリスは、さりげなく人混みに目を走らせた。

ほどなく、マントを翻《ひるがえ》してこちらへ歩いてくる人影に気づく。

アイリスは立ち止まって、彼が近づいてくるのをじっと見つめた。ほどよい距離で彼が足を止めたのを合図に、ドレスの裾をつまんでお辞儀をする。

「こんばんは。またお目にかかれて嬉しいです」

「こちらこそ――今日は中世風のドレスなのだな。……いや、ルピオン風のドレスと言ったほうがいいか？」

彼がスカートの形を見ながらそう言ったので、アイリスは目を瞠《みは》った。

日常的にドレスを身につけている女性ならまだしも、男性がスカートの形を見ただけで、ルピオン風のドレスと言い当てたことに驚いた。

やはり彼は服飾に詳しいのかもしれない……

アイリスは期待に胸を膨らませつつ、慎重に問いかけた。

「あなたは、ルピオンの流行をご存じでいらっしゃるのですか？」

「ああ。仕事でルピオンに出向くことが多くてね」

「お仕事で……」

どんな仕事なのだろう？　貴族であれば、外交関係と思うところだけれども。

「だがそのドレスは、形こそルピオンのドレスに近いが、かなり華やかだ。ルピオンのものは実用第一で飾り気がないからな」

「そう、なのですね……。わたしはファッション雑誌で見ただけで、ルピオンのドレスを直接目にしたことがないもので」

アイリスは会話をしながら、仮面越しに相手を観察した。

「あの、礼儀に反していたら申し訳ありません……。あなたがどのようなお仕事をなさっているか伺っても？　もちろん、無理なら結構ですが」

「そんなに恐縮することはない。わたしは、ただのしがない商人だよ」

「商人……」

彼はなんでもないことのように言うけれど、隣国にまで足を運ぶ商人が『しがない』ということはないのではないだろうか。

アイリスはじっと相手の目を見つめる。とはいえ相手も仮面をつけているから、表情を読み取るのは難しいのだけれど。

でもこうして見ると、なんとも端整な顔立ちをした男性だ。仮面をつけていても、彫りの深い顔立ちまでは隠せない。

すっと通った鼻梁《びりょう》や、男らしい顎《あご》のライン。緩《ゆる》く弧を描く唇も彫像のようで、ぱっと見ただけでもかなり目立つ。

癖の強い黒髪は艶《つや》やかで、着ている服の仕立てもいい。

身につけるものや立ち姿によって、自分がどう見えるのか、きちんとわかっているひとなのだと感じられた。

だからだろうか。装《よそお》いだけでも隙のなさが伝わってきて、アイリスは無意識にこくりと唾を呑み込んでしまう。

「今日のドレスは、この日のためにあつらえたのか？」

「……ええ、古着を仕立て直しましたの。先日の仮面舞踏会には華やかな格好をした方が多かったので、フリルやレースを流行《はや》りのものに変えたんです」

「よく似合っている。着心地は？」

「着心地……そうですね、バッスルのないドレスはとても動きやすいです」

自分のスカートを見下ろし、裾を少しつまんで持ち上げながら、アイリスは説明する。

具体的には？　と聞かれ、立ったり座ったりするのが非常に楽であると伝えた。

「馬車に乗ったときに特に実感しました。邪魔な膨らみがないぶん、乗り降りが楽ですし、深く腰かけることもできます。バッスルがあると立ち上がるにも、誰かの手を借りなければいけませんから」

貴婦人たるもの、使用人を使うのは当たり前という価値観の中で育ったが、色々と便利な道具が登場している世の中で、今のままの生活がずっと続くとはとうてい思えない。

「ふぅん。貴婦人というのは見た目以上に苦労しているのだな。自分で経験できないことだけに、なかなか興味深い話だ」

顎《あご》に手を当てて感心している紳士に、アイリスは思わず苦笑する。

アイリスとて、今までだったら絶対にそんな苦労話など口にしなかっただろう。どんなに動きにくい格好をしていても優雅に振る舞うのが、貴婦人の嗜《たしな》みなのだから。

仮面をつけているからなのか、アイリスも饒舌《じょうぜつ》になっていた。

「ここだけの話、優雅に笑いながら、実は裾をどこかに引っかけないかとヒヤヒヤしているんですの。でもこのドレスならそうした心配はいりませんわね。きっと最近導入され始めた自動車にも楽に乗れるんじゃないかしら？」

言い終えた瞬間、アイリスは「しまった」と思った。

きちんと考えを聞いてもらえる嬉しさから、必要以上に喋《しゃべ》りすぎてしまったかもしれない。

慌てて口をつぐんで、仮面の奥から相手を窺《うかが》う。

しかし彼は、特に気分を害した様子もなく「なるほど」と頷いていた。

「我が国で自動車の普及が遅いのは、バッスルつきのドレスが理由かもしれないな。なにせ自動車の乗り口は馬車より狭い。乗ったところで座席に浅く腰かけるしかない女性には、あまり乗り心地がいい代物ではないのだろうからな」

アイリスは驚きのあまり仮面の奥で目を見開いた。お喋《しゃべ》りをたしなめられるどころか、アイリスの言葉に対し、逆に自《みずか》らの考察を述べてくるなんて。

これが父だったら、『女が知ったような口を利くな』と叱り飛ばされたことだろう。

アイリスの戸惑いに気づいたのか、仮面の奥で、彼の目がふっと和《やわ》らいだ気配がした。

「どうやらあなたは、先見《せんけん》の明《めい》をお持ちのようだ。特に女性ならではの着眼点が素晴らしい」

「……買い被りすぎですわ」

「謙遜《けんそん》する必要はない。あなたは賢く、そして美しい。今日のドレスもとても似合っている」

過剰なくらいの褒《ほ》め言葉をもらって、なんだか落ち着かない。

だが今日の目的を思い出し、アイリスは気持ちを奮《ふる》い立たせた。

話を切り出すなら、今をおいてないかもしれない。意を決して、相手を正面から見つめた。

「……実は、あなたに聞きたいことがあるのです。先日、『デザイナー』という言葉をあなたから聞いて、初めてそういうお仕事があると知りました」

「ほう？」

「それで、あの……不躾《ぶしつけ》なお願いで恐縮なのですが、『デザイナー』について詳しく教えていただけないでしょうか？」

仮面越しでも相手が目を丸くしたのがわかって、アイリスは恥ずかしさに薄く頬を染める。

だがここでうつむいていては話が進まない。アイリスはさらにもう一歩踏み込んだ。

「自分でも少し調べてみたのですが、幼い頃から仕立屋で働いているひとがなるもの、としかわからなくて……」

男は顎《あご》に手を添え、しげしげとアイリスを眺めてきた。

「どうしてそれをわたしに聞くのだ？」

「……あなたは先程、商人だとおっしゃいましたが、服飾についても詳しいのではないですか？

そんなあなたなら、デザイナーという仕事についてもご存じではないかと思ったのです」

「つまり、あなたはデザイナーになりたいと？」

そう問われ、アイリスは大きく目を見開いた。

（デザイナーに、なる？　わたしが……？）

女性にドレスを提供するデザイナーという仕事に興味を持ったのは確かだ。だが幼い頃から仕立屋での修業が必要と聞いて、自分がデザイナーになるのは無理だと、無意識のうちにあきらめていた。

だが彼の口振りでは、なりたいと思えばなれるという感じがしてくる。

先日仕立屋に会ったときに抱いた希望が大きくなるのを感じ、アイリスは深く息を吸い込んだ。

「……なれますでしょうか？　その道について勉強したこともない、わたしのような者でも――」

自分で言うのもなんだが、これまで王子妃になるための勉強はずっとしてきたが、それ以外のことはさっぱりなのだ。

このドレスを作ってくれたお針子たちの速く正確な手つきを思い出し、果たして自分にできるのかと不安になる。それ以前に、誰から技術を学べばいいのかもわからない。

途方に暮れて思わず唇を噛みしめたとき、目の前にすっと男性の手が差し伸べられた。

「……ひとの目もあることだし、とりあえず一曲お相手いただけるかな？」

踊りながら話そうということだと理解して、アイリスはおずおずと彼の手を取った。

空いているスペースに行くと、ちょうど新しい曲が流れてくる。向かい合ってホールドの形を取り、曲に合わせて同時に足を踏み出した。

（……やっぱり、この方は貴族じゃないかしら？）

ほんの少しステップを踏んだだけで、アイリスには、彼が幼い頃からダンスを習ってきたひとだとわかった。

貴族でなくても、決められたステップさえ覚えれば、ダンスは誰にでも踊れる。

だが大人になってから習った者と、幼少期から習ってきた者とでは、やはり足捌《さば》きや目線の使い方に差が出るのだ。

さらにこの紳士は、女性との距離の取り方が上手《うま》いと感じた。異性との距離感を習うのは貴族独特の風習で、彼はそういう教育を受けた者なのだと、同じ立場のアイリスは直感したのだ。

（それを抜きにしても、この方は本当にダンスが上手だわ……）

無理のない動きで柔らかくアイリスをリードし、ターンをするときには腰をしっかり支えて倒れないようにしてくれる。

男性に合わせて踊ることを躾《しつ》けられてきたアイリスにとって、力強くリードしつつも、自然とこちらの動きに合わせてくれる彼のダンスには、感動に似た驚きを禁じ得なかった。

「実に軽やかなステップだ。あなたはダンスも上手だな」

くるりとターンして向き直ると、わずかに前屈《かが》みになった彼が仮面の奥から微笑みかけてくる。

吐息がふれそうな至近距離で囁《ささや》かれ、アイリスはステップを間違えそうになった。

「さて、先程の件だが――」

再びくるりとアイリスをターンさせてから、彼はゆっくりと切り出してくる。

「仮にあなたがデザイナーを目指したとして、だ。今後は、労働階級の人間に交じって暮らしていくということかな？　失礼ながら、あなたはそういう階級の人間ではないと思うのだが、アイリス・シュトレーン嬢？」

動揺から足がもつれてしまう。すかさず腰を支えられ、すんでのところでこらえることができたが、危うく転ぶところだった。

アイリスはなんとか平静を装《よそお》い、彼に向き直る。

「……人違いでは？」

「先日、連れの女性があなたを『アイリス』と呼んでいた。あなたくらいの年齢で、これだけ色素の薄い金髪をしている者と言えば、真っ先にあなたが思い浮かぶ。どうやら当たりだったみたいだな？」

楽しげにニヤリと口角を上げる紳士に、アイリスは口元を引き攣《つ》らせた。

(仮面をしてても、わかるひとにはなんの意味もないのね……)

思わずため息をつくアイリスに、男はくすくすと笑う。それをあきらめの境地で見つめながら、アイリスは口を開いた。

「先に言っておきますが、今のわたしは侯爵家とは縁もゆかりもない身です。わたしを通じて父と交流を持とうと思っても無駄ですわよ」

自分に近づく男性は、父である侯爵とよしみを結びたい者ばかりだった。

目の前の紳士がどういうつもりでアイリスの名を出したかは不明だが、経験から最初にそう口にする。

しかし、意外にも彼は首を横に振った。

「あいにくと、あなたの家には興味がない」

……王国でも名門のシュトレーン侯爵家に『興味がない』とは。それはそれで驚いてしまい、アイリスは相手を見上げた。

「わたしが興味あるのは、あなただ——アイリス・シュトレーン。誰からも傅《かしず》かれる立場にあるあなたが、なぜ働きたいなどと考えるのか。まずはその理由を聞かせてもらおうか」

ホールには軽やかな弦楽器の音色《ねいろ》が流れているが、その音が小さくなったように感じた。

代わりに、どくどくと早鐘を打つ心臓の音が耳を打つ。

じっと答えを待っている男の視線を感じて、アイリスの背中に冷たい汗が流れた。

しばらく無言でダンスを踊っていたアイリスは、覚悟を決めて事情を口にする。

「……わたしをご存じなら、わたしにまつわる様々な噂もご存じでしょう。婚約破棄のあと、それが原因で父から勘当を言い渡され、侯爵家を出されたのです」

相手がほんのわずかに息を呑む気配がして、アイリスはつい自嘲気味に笑った。

「父には、もう戻るなと言われています……」

「……すまない。つらいことを口にさせたな。まさか、一番に味方すべき相手から手を離されるとは」

心からこちらを気遣っている低い声に、アイリスは思わずうつむいた。

「今は、どこで暮らしている？」

「……仲のよい従姉妹《いとこ》の家にいます。ここへは、その従姉妹《いとこ》が気晴らしに連れてきてくれたのです」

「先日一緒にいたあの女性か。なるほど……あなたに頼れる相手がいたことは幸運だったな」

アイリスは深く頷く。その拍子《ひょうし》に涙がこぼれそうになって、慌てて鼻を啜《すす》った。

これまで周囲の心ない噂に晒《さら》され続けていたせいか、心のこもった慰《なぐさ》めの言葉に泣きそうになってしまう。

「……でも、いつまでも従姉妹《いとこ》の厚意に甘えているわけにはいかないと思ったんです」

気を取り直してそう言ったアイリスを、男が仮面の向こうからじっと見つめた。

「それは、従姉妹殿《いとこ》があなたの滞在をいやがっているのか？　それとも、あなたが従姉妹殿《いとこ》やその家族に迷惑をかけるのがいやだからか？」

「答えは後者ですわ。でも、一人で生きていくには生活の手段が必要でしょう？」

上目遣いに相手を窺《うかが》うと、男は「なるほど、それでデザイナーというわけか」と頷いた。

「だが働かずとも、あなたなら面倒を見ようという男などいくらでも出てくると思うのだが？」

彼の腕に支えられながら、上体を軽く反《そ》らしたアイリスは儚《はかな》げに笑った。

「もし、そうした方が現れたとしても、わたしが王家に婚約破棄された事実は消えません。屋敷の奥でひっそりと息を殺して生きる道しかないと思いませんか？」

「だが、慣れない環境であくせく働くよりいいのではないか？　なに不自由なく生きてきた身で、厳しい労働に耐えられるとも思えない」

アイリスはきゅっと唇を噛みしめる。確かに、彼の言うことはもっともだろう。けれど……

「……わたしは屋敷の奥に閉じ込められ、腫物《はれもの》のように扱われる生活を身をもって経験しました。……できれば、二度と味わいたくありません」

婚約破棄のあと父に謹慎を言い渡され、マリーベルに引き取られるまでの暗澹《あんたん》たる日々を思い出し、アイリスはきつく目を閉じた。

彼女のそんな態度に、彼は一度口を閉じる。

そのときちょうど曲が終わって、二人は手を離した。一歩下がって丁寧にお辞儀をする。胸に手を当て一礼する彼の動きは、やはりとても洗練されていた。

新しい曲が始まっても、二人は黙って互いの瞳を見つめ合っていた。

仮面のせいで彼の瞳の色もわからないが、こちらをじっと見つめる熱い視線を感じる。アイリスはそれをまっすぐ受け止め、思いを口にした。

「……お願いします。どうかわたしに、デザイナーになる術《すべ》を教えてください」

彼はしばらく答えなかったが、やがてアイリスに向かって手を差し出した。

「……場所を移そう。ダンスのせいで少し暑くなった」

アイリスは頷き、彼に促《うなが》されるまま広間を離れた。

多くのひとが行き交う広間は喧噪《けんそう》で溢《あふ》れていたが、バルコニーは驚くほど静かだ。

肌を撫でる夜風にほっと息をついて、アイリスは改めて男と向き合う。

「あなたの事情はわかった。だが、なりたいと言ってなれるものなら誰も苦労はしない。まして、これまでまったく縁のなかった世界に飛び込むのだから、並大抵の苦労ではないはずだ。それでも、考えは変わらないか？」

「……難しいことは承知しています。それでも精一杯、頑張るつもりです」

「その程度の覚悟では、とうてい耐えられるとは思えない。自立などあきらめて、新たな嫁入り先を見つけたほうがいい」

厳しい言葉ではあるが、彼が親切で言ってくれているとわかっている。

けれどアイリスは、その言葉に頷くことができなかった。

「そうして嫁入りしたところで、夫の望むまま人形のように振る舞う人生が待っているのでしょう。わたしはもう、誰かの意に沿って生きたくはないのです」

周りに言われるまま努力して、周りの望むままに生きてきた。けれど自分の意志がない人生は、誰かの思惑一つで簡単に無に帰《き》するのだ。

もし今後、同じように努力が無駄になるとしても、誰かに言われた人生でなく、自分で選び取った人生でなら納得できる気がした。

「侯爵家を出されたわたしは、これまで築き上げてきたすべてを失いました。でもその代わりに、誰にも縛られない自由を手に入れた。ならばわたしは、自分がやりたいと思うことをして生きていきたい。誰に指図されることなく、わたし自身が、わたしの行く道を決めたいのです」

はっきり言葉に出したことで、驚くほど気持ちが定まった。

——そうか。自分はずっと、自分のことを自分で決めたかったのだ。アイリスは今このときになって、初めてそのことに気がついた。

自分の中にそんな願望があったとは驚きだが、同時になんだか誇らしくもある。その思いのまま、アイリスは小さく微笑んだ。

「しかし、自由には代償が付き物だ。失敗したとしても、その責任は自分で負わねばならない」

静かに諭《さと》す男の言葉に、アイリスは重々しく頷いた。

彼の言う通りだ。誰も道筋を決めないということは、すべて自分で決めて、その結果にも責任を持たなくてはならない。

(それでも、誰かに言われるまま生きるのはもうたくさん——)

ぎゅっと唇を噛みしめ、決意も新たに顔を上げたアイリスに、男がふっと微笑んだ。

「自分の行く道を自分で決めたい、か——。ずいぶんと豪胆なことを言うお嬢さんだ」

……もしかして、あきれられてしまったのだろうか?

しかしアイリスの不安を振り払うように、彼は「面白い」と言った。

「完璧な淑女として生きてきた令嬢が、職業婦人を目指すか。わたしに文才があれば、小説にして売り出すところだ」

「……小説にできるような、ドラマチックな道のりになるかはわかりませんが」

「それはあなたの努力次第だな。……いいだろう。そこまで言うなら、是非見せてもらおうか。あなたがこれからどんな道を歩くのか、このわたしに」

力強い言葉とともに、男は艶《つや》やかに微笑んだ。

「あなたの自立に協力しよう。と言っても、あいにくわたしはドレス作りに関しては素人《しろうと》だ。だが代わりに、その道に精通する人間を呼び寄せることはできる」

自分にとってまたとない破格の申し出に、アイリスはこぼれんばかりに目を見開いた。

「ほ、本当ですか……？　ありがとうございますっ、感謝します！」

アイリスは震える声で礼を述べる。それでも感謝を伝えきれず、無意識に彼の手を取ってその指先に口づけていた。

男の息を呑む気配に、ハッと我に返る。

感謝の気持ちを伝えるにしては、あまりに親密すぎる行為にアイリスは青くなった。

「ご、ごめんなさ……っ、あっ」

慌てて離れようとする手を掴《つか》まれ、強い力で引き寄せられる。彼の胸に飛び込む形になって、アイリスはたちまち真っ赤になった。

「あ、あの、なにを……、っ⁉」

戸惑っている間に、仮面の紐《ひも》をするりと解かれ、素顔を露《あら》わにされる。

急に開《ひら》けた視界に目を白黒させていると、後頭部を支えられ、上を向かされた。

「ふっ……」

次の瞬間、薔薇《ばら》色の唇が柔らかいものに塞《ふさ》がれる。

アイリスをしっかり抱きしめながら、覆《おお》い被さってきた彼の唇によって――

「……――ッ!?」

青い瞳を大きく見開いたまま声もなく硬直したアイリスに、彼はさらなるふれ合いを求めてきた。

「……っ、ふ、ぁ……?」

薄く開いた唇からぬるりと入り込んできたなにかに、ビリッと背筋が痺《しび》れるような感覚を覚える。口蓋《こうがい》を舐《な》め、縮こまった舌にふれてくるそれが彼の舌であることに気づいて、アイリスは慌てて彼の胸を手で押し返そうとした。

「やっ、んぅ……、んっ……!」

だが逞《たくま》しい身体はびくともしない。否応《いやおう》なく彼が大人の男性であることを意識させられる。そうこうするあいだに身体をピタリと抱き寄せられて、彼の腕の中にすっぽりと包まれてしまった。

その状態でキスをされて、アイリスは離れるどころかすがりつくように彼の上着を握ってしまう。男の長い舌がアイリスの舌をすくい取って、ぬるぬると粘膜同士を擦り合わせる。

ゾクゾクした疼《うず》きが背筋を這《は》い上がってきて、アイリスはひどく混乱した。彼を突き飛ばし、すぐにでも逃げ出したい衝動と、このままもっと深い愉悦《ゆえつ》を感じたい欲求が胸の内で交錯する。

だが慣れない刺激に身体のほうが先に限界を迎えて、がくりと腰から崩れ落ちそうになった。すぐに男は唇を離し、ふらつくアイリスをしっかり支えてくれる。

「――忠告だ、お嬢さん。世の中には甘い言葉を囁《ささや》いて女性を人気《ひとけ》のないところに誘い出し、今

したような不埒《ふらち》なことをする男もいる。今後は軽々しくバルコニーについて行ってはいけない」

アイリスの耳朶《じだ》に唇をふれさせながら、男が囁《ささや》いてくる。

はぁはぁと苦しげに喘《あえ》いでいたアイリスは怒りと羞恥《しゅうち》で真っ赤になって、相手をキッと睨《にら》みつけた。

「……だからといって……本当にキスをする必要がありましたか？」

「あなたの自立を手助けする礼代わりだ。忠告とはまた別のものだよ」

男は自《みずか》らの仮面の縁に親指をかけて、ほんのわずかに目元を見せてくる。

月明かりに照らされて、彼の濃い紫色の瞳がキラリと光った。艶《つや》めいたそのまなざしに、アイリスは息を呑む。早鐘を打つ心臓がひときわ大きく跳ねた気がした。

彼は仮面を戻すと同時に、アイリスの身体を離す。アイリスは力が入らない身体を、バルコニーの手すりにもたれかかって支えた。

「今後のことについては、後日改めて連絡しよう」

そう言って、彼はすれ違いざま、アイリスの胸元に剥《は》ぎ取った彼女の仮面を押し込んできた。とんでもない場所に入れられて、アイリスは慌てて胸を押さえる。

「ま、待ってください、連絡とはどうやって……」

問いかける頃には、彼は広間の人混みの中に消えてしまっていた。

アイリスはぼんやりしながら、仮面を胸元から引き抜く。

わずかに見えた彼の紫色の瞳が、脳裏に焼きついて離れない。

いまだキスの感触が残る唇にふれると、互いの唾液でしっとりと濡《ぬ》れていた。

思わず吐き出したため息に、なんとも言えない熱がこもっている気がする。

広間の仮面舞踏会が熱気を増す中、バルコニーで一人たたずむアイリスを、月だけが静かに見つめていた——

第三章　新たな生活の始まり

二度目の仮面舞踏会から数日後。落ち着かない気持ちで過ごしていたアイリスのもとに、仮面の紳士からと思《おぼ》しき招待状が届く。

この数日というもの、アイリスは彼にからかわれただけで、初めから協力してくれる気などなかったのではないか……という不安に苛《さいな》まれていた。

だが、こうして実際に招待状が届いたのだから、彼の言葉は本当だったということだろう。

けれど……今度は、『本当に彼に頼って大丈夫だろうか？』という新たな不安が首をもたげてくる。

「『エヴァン・レイニー』……」

招待状に書かれていた差出人の名前だが、聞いたことはなかった。王子妃になる教育の一環として、主だった貴族はもちろん、著名人の顔と名前も覚えているはずなのに。

社交好きで交友関係の広いマリーベルに尋ねても、やはり知らないと言われてしまった。

「このひとの招待を受けるつもりなの？　どうして急に……」

いぶかしむ従姉妹《いとこ》に、アイリスは自立を考えていること、そのためにデザイナーの仕事に興味を持ったことなどを思い切って話した。

マリーベルは、よもやアイリスがここを出たいと考えているなど思ってもみなかった様子で、目を丸くしてあんぐりと口を開けている。

さらには仮面舞踏会で会ったばかりの商人を頼ると聞いて、長椅子の上にふらふらと倒れ込んでしまった。

「ご、ごめんなさい、マリー。なにも話さなくて……」

「……まったくよ！　どうしてここを出ていきたいなんて、働きたいなんて思ったの⁉　あなた一人世話するくらい、うちにとっては負担でもなんでもないのよ？　夫だってそう言っているのに……」

「わかっているわ、マリー。あなたにも伯爵にもとても感謝しているの。わたしが自立しようと思えるようになったのは、マリーたちのおかげだもの」

その上で、アイリスは得意な針仕事で、マリーベルやメイドたちに喜んでもらえたこと、誘ってもらった仮面舞踏会の衣装を考えるのがとても楽しかったことを熱心に語った。

「マリーたちには本当に感謝しているわ。わたしがこういう気持ちになれたのは、一番つらいときにあなたが側にいてくれたからだもの。だからわたし……自分のやりたいことをして生きていきたいと思えるようになったのよ」

「ああ、アイリス……」

マリーベルは苦悩と喜びが入り混じったような複雑な表情をした。そして、ふーっと大きく息を吐き出して、アイリスをまっすぐ見つめてくる。

「……確かに、この家にきた頃より、あなたはずっと元気になったわ。それに……今まで抑えつけられていたぶん、なにかをしたいと思うのは自然なことよね」

「マリー、それじゃあ……！」

「ああ、もう、そんな顔をされたら駄目とは言えないじゃないの」

仕方ないと言いたげにフンッと鼻を鳴らしたマリーベルに、アイリスは思いっ切り抱きついた。

「ありがとう、マリー……！」

「本音では、わざわざそんな苦労をしなくてもいいじゃないとは思うけどね……。ただ！　その方の招待を受けるかどうかは、もっと慎重に考えるべきよ。もしかしたらあなたの状況につけ込んで、優しい言葉で油断させて弄《もてあそ》ぼうとしているかもしれないじゃない」

アイリスが手にした招待状をぺしぺしと叩いて、マリーベルは厳しい口調で忠告してくる。

彼女の心配はもっともだ。マリーベルは彼――エヴァンと会ったことがないから、よけいに疑わしく思うのだろう。

「心配してくれてありがとう、マリー。でも、どうか行かせてちょうだい。わたしが前に進むためには、ここで躊躇《ためら》ってはいられないのよ」

決意の宿ったアイリスの青い瞳をじっと見つめて、マリーベルは再び大きなため息をついた。

「あなたは昔から、一度言い出したら聞かないんだから。本当に頑固よね。もう、わたしがなにを言っても行くと決めたんでしょう？」

「マリーベル……」

「ただし！　行くときは、必ずわたしの夫を同伴して。未婚の娘をたった一人で見知らぬ男性のもとへ行かせるなんて不用心すぎるでしょう？」

「そうね……わかったわ。本当にありがとう、マリー」

アイリスが再度抱きつくと、マリーベルはしょうがないわねぇという顔をしながらも、アイリスの背をポンポンと優しく叩いてくれた。

こうしてアイリスは、マリーベルとともに彼女の夫エデューサー伯爵に事情を話して、手紙に記された場所を訪ねることになったのだ。


招待状が届いた翌日。

伯爵家の紋が入った馬車に乗って、アイリスとエデューサー伯爵は王都の郊外へ向かっていた。

街から少し外れたところに大きなお城があり、そこが指定された場所だったのだ。

昨今は貴族が手放した城や別邸を、裕福な商人が買い取ることがあると聞く。エヴァン・レイニーもそうしてこの城を手に入れたのかもしれない。

それにしても……とても立派なお城だと、アイリスはびっくりした。

「このお城って、もともとは貴族の持ち物だったのかしら？」

「どうだろう。もしかしたら王家が別邸の一つとして建てたものかもしれないよ。すぐ近くに狩りのできる森が広がっているし。でも誰かが住んでいたという話は聞いたことがないから、いつの間にか売りに出されていたのかもしれないね」

エデューサー伯爵の言葉に、アイリスはなるほどと相槌《あいづち》を打つ。王家所有の城や館はあちこちにあるから、古い城を手放すことがあってもおかしくはない。

「とはいえ、あんな大きなお城に行くのは少し緊張するなぁ」

アイリスとともに近づく城を見やって、伯爵が苦笑いを浮かべる。アイリスは申し訳なさに首をすくめた。

「あの、ごめんなさい。面倒なことをお願いしてしまって」

エデューサー伯爵は普段は騎士として王城に勤めている。それをアイリスのためにわざわざ休暇を取って、こうしてついてきてくれたのだ。妻のマリーベルから頼まれたとはいえ、真面目な伯爵に仕事を休ませてしまったことを申し訳なく思う。

「いいや？　ご婦人の願いを聞き、その身辺を護るのは騎士の本分だ。それにマリーの言う通り、相手が不埒《ふらち》な目的を持っていないとも限らないからね」

恐縮するアイリスに気にしなくていいと、伯爵がにこりと笑った。

「僕は会話には参加しないけれど、常に君のうしろに立っている。だから、助けてほしいと思ったらすぐに合図を送るんだよ」

アイリスは感謝とともに、しっかりと頷いた。

社交好きで華やかなマリーベルに対し、伯爵はどちらかというと朴訥《ぼくとつ》として控え目な性格だ。

だがマリーベルは、伯爵の優しくて穏やかな気質をとても愛している。

夫婦仲が決していいと言えない両親を見てきたアイリスは、マリーベルたちを理想の夫婦と思っていた。

（わたしもフィリップ様と結婚して、マリーたちみたいになれたらと思っていたけれど……）

ふとそんなことを考えて、アイリスはふるふると首を横に振った。

終わってしまったことを思い返しても意味がない。それより、これからのことに目を向けなくては。

城までの道を軽快に走っていた馬車は、やがて古びた門をくぐり抜け、玄関前のアプローチへと入っていく。しばらくすると玄関の前にピタリと停まった。

すると、城の扉が向こうから大きく開け放たれ、城内から一人の少年が出てくる。

「――ようこそおいでくださいました、お嬢様。ガロント城へようこそ」

アイリスより年下らしい少年は、金の巻き毛がまぶしい頭を深く下げて挨拶《あいさつ》してきた。

「ガロント城……」

それがこのお城の名前なのかと、灰色の石造りの城をアイリスは見上げる。重厚な扉や建物に施《ほどこ》された装飾は、今の主流と違って古めかしく厳《いか》めしい。

「中で主人がお待ちです。どうぞお入りくださいませ。お連れ様もご一緒に」

少年に促《うなが》され、馬車から降りたアイリスはおずおずと一歩を踏み出す。そのうしろに伯爵がピタリとついてきた。

外観は古めかしい印象だったが、中は隅々まで掃除が行き届いていて、比較的新しい調度品も置かれていた。城のあちこちに生けられている花は季節のもので、とても趣味がいい。

そして、よく見れば壁や天井に配管が通っていた。

（水道が通っているのかしら？　古い建物かと思ったら、中はかなり近代的だわ）

歩きながら感心していると、客室と思《おぼ》しき一室の前で少年が立ち止まる。そして重厚な扉を軽快にノックした。

入れ、という短い声が聞こえる。その声に、アイリスはドキリと胸を弾ませた。

「どうぞ、お嬢様」

アイリスは一度深呼吸をして気持ちを落ち着けてから、開かれた扉の中へ足を踏み入れた。

「失礼いたします――」

部屋の中は広々としていて、開放的な雰囲気だった。大きな窓から燦々《さんさん》と差し込む日の光でそう感じるのかもしれない。

その窓を背にして、書類を手にした男性が長椅子に座っていた。シャツとベスト、脚衣だけのラフな格好だったが、アイリスにはすぐに『彼』だとわかる。

「我が城へようこそ。素顔で会うのは初めてだな」

男は書類を脇に置いて立ち上がり、胸に手を当て軽く一礼した。

――やはり、ただの商人とは思えない雰囲気だ。露《あら》わになった彫りの深い顔立ちも、思った以上に整っていて、こんなときでなければ見惚れていたかもしれない。

男らしい太い眉や、微笑みを浮かべる口元、すっと通った高い鼻など、これまで見た男性の中でもとびきり魅力的な相手に、アイリスはなんだかどぎまぎしてしまった。

「改めて、エヴァン・レイニーだ。よろしく、アイリス・シュトレーン嬢」

彼が顔を上げた途端、癖の強い黒髪がふわりと動く。日に焼けたような肌色と相まって、なんともエキゾチックな雰囲気だ。

「……本日はお招きいただきありがとうございます、レイニー様。わたしのことは、どうぞアイリスとお呼びください」

アイリスが丁寧に答えると、彼はふっと笑みを深めた。

「ならば、わたしのこともエヴァンと呼んでもらおうか。で、そちらはあなたの護衛かな？」

アイリスの背後に目を向け、エヴァンが問いかけてくる。

「この方はわたしの従姉妹《いとこ》マリーベルの夫君で、エデューサー伯爵です。女一人では不用心だと、同行してくださったのです」

「なるほど、賢明な判断だ。知り合って間もない男のもとに行くなら、それくらいの用心はしないといけない。いい従姉妹《いとこ》をお持ちのようだ」

護衛を連れてきたことに気を悪くすることなく、彼はそれが正しいと頷いた。

アイリスはほっとすると同時に、やはり彼は紳士なのだと感心する。だが、背後でエデューサー伯爵が息を呑んだのに気づき、振り返った。

「失礼ながら、あなたは……」

戸惑いながら口を開く伯爵に、エヴァンがニヤリと意味深に微笑んだ。

「ああ、わたしの顔を覚えていたか。先日は国境まで護衛をしてくれてありがとう、伯爵」

「え……？　あの、エヴァン様はエデューサー伯爵とお知り合いなのですか？」

アイリスは二人の顔を見比べるが、伯爵のほうは戸惑った様子で口をつぐんでしまう。代わりにエヴァンが説明した。

「先日、ルピオンに商売に行ったのだが、国境沿いに山賊が出るという情報があってね。それで、伯爵たちに護衛をお願いしたのだ」

「まぁ、国王様の騎士が商隊の護衛に……？」

おそらくエヴァンは貴族だろうから、特例で要請が通ったのかもしれないが……

「その節は助かりました。また機会があれば、どうぞよろしくお願いします」

商人らしい人当たりのいい笑顔で声をかけるエヴァンに、なぜか伯爵はなんとも言えない複雑な顔をしていた。

「……はい、もちろんです」

答える声も、ひどく戸惑っているように感じる。

いつにない伯爵の様子に、アイリスは首を傾《かし》げた。

「さて、ではさっそく本題に入ろうか」

エヴァンが声をかけてきて、アイリスは慌てて伯爵からエヴァンへ意識を戻す。

「まずは、あなたに見てほしいものがある。ここのすぐ下の部屋だ。案内しよう」

長椅子から立ち上がったエヴァンが腕を出してきたので、アイリスは緊張しながらその腕に手を添える。

アイリスに合わせてゆっくりと歩きながら、エヴァンはいくつかの回廊を渡り階段を下りて、ある扉の前で立ち止まった。

先程の部屋に負けず劣らず重厚な扉だ……思わず見上げたアイリスの横から、少年従者がすっと前に進み出た。

そして、両開きの扉を大きく開け放つ。

「――さぁ、今日からここが君の部屋だ」

正面の窓からまぶしい光が差し込んで、アイリスは思わず目を細める。何度か瞬《まばた》きして明るさに目が慣れた彼女は、目の前に広がる光景に息を呑んだ。

そこは、広間と言うには狭いものの、侯爵家の大食堂と同じくらいありそうな、とても広い部屋だった。大きな窓から惜しみなく日差しが降り注《そそ》いでいる。

だが驚くべきは部屋の広さでも明るさでもなく、室内に所狭しと置かれているもののほうだった。

「すごい……！　ドレスがこんなにたくさん！」

興奮のあまり、アイリスは上擦った声を上げる。

まず最初に目を奪われたのは、手前の壁際にずらりと吊るされているたくさんのドレスだった。いずれもガルディーン王国のものではなく、隣国ルピオンで流行しているスッキリとしたシルエットのものだ。

さらに部屋の中には大きなテーブルがいくつも置かれていて、その上にたくさんの生地《きじ》や針や糸、他にもなにに使うかわからない材料が整然と積み上がっている。

奥の壁際には最新式のミシンや、機織《はたお》りのための機械も並んでいて、アイリスは目を輝かせた。

そこはまさに、ドレスを作るための部屋だったのだ。

「この部屋を調《ととの》えるのに少々時間がかかった。というより、この城自体、長く城主不在だったから色々整備が必要でね。あなたに連絡するのがすっかり遅れてしまった」

「で、ですが、どうしてこのようなお部屋をわたしに……」

「それはもちろん、あなたの自立を助けるためさ」

さらりと言われるが、アイリスは驚愕と、それ以上の緊張で、ゴクリと唾を呑み込んだ。

「わたしの自立のため……？」

「デザイナーになりたいのだろう？　そのために必要と思われるものをここに揃えた」

アイリスから離れて室内に入ったエヴァンは、手近な椅子を引いてそこに腰かけた。

「それと、懇意にしている仕立屋と、ルピオンからデザインを生業《なりわい》にしている者を教師役として呼んでいる。まずは、ここで服飾の勉強に励《はげ》むといい。知識を得れば、自分がそれに向いているか、そうでないかがわかるだろう」

「そのために、これほどのお部屋を用意してくださったのですか……？」

あまりのことに、アイリスは足がすくんでしまう。

(自立に協力すると言われたけれど、まさかこれほどの環境を用意していただけるなんて！)

「気に入らなかったか？」

呆然と立ちすくむアイリスに、エヴァンが悪戯《いたずら》っぽく微笑んできた。

「……と、とんでもありませんっ。とても素晴らしいお部屋です！」

「他に必要なものがあればいくらでも用意しよう。ひとでも物でも、欲しいと思ったものはなんでも言うといい」

「……もったいないお言葉です。でもわたしに、ここまでしていただく価値があるのでしょうか？」

信じられないくらいの破格の申し出だけに、アイリスは戸惑いを隠せない。

「価値？」

エヴァンは片方の眉をわずかに上げる。アイリスは思い切って口を開いた。

「わたしは……つい最近、デザイナーの仕事を知り興味を持ったばかりの者です。ここまで用意してくださった上で申し上げるのは、大変心苦しいのですが……わたしに才能がなかったり、望む結果が出せなかったら、どうするのですか……？」

これだけのものを用意するには、資金も人手も相当かかったに違いない。なのにアイリスが相応の結果を出せなかったとしたら、この恩をどうして返せばいいのか……

「別にどうするつもりもないさ。やる気に結果が伴《ともな》わないことなど山ほどある。職業柄、ありったけの投資をしても、多額の借金しか残らなかった例などいくらでもあるしな」

つい怖《お》じ気《け》づいて弱音を吐くアイリスに、エヴァンは顔色一つ変えず泰然と答えた。

「あなたの才能は今のところ未知数だ。しかし、わたしがあなたの作ったものに興味を引かれたのもまた事実。それに……高位貴族に生まれながら、自立して生きようとする覚悟に感銘を受けたのも大きい。わたしがあなたに協力し、投資する理由はそれで充分だ」

「……本当に、それだけのことで？」

「そうだな。あなたの持つ先見《せんけん》の明《めい》には期待している。バッスルのせいで女性が自動車に乗りづらいというのは、男のわたしでは思いつかなかったことだ。そういった着眼点を含め、あなたには投資する価値があると判断した」

エヴァンは変わらず微笑んでいるが、こちらを見つめる瞳はどこか厳しい。

アイリスは背筋をしゃんと伸ばし、その瞳をしっかりと受け止める。

「……本当に、わたしが結果を出せなくてもよいとおっしゃるのですか？」

「まぁ、できれば出してほしいし、出せると思っているから投資するのだが。たとえ駄目だったとしても、あなたを取って食うような真似はしないし、望めばきちんと従姉妹《いとこ》殿のところへお送りしよう」

そう言って、エヴァンはアイリスのうしろに立つエデューサー伯爵を見た。

「では、もし、結果を残すことができたら……？」

「そのときは、あなたを我が商会の服飾部門の専属デザイナーに迎えるとしよう。わたしのところで顧客のためにドレスをデザインしてくれ。そうすればあなたはデザイナーとして名を売ることができるし、わたしも儲《もう》けを得ることができる」

……なるほど。そこまで言ってくれるなら、こちらの答えは一つしかない。

「さて、どうする？　今なら尻尾《しっぽ》を巻いて逃げることもできるが？」

エヴァンが意地悪く尋ねてくる。

正直、ここまでよくしてもらって、結果が出なかったらと考えると恐ろしい。

しかし……

（こんなにも恵まれた環境で学べる機会なんて、きっと二度とないわ）

今の自分にはなにもないのだ。だったら、やってきたチャンスを逃してはいけない。これ以上の申し出などあるはずがないのだから。

「……やります。やらせてください。ここで精一杯学んで、必ず自立してみせます……！」

拳《こぶし》を握ってそう宣言するアイリスに、エヴァンは「それでこそわたしが見込んだ相手だ」と満足げに頷く。

どことなく挑戦的な気配がする彼の微笑みをまっすぐ見返して、アイリスは決意を新たにするのだった。

これだけの環境があるのだ。いちいち通う時間も惜しい。

住み込みでもいいかとエヴァンに問うと、居室もメイドも用意してあるとの答えが返ってくる。

アイリスは彼の用意周到さに舌を巻きつつ、即座にここに居を移すことに決めた。

マリーベルに報告するため、アイリスはすぐに戻ってくる旨をエヴァンに告げて、エデューサー伯爵とともにいったん伯爵邸へ帰った。

はらはらしながらアイリスの帰りを待っていたマリーベルは、従姉妹《いとこ》の無事な姿を見て安堵したのも束の間、今すぐ居を移すと言われて仰天した。

「いずれここを出て行きたいとは聞いたけど、今日出て行くとは聞いていないわよ！　おまけに住み込みなんてとんでもない！　同じ王都に住んでいるのだから、ここから通えばいいじゃない。得体の知れない商人のところで暮らすなんて反対よ、大反対!!」

烈火のごとくまくし立てるマリーベルに気圧《けお》されながらも、アイリスは毅然《きぜん》として口を開いた。

「得体が知れないなんて言いすぎよ、マリー。エヴァン様はあなたのご夫君が護衛を務めるほどの方なのだから、身元は確かなはずだわ」

「護衛？　そうなの？」

マリーベルが目を向けると、エデューサー伯爵は神妙な面持《おもも》ちで頷いた。

「その通りだよ、マリー。あの方は信頼できる。大丈夫だ」

「大丈夫って、なんの根拠があってそんなこと――」

夫の静かながらもきっぱりとした口調に、マリーベルが黙り込む。

そんな彼女に歩み寄り、伯爵がぼそぼそとなにか話し始めたので、アイリスはそっと自室としている客間へ向かった。そしてメイドたちに頼んで荷造りをしてもらう。

「ここへきたときに持ってきた着替えと道具、あとファッション雑誌だけでいいの。お願い、急いで」

大急ぎで支度を整え玄関に戻ると、マリーベルが憮然とした面持《おもも》ちで待っていた。

「……夫がそのエヴァン様について話してくれたわ。確かに身元の確かな方だから、わたしも信頼することにするけれど、もし、なにかつらいことや不埒《ふらち》なことをされたら、すぐに帰ってくるのよ。

いいわね？　絶対よ？」

「わかったわ、マリーベル」

アイリスはしっかりと頷く。すると、マリーベルがふっと寂しそうに眉を下げた。

「もう止めたりしないけど……本当に、無理はしないでね。本当ににっちもさっちもいかなくなったら、遠慮しないでここに帰ってきなさい。ここはあなたの帰る家なんだから」

「マリーベル……」

「身体を壊さないようにね」

喉元に熱いものが込み上げてきて、アイリスの目に涙が滲《にじ》む。アイリスにとってマリーベルは従《い》姉妹《とこ》であると同時に、本当の姉のように思っている存在だった。

アイリスはぐっと嗚咽《おえつ》をこらえて、これまでの感謝を込めて微笑んだ。

「……今までありがとう、マリー。今のわたしがいるのは、あなたがずっと側で支えてくれたからよ。だからこうして、やりたいことも見つけられたわ。本当にありがとう……」

「いやだわ。なんだか泣きたくなっちゃう。今生《こんじょう》の別れというわけじゃないんだから、そんな顔をしないでちょうだい」

二人とも泣き笑いみたいな顔になって、ぎゅっと抱擁《ほうよう》を交わす。

両親にも世間にも、冷たくそっぽを向かれたアイリスに、ただ一人優しくしてくれたマリーベル。彼女の優しさに報《むく》いるためにも、必ず結果を出そうと、アイリスはいっそう固く決意した。

別れの挨拶《あいさつ》を済ませているあいだに、荷物が馬車にくくりつけられ、出発の用意が整う。

アイリスが馬車に乗る際には伯爵家の使用人たちも見送りに出て、世話をしてくれたメイドなど「寂しくなりますわ」と言って、さめざめと涙を流していた。

アイリスが馬車に乗り込むと、全員が「気をつけて」と言って手を振ってくれる。

アイリスもまた馬車の窓を開けて、アプローチを抜けるまで手を振り続けた。

「みんな、お世話になりました。ここでの日々は忘れないわ。本当にありがとう……！」

マリーベルも伯爵も馬車が見えなくなるまで手を振ってくれる。侯爵家を出たときとは大違いの別れに、アイリスは耐えきれなくなって少しだけ泣いてしまった。

だがゆっくりと感傷に浸《ひた》っている暇はない。ハンカチーフで涙を拭《ぬぐ》って、ぐっと奥歯に力を込めて顔を上げる。

泣いているうちに馬車は街中《まちなか》を抜けて、郊外の城へ向けて走っていた。疾走する馬車と同じくらい心を逸《はや》らせながら、アイリスはただ前だけを見つめていた。

＊　＊　＊

「お帰りなさいませ、お嬢様。お荷物をお運びいたします」

ガロント城へ戻ると、先程と同様に金髪の少年従者が出迎えてくれて、アイリスににっこりと微笑みかけた。彼のうしろからすぐに力のありそうな男性たちが現れ、馬車から荷物を下ろしていく。

アイリスは礼を言って、従者の案内で城へ入った。

「エヴァン様に、改めてお世話になる挨拶《あいさつ》をしたいのだけど……」

「申し訳ありません。主人は商会に呼ばれて、外出しております。今日はこちらには戻らないため、ゆっくりお過ごしくださいと仰《おお》せつかっています」

朝からずっとバタバタしていて、時計を見ることもなかったが、言われてみれば太陽が西に傾きかけていた。

「移動続きでお疲れでしょう。夕食を早めにお出しすることもできますが、いかがなさいますか？」

「そう、ね……。お願いしようかしら。ごめんなさい、なにからなにまでお世話になって」

「主人から、お嬢様が作業に没頭できるように、日常生活をサポートするように言われておりますので」

城の階段を上りながら、少年従者は心得た様子でそう答えた。

「僕の名前はコナーと申します。主人は仕事柄あちこち出かけることが多く、話したいと思っても不在にしている場合がございます。そういったときは僕に声をおかけください。必ず主人に伝えさせていただきます。なにか必要なものがあるときも僕が承《うけたまわ》りますので」

「ありがとう。助かります」

アイリスは返事をしながらも、今日はエヴァンに会えないと知って、少しだけ残念な気持ちになった。自分でもなぜそう感じるかはわからないが。

「――さて、こちらがお嬢様のお部屋になります。城の正面からだと少し遠いですが、この先の階段を下りると、先程の作業場へ行けるようになっております」

階段の位置や近くにどんな部屋があるかを説明してから、コナーは目の前の扉を開く。中に入ったアイリスは目を見開いた。

緋色を基調とした絨毯《じゅうたん》と同じ色のカーテンが窓を飾る、落ち着いた雰囲気の部屋だ。部屋の奥には大きな暖炉があり、その近くにテーブルと長椅子、小物棚が設置されている。窓際には揺り椅子が置かれ、天井からはシャンデリアが下がっていた。

奥にある扉は寝室に繋《つな》がっていて、中には天蓋《てんがい》付きの寝台と、衣装棚。そして鏡台が置かれていた。

「古い城ですので、配管が通っている部屋が限られております。少々手狭かと思いますが、こちらでご辛抱ください。この部屋には、浴室も備えつけてありますので」

「手狭なんて、とんでもないわ。とても素敵なお部屋……わたしにはもったいないくらい」

侯爵家の自分の部屋よりずっと広い。作業場だけでなくこんなに素敵な居室まで用意してもらって、恐縮しきりだ。

その後、コナーは部屋の隅に下がる紐《ひも》を引いて、世話係のメイドを呼ぶ。身の回りの世話をしてくれるメイドは二人いて、いずれもアイリスより少し年上とのことだった。二人とも朗《ほが》らかで話しやすく、親しみやすそうでほっとする。

そのうち荷物が運び込まれ、メイドたちは荷解きにかかってくれた。

「お嬢様にはお茶をお持ちいたしますか？　夕食までお休みされるなら、足湯などのご用意もできますが」

「いいえ……できれば、先程の作業場に入らせていただきたいの。構わないかしら？」

「作業場にはいつでも出入りしていいと許可をいただいております。あそこはお嬢様の第二のお部屋と思ってください」

アイリスは再度礼を言って、さっそく階下へ下りていった。

コナーの言う通り、階段を下りてすぐに目的の部屋を見つける。両開きの扉を開けば、先程と変わらぬ光景が広がっていた。

夕食の時間になったら呼んでほしいとお願いすると、コナーは一礼して部屋を出て行く。一人になったアイリスは、まずは並んでいたルピオンのドレスを手に取った。

こうして目の前に実物があるというのは、実にありがたい。どんな作りをしているのか、手に取って隅々までじっくりと眺めることができる。

教科書の代わりにファッション雑誌を広げて、このドレスはこのデザイン画に似ていると熱心に見比べながら、アイリスは夕食までの時間を過ごした。

呼びにきてくれたコナーに案内されて、食事室で心づくしの夕食をいただく。旬の食材をふんだんに使った美味《おい》しい食事だった。

入浴して身を清めた彼女は、夜着にガウンを羽織って、再び作業場に足を運ぶ。

メイドたちはあまり遅くなりませんようにと言いながらも、作業場に明かりを入れて、アイリスがドレスを見られるようにしてくれた。

アイリスは数あるドレスの中で、特に気に入った一着を膝に載せ、膨らみを持たせた袖の形をしげしげと眺める。

夢中になって作りを調べていたせいか、扉をノックされたことに気がつかなかった。

「――お気に召していただけたようでなによりだ」

いきなり近くから聞こえてきた声に、アイリスは短く悲鳴を上げて飛び上がった。

「エ、エヴァン様……？」

「だが、こんな時間まで起きているのは感心しないな」

そこにいたのは、戻らないと聞いていたエヴァンだった。昼の装《よそお》いと違い、襟元にタイを締めて、きちんと上着を身につけている。

「きょ、今日はお帰りにならないと聞いていたのですが……」

「思ったより早く商談がまとまってね。店にも眠る場所はあるが、どうせなら急ごしらえの簡易寝台より、この城の広々とした寝台で休みたい。美しい令嬢も滞在中だしな」

悪戯《いたずら》っぽく片目をつむられて、アイリスは思わず頬を染めた。

「そのドレスが気に入ったのか？」

エヴァンがアイリスの膝の上にあるドレスに目を向ける。アイリスは大きく頷いた。

「ええ、とても素晴らしいです。見てください、この柔らかな袖の部分！　雑誌で見たときは少しやぼったい感じがして、あまり好きではないと思っていたのですけど、実物は雑誌で見るよりスッキリしていてとても可愛らしいの……！」

袖口を撫でながらアイリスはうっとりと語る。だがエヴァンの紫の瞳と目が合って、ハッと我に返った。

「……ご、ごめんなさい。喋《しゃべ》りすぎました……」

「謝ることはない。好きなものを語るときの顔は、実に生き生きと輝いているものだな。ドレスについて話すあなたは、いつにも増して可愛らしい」

可愛いという言葉に、アイリスはついドキッとしてしまう。

これまでも社交辞令として容姿を褒《ほ》められることはあったが、こんなに落ち着かない気持ちになったのは初めてのことだった。

「あ、あの……このたびは、色々とお力添えいただき、本当にありがとうございました。居室もとても素敵で……こうして滞在も許していただけて、なんとお礼を言ったらいいか……」

動揺を抑え急いで礼を述べると、エヴァンは「気にするな」とさらりと答えた。

「だが、そうだな。どうしても礼をしたいと言うなら、あの夜のように、あなたの唇をいただこうか？」

「なっ……」

真っ赤になって目を見開くアイリスに、エヴァンは声を立てて笑った。

「冗談だ。そんなに怖い顔で睨《にら》まないでくれ」

「に、睨《にら》んでなど……っ。そ、それに、冗談にしてはタチが悪いですわ」

「それは仕方ない。あなたにキスしたいのは本当なのだから」

エヴァンがそのまま身体を倒して、本当に唇を寄せてくるから、アイリスはとっさに膝の上のドレスを持ち上げ壁にする。

「さぁ、わたしにキスされたくないなら、部屋に戻りなさい。だいたい、真夜中にそんな格好で寝台を出ているのは感心しないな」

アイリスはそこでようやく、自分が夜着にガウンを羽織っただけの格好であることを思い出した。

「……れ、礼儀がなっていなくて、失礼いたしました」

「別に構わない。だが、そんな格好でうろついていると、襲ってくれと言っているのも同然だということは心得ておきなさい」

身体を起こしつつ忠告してきたエヴァンに、アイリスはこくこくと頷く。もしかしたらエヴァンは、気をつけろと言うためにキスをするフリをしたのかも……

そう思った矢先、頬にちゅっと口づけられて、アイリスは首筋まで真っ赤になった。

「……エ、エヴァン様!?」

「遅くまで起きていた罰だ。さぁ、部屋まで送ろう。そのドレスは部屋に持って行っていいから」

アイリスの非難などなんともない様子で、エヴァンはからりと笑って手を差し出してくる。

からかわれて腹立たしく思いながらも、アイリスはドレスを手に立ち上がった。

だが腹が立つのに、すごくいやというわけでもなく、彼と腕を組んで階段を上がるアイリスは妙にドキドキしてしまった。

もっともそう感じているのはアイリスだけで、エヴァンは終始悠然と微笑んでいたが。

「先はまだ長い。今日は移動もあって疲れただろう。早く眠りなさい」

部屋に入る間際、アイリスにそう声をかけるエヴァンは、大人の余裕に溢《あふ》れている。

頬にキスされた程度でぷりぷりしている自分の子供っぽさを自覚させられ、なんだか落ち込んでしまった。

（……落ち込む？　どうして？）

自分の心に浮かんだ感情にふと戸惑ったとき、エヴァンがアイリスの手を取って口づけてくる。

「おやすみ。よい夢を」

紳士が淑女の手を取って口づけるのは、単なる挨拶《あいさつ》に過ぎない。

けれどアイリスは、口づけられたところから身体中に甘い痺《しび》れが広がっていく感覚を覚えて、小さく息を呑んだ。

そして呆然と立ち尽くすアイリスに艶《つや》めいた笑みを残して、エヴァンは静かに立ち去っていった。

＊　＊　＊

そんなことがあったからか、はたまたまだ慣れない場所で眠ったせいか、その夜の眠りはいつもに比べてずいぶんと浅かった。

それでもメイドが入ってくるとパチリと目が覚めて、アイリスは顔を洗いながら、いよいよ新しい生活が始まるのだと意識する。

朝食は食事室に用意してあると言われて、もしかしたらエヴァンと同席になるかも……と少し緊張したが、彼は朝早くから商談に出かけてしまったらしい。

残念なような、ほっとしたような複雑な気持ちを抱きつつ、アイリスはほどよい焼き加減の卵にナイフを入れる。

美味《おい》しい朝食をお腹に収め、食後のお茶を飲んでいると、コナーがやってきた。

「本日十時頃、主人がお呼びしたルピオンのデザイナーが城にいらっしゃいます」

「まぁ、ルピオンのデザイナーが？　わかりました。ではそれまで作業場にいますから、お客様が見えたら教えてくださる？」

「かしこまりました」

食事を終えたアイリスはさっそく作業場に入る。昨夜と同じくドレスを観察していると、あっという間に十時になって、作業場にデザイナーがやってきた。

「こんにちは、お嬢さん。わたしはモールスと言います。ルピオンで仕立屋として働いています」

片言のガルディーン語で挨拶《あいさつ》してきた初老の男性に、アイリスはにっこり微笑んだ。

『アイリスと申します。お目にかかれて大変嬉しく思います』

流暢《りゅうちょう》なルピオン語で挨拶《あいさつ》したアイリスに、モールスは目をまん丸にして驚いた。

『これは驚いた。お嬢さんはルピオンで暮らしたことがおありかな？』

『いいえ。けれど幼い頃からルピオンの言葉を習っていましたの』

王子妃になるための教育の一環が、こんなところで役に立つとは思わなかった。

モールスは嬉しそうに破顔する。

『言葉の壁がないのはありがたい。わたしはルピオンでデザイナーとして働いているが、この国のレースに興味があってね。ドレスの形こそ我が国から見れば古くさいが、生地《きじ》やレースはガルディーンのほうが進んでいると思うよ』

『わたしはルピオンのドレスに興味があるんです。バッスルのないドレスを実際に着てみたのですが、とても楽で――』

最初は硬い表情をしていたモールスだったが、言葉の壁がなくなると一転して饒舌《じょうぜつ》になった。

気づけばアイリスは、理想のドレスについて二時間近く彼と話し込んでいた。

モールスはこれから数ヶ月この城に滞在し、ガルディーンでレースや宝石加工などを学ぶという。

その合間にアイリスへデザインについて教えてくれるそうだ。

『あなたの頭にはすでに多くのドレスのデザインがあるようだ。まずはそれを絵に描き起こしてみなさい。わたしもあなたがどういうドレスを作るのか非常に興味がある』

そうして、次に会うときまでにデザイン画を何枚か描いておく宿題が与えられた。アイリスは笑顔で頷き、頑張らなくちゃと意気込みを新たにする。

笑顔でモールスと別れ、昼食を終えたアイリスのもとに、今度は別の来客があった。

この国の仕立屋でデザイナーをしているという、いかにも厳しい雰囲気のご婦人である。

「デザイナーに興味があるとのことだけど、そもそもお針子としてはどれくらいの腕を持っているのかしら？　採寸や、型紙を作った経験くらいはあるのでしょうね？」

ルイスと名乗った夫人は、チェーン付きの丸眼鏡を押し上げげつつ早口で尋ねてくる。

緊張しながら話を聞いていたアイリスは、思わず首を傾《かし》げた。

「型紙、ですか？」

その一言で、アイリスにまったく知識がないことを悟ったらしい。ルイスはぎょっと目を見開いて、そのままふらふらとよろめいてしまった。

「そんなことも知らずに、よくデザイナーになりたいなどと言えたものね……！　レイニー卿もなんて酔狂な！」

大げさな身振りで嘆かれるが、実際にその通りなのでアイリスは恐縮するばかりだ。

それでも、どうにか彼女へ誠意を伝えたくて、深く頭を下げる。

「無知は承知の上でお願いいたします。わたしにドレスの作り方を教えてください！」

ルイスはむっと顔をしかめたが、素直に頭を下げるアイリスには好感を持ったらしい。

「わたくしの教えは厳しくてよ。それに、途中で投げ出すことも絶対に許しません。その覚悟はできていて？」

「はい。よろしくお願いいたします！」

アイリスは気合を入れて、しっかりと頷いた。

「わたくしは同じことは二度言いませんからね」

最初にそう宣言したルイスは、ドレスの作り方の手順をまとめた冊子をアイリスに渡してきた。

それを見ながら、アイリスはルイスのやり方をひたすら凝視して覚えていく。重要だと思うことはそのつど、鉛筆で冊子に書き込んでいった。これまで羽根ペンしか持ったことがなかったアイリスにとって、自《みず》ら鉛筆を削る作業すら新鮮な体験である。

ルイスは次の日もその次の日も、アイリスへドレスの作り方を徹底的に教え込んでいった。

ルイスの指導は確かに厳しい。少しでもミスすれば強い叱責《しっせき》が飛ぶ。

しかし、教え方はとても丁寧で的確だった。その上、経験に基づいた助言を惜しみなく与えてくれる。ルイスは間違いなく最良の教師と言えるだろう。

なにより、彼女が教えてくれるのは大好きな服飾についてだ。朝から晩まで好きなことを学べる喜びを前にすれば、叱られることなどまるで苦ではなかった。

（ドレスって、こんなふうに作られていたのね……！）

これまで当たり前のように着ていたドレスがどのように作られていたかを知るのは新鮮で、驚きの連続だった。スカートだけで何種類も型紙を作るなんて、かつてのアイリスには想像もつかないことである。

（一着のドレスを作るのに、これだけの苦労があるなんて……職人って本当にすごいわ）

知れば知るほど、仕立屋に対して強い尊敬の念が湧いてくる。いつか自分もドレスを生み出す側になりたい。そんな気持ちが日々大きくなっていって、アイリスはいっそうデザイナーへの憧れを強くした。

（わたしのデザインしたドレスで、たくさんのひとを笑顔にできたら……！）

そう思うだけで毎日がキラキラと輝いていき、アイリスは精力的に勉強に励《はげ》んでいったのだった。

そうして一通りドレスの作り方を学び終え、ようやく実地に移ることになる。

アイリスが最初に手がけたのは、下着だった。

手袋なら作ったことのあるアイリスだが、ドロワーズやシュミーズを作ったことはない。

さっそくアイリスは自分付きのメイドたちに頼んで採寸させてもらい、下着作りに取りかかった。

完成したものを身につけてもらって、着心地などの感想を聞いて微調整をする。

そうして完成した下着をルイスに見てもらうのだ。

ルイスは徐々に課題の難度を上げていき、アイリスも真剣に取り組んでいく。しばらくその作業を繰り返し、課題が一度で合格できるようになった頃。

「では、いよいよドレスを作ってみましょうか」

ルイスがそう切り出してきた。

アイリスはいっそうやる気になって、ドレス作りに取りかかる。

しかし、下着や夜着と違って、ドレスはまったく上手《うま》くいかない。

作ろうとしているのは本当にシンプルなドレスなのだが、型紙を作る段階からすでに躓《つまず》いてしまった。

「アイリス。焦って根を詰めたところで、いい結果が出るというものではありませんよ。少し休憩しなさいな」

朝から晩まで作業場に詰めているアイリスを見かねて、ルイスが声をかけてきた。

「はい……」

アイリスはしょんぼりしながら、作業場の一角に設《もう》けられた丸テーブルにつく。

そこにはメイドが運んできたお茶とお菓子が用意されていた。放っておくと、食事どころか休憩すら取らないアイリスのために、ルイスが用意させたものだった。

「ひとまず、お食べなさい。甘いものは疲れた身体に有効です」

「はい……」

アイリスはもそもそとスコーンを食べる。

本当はこうしているあいだも型紙と格闘したくて仕方なかったが、ルイスの言うことももっともなので、大人しく従った。

ちょうどスコーンを一つ食べ終えた頃、作業場の扉がノックされてコナーが入ってくる。

コナーがやってくるときはたいていエヴァンからの伝言を持ってくるのだが、今日は本人が一緒にやってきた。

「ああ、ちょうど休憩中だったのか」

どこかの商談帰りと思《おぼ》しきエヴァンは、タイを緩《ゆる》めながら声をかけてきた。

アイリスは慌てて挨拶《あいさつ》のために立ち上がる。しかしエヴァンは軽く手を上げ、そのまま座っているように合図した。

「調子はどうだ、アイリス？」

「はい……ようやく課題でドレスを作るまでいったのですが、なかなか上手《うま》くいかなくて。昨日からずっと型紙と格闘しています」

ため息まじりに答えるアイリスに、エヴァンは声を立てて笑った。

「何事も最初から上手《うま》くいくほうがおかしい。なぁ、ルイス？」

「レイニー卿のおっしゃる通りです。最初から上手《うま》くいってしまったら、長い時間をかけて腕を磨いてきた職人たちの立つ瀬がありませんわ」

ルイスの言葉はいつも辛辣《しんらつ》だ。アイリスはしゅんと身を縮める。だが、ルイスの続けた言葉を聞いてハッと顔を上げた。

「わたくしが教えてきた生徒の中でも、アイリスはずば抜けて努力家です。やる気もあって、そのため覚えも早い。仕事ぶりも非常に丁寧ですから、きっと、あっという間に成長するでしょうね」

これまで聞いたことがない褒《ほ》め言葉の数々に、アイリスは思わず耳を疑った。

「ル、ルイス先生、それは、本当ですか……？」

「わたくしは嘘は言いませんよ。おべっかを使うこともありません」

つまり、今の言葉はまぎれもなくルイスの本心ということだ。

アイリスはあまりの嬉しさに、ルイスの手を取って強く握った。

「ありがとうございます、ルイス先生……！　わたし、頑張ります！」

「頑張るのは結構ですが、適度な休憩も取りなさい。あなたときたら、こちらがいくら言ってもお茶も飲まないのだから」

ルイスはむっとした顔で説教をしてきた。だがかすかに赤くなった頬から、照れ隠しなのだろうと察せられる。アイリスはつい口元がむずむずするのを感じた。

「それはいけないな、アイリス。人間はきちんと休憩しないと作業効率が落ちるようにできている。

一時間働いたら十分の休憩は基本中の基本だ」

メイドが気を利かせて持ってきたお茶のカップを持ち上げ、エヴァンがルイスの言葉を支持した。

ルイスも重々しく頷いたので、アイリスはまた小さくなって「はい」と言うしかない。

「ときには、肩の力を抜くことも必要だぞ。ずっと眉間に皺《しわ》を寄せたまま作業を続けていると、最初にあった楽しいという気持ちがいつの間にかどこかへ行ってしまうからな」

「そうですね……肝に銘じます。でも、こうして好きなことで悩めるって、とても贅沢《ぜいたく》なことですね。ここにきてから、毎日それを実感しているんです」

アイリスはにっこり微笑んだ。

「焦らず、地道に取り組むことだ」

「はい！」

笑顔で頷いたアイリスは、お茶とお菓子をお腹に収めると、張り切って作業に戻った。

そんなアイリスの様子を、ルイスとエヴァンが優しいまなざしで見つめていた。

第四章　淫《みだ》らなお仕置き

ガロント城からは、すっかり日常となったミシンの音が響いている。

アイリスが作業場で、一心に生地《きじ》を縫い合わせている音だ。

少し離れたテーブルについたルイスとエヴァンが、見るともなくその様子を見つめている。

メイドが運んできたお茶を手にしたルイスが、ゆっくり口を開いた。

「初心者とは思えない上達の早さですわ。もうわたくしが教えることは、ほとんどないと言ってもいいくらいです」

あれからめきめきと上達していったアイリスは、今ではモールスの意見を聞いて自《みずか》らドレスをデザインし、ルイスに型紙や縫製について確認しながら、意欲的にドレスを作り上げている。

教え子の上達を認めたルイスは、様子を見にやってきたエヴァンにそう告げた。

「まさか一ヶ月半ほどで、あなたにそう言わしめるとは。彼女には才能があったということだな」

「ええ、まさしく……。仕立屋で働いた経験もないまったくの素人《しろうと》に、一からドレス作りを教えてほしいと依頼されたときは、どんな酔狂かと不安になったものですが……」

当時のことを思い出して、ルイスはあきれたようなまなざしでエヴァンを見やった。

「——結果的には、エヴァン様の目が確かだったということですわね。あの子はきっと大成しますよ。なにせ、わたくしの教えに一度も音《ね》を上げずについてきたのですから」

「あなたがそこまで言うなら、本当にそうなるだろうな」

エヴァンは微笑みながらも、どこか安心した様子で小さく息を吐く。

そんな些細《ささい》な仕草から、エヴァンがアイリスをかなり気にかけていることが読み取れた。

そのことに小さく微笑んで、ルイスはお茶のカップをテーブルに置く。

「またなにかありましたらお呼びください。喜んでご協力させていただきますわ」

「ありがとう、ルイス」


——それから二日ほど経った日。

アイリスはエヴァンから、ルイスが自分の店に戻ると聞かされ、目を見開いた。

「そんな突然……ルイス先生……」

「別に突然でもなんでもありませんよ。わたくしはもともと、あなたにドレスの作り方を教えるためにここに滞在していたのです。その役目が終わったら、ここにいる必要はありません。わたくしには自分の店がありますしね」

ルイスはいつも通りの淡々とした口調で告げる。だが、アイリスはすぐに「はいそうですか」とは頷けなかった。

「あの、少しだけ……待っていてくださいませんか。できれば一時間ほど！」

アイリスはすぐにでも出て行こうとするルイスをなんとか引き留め、急いで作業場に駆け込んだ。

そして試作していた婦人用手袋を引っ張り出し、得意の花の刺繍《ししゅう》を刺し始める。

大急ぎで、しかし丁寧に心を込めて仕上げた。完成した手袋を持って、お茶を飲んで待っていたルイスのもとへすぐに戻る。

「これを……っ。ルイス先生、わたしの気持ちです。どうか受け取ってください……！」

ルイスは驚いた様子ながら、アイリスの差し出した手袋をしげしげ見つめた。

手袋のサイズは、ルイスの手に合わせて作ったものだから問題ない。でも、急いで刺した刺繍《ししゅう》を雑だと言われたらどうしようかと、つい身構えてしまう。

「……なかなか可愛らしい刺繍《ししゅう》ね。つけ心地も悪くないわ」

最後まで厳しく査定しながらも、ルイスはすぐにその手袋を身につけてくれた。気に入ったという彼女なりの意思表示だろう。

アイリスは涙ぐみながら、ルイスの手をぎゅっと握った。

「これまで、本当にありがとうございました。ルイス先生に教えていただいたことは、決して忘れませんわ……！」

「……まだまだ荒削りなところも多いけれど、わたくしの教えについてきた根気は評価しています。しっかり頑張りなさい」

「はい！」

溢《あふ》れそうになる涙を必死にこらえて、アイリスは笑顔で頷いた。

そして、迎えにやってきた馬車に乗り込むルイスを、アイリスは門まで見送りに出る。馬車が見えなくなるまで手を振っていた彼女は、涙が残る目元をごしごしと擦った。

涙を拭《ぬぐ》った手で拳《こぶし》を作り「頑張るわ!」と声を上げる。

そして再び作業場へと戻るのだった。


頭の中には毎日のように新しいアイディアが浮かぶけれど、それを形にする時間が圧倒的に足りない。アイリスの今の悩みは、実に贅沢《ぜいたく》なものだった。

「ようやく、思い描いたドレスを形にできるようになってきたみたい……」

できあがったばかりのドレスをトルソーに着せて、ほぅっと息をつく。

しかし休む間もなく、アイリスは次のドレスのデザイン画を描き始めた。大きな机について何枚もの白紙に鉛筆を走らせ続ける。

……そうして、どれくらい経った頃か。

自分の身体がふわりと持ち上げられる気がして、アイリスはとっさに身を強張《こわば》らせた。両足が宙に浮いている感覚がして、急いで重いまぶたをこじ開ける。

「え、え……?」

目を開けた彼女は、そこが作業場ではなく、自室へ通じる回廊であることに気づいて狼狽《ろうばい》した。

焦って周囲へ視線を向けようとしたとき、頭のすぐ上から声が聞こえてくる。

「目が覚めたか?」

ハッと顔を上げたアイリスは、思っていたよりずっと近くにあったエヴァンの顔に、ひゅっと息を呑んだ。

「エ、エヴァン様……!?」

「デザイン画の山に突っ伏して眠っていたぞ。休むなら作業場ではなく、自分の部屋で休みなさい」

くすくすと笑いながら、エヴァンは階段を上がっていく。

そこでようやく、アイリスは自分が彼に横抱きに抱えられていることに気づいた。どうやら作業場で眠りこけていたところを、自室へ運んでくれているらしい。

それだけでも居たたまれないのに、すぐ近くにある彼の横顔にアイリスの心臓が音を立てる。

照明を落とした薄暗い廊下にあっても、彼のエキゾチックな美貌は色褪《あ》せることがなかった。

あまりの至近距離に心臓がどくどくと高鳴り出して、アイリスは慌てて彼の胸を押す。

「あ、あの、自分で歩きますから、降ろして……」

「せっかくだ、このまま部屋まで送ろう。そうしないと、あなたはまた作業場に戻りそうだからな」

そうだろう？　という顔で見つめられて、アイリスはどぎまぎしながら目を逸《そ》らした。

「でも、あの、明日はモールス先生に新しいデザイン画を見ていただく約束があるんです。先生はレースを見繕《みつくろ》いに泊まりがけでお出かけになっていたから、お目にかかるのは一週間ぶりで――」

「ならば一度眠って早く起きたらいい。睡眠が足りていない頭では、いいアイディアなど浮かばないだろう」

アイリスを抱えながら危なげなく階段を上がった彼は、本当に部屋まで彼女を送るつもりらしい。

それどころかアイリスの部屋の前までくると、器用に扉を開けて中にまで入っていってしまう。

「ここへきてからというもの、あなたは一日四時間も寝ていないだろう。やる気があるのはいいことだが、寝不足で体調を崩しては元も子もないのではないか？　何事も身体が資本と言うだろう」

「ですが……」

話しているうちに寝室にたどり着く。そっと寝台に降ろされ、靴まで脱がされ始めて、アイリスはなんとも居たたまれない気分になった。

「送っていただき、ありがとうございました……。ですが、あの、すっかり眠気も覚めましたので、もう少しだけデザイン画を描いてから……──んんっ⁉」

寝台から下りようとするも、いきなり肩を押さえつけられ、エヴァンに唇を塞《ふさ》がれる。

いつかの舞踏会と同じ不意打ちのキスに、アイリスは驚いて固まった。

そのあいだに、当たり前のように彼の舌が口内へと入ってきて、反論の言葉まで奪われる。

「ちょっ……ンン、エヴァ……さま……っ」

「ひとの言うことを聞かない悪い子には、お仕置きが必要だな」

「そんな──、ふっ……」

角度を変えて再び口づけられて、舌同士を擦り合わされる。

濡《ぬ》れた音が聞こえてくるだけでひどく恥ずかしいのに、舌の付け根をなぞられ、強く吸われた瞬間、背筋にゾクッとするものが走って、自然と腰が浮いてしまった。

「ンンッ……」

抗議のために厚い胸を叩く。するとエヴァンは、意地悪く笑って囁《ささや》いてきた。

「今後は真夜中になる前に必ず休むんだ」

「そ、んな……あふっ……」

唇が離れたほんの少しの合間に逃げ出そうとするも、今度は後頭部をしっかり押さえられて、さらに強く唇を重ねられる。

「イエスと言わなければ、お仕置きを増やすぞ……？」

男らしい低い声で囁《ささや》かれて、アイリスの胸がなぜかざわつく。

だがエヴァンの大きな手がアイリスの肩から胸元へ移動してきたことで、考えるどころではなくなってしまった。

コルセットをつけたドレスならまだしも、今着ているのは薄いシュミーズドレス一枚だけだ。

すぐに胸元のリボンをしゅるりと解かれる気配がして、アイリスは慌ててエヴァンの肩を叩いた。

「エ、エヴァンさま……、おやめください……っ」

「いやなら、今後はきちんと休むと約束するんだ」

「ですが……、んふっ……」

反論は認めないとばかりに、再び深く口づけられて、アイリスはなんだかクラクラしてきた。気づくとエヴァンの手がドレスの内側に入り込み、左の乳房をするりと撫でてくる。

「あ、あ、……や、休みますっ、約束しますから……っ」

たまらなくなったアイリスは、キスの合間に叫んだ。

「本当だな？」

「はい……！　だ、だからもう、やめ……、あ……」

最後に強くアイリスの舌に吸いついたあと、エヴァンはすっと身体を離した。

お互いの口のあいだを繋《つな》いだ唾液の糸がぷつりと切れるのを目の当《ま》たりにし、アイリスは恥ずかしさにぎゅっと目をつむった。

「は、ぁ……」

「今後、約束を破って夜更かししているのを見つけたら、同じことをするから心しておくように」

エヴァンが再び身を屈《かが》めて耳元で囁《ささや》いてくる。吐息が頬にかかり、まだ息の整わないアイリスは、必死になってこくこくと頷いた。

すると、エヴァンがふっと微笑んだ気配がする。

そっと目を上げて見てみると、彼はとても優しいまなざしでアイリスを見下ろしていた。

「あなたはよくやっているよ。だから、ゆっくり休みなさい」

そのなだめるような彼の口調に、アイリスはハッと目を見開く。

そんなに急いで色々やろうとしなくていい——そんなふうに言われた気がしたのだ。

なにも言えずにいると、彼はアイリスの髪を優しく撫でる。

「おやすみ、アイリス」

そして、彼女の額《ひたい》にそっとキスを落とした。

先程とは違う、親愛やいたわりを感じさせるキス……

「……おやすみなさい」

素直に答えたアイリスに目を細め、エヴァンが毛布をかけてくれる。そして彼は静かに部屋を出て行った。

扉が閉まる音を遠くに聞きながら、アイリスはゆっくり息を吐き出す。

……エヴァンに言われた通り、今日は休んで明日早く起きよう。

そう思って目をつむるが、不意に彼の唇や手の感触がよみがえってきて、身体の奥が熱く火照《ほて》ってくる。特にお腹の底がむずむずしてしまい、アイリスの頬はたちまち熱を持った。

「……い、いやだわ。どうしてわたし、こんなにドキドキしているの……？」

早鐘を打つ心臓の鼓動に戸惑いながら、アイリスは頬に両手を当てて眉を下げる。

落ち着こうと考えれば考えるほど、間近で見たエヴァンの顔や、舌を絡《から》められた感触を思い出してしまい、ますます焦ってしまった。

（しっかりするのよ、アイリス！　お仕置きにときめいている場合ではないわっ！）

思い出すだけでも心臓が飛び出しそうで、アイリスは枕に突っ伏して身悶《みもだ》えた。

（いくらわたしを休ませるためとはいえ、舌を絡《から》めるほど濃厚なキスをして……む、胸に、さわるなんて！　もう絶対に、お仕置きなんてさせないんだから……！）

そう固く決意して、アイリスは毛布を引っ張り上げる。

エヴァンを頭から追い出すため、新しいドレスのデザインを必死に思い浮かべているうちに……

彼女はぐっすりと眠り込んでいたのだった。

絶対にお仕置きなどさせないと決意したものの……ついドレス作りに夢中になって、真夜中を過ぎてしまうことがままあった。

エヴァンが仕事で不在のときならまだしも、そうでない場合は強制的に作業場から引き剥《は》がされ、問答無用で自室に連行されてしまう。

それどころか、初日以上の淫《みだ》らなお仕置きをされた。

キスはもちろん、ドレスの下に手を入れられ乳房やお尻を撫でられたり、首筋や鎖骨に口づけられて痕《あと》を残されたり……

その夜も、アイリスはエヴァンの手や舌に翻弄《ほんろう》され、自室の寝台の上ではぁはぁと喘《あえ》いでいた。

「エヴァ、さま……、も、やめてください……！」

寝台にうつ伏せになったアイリスの上にピタリと覆《おお》い被さり、夜着の上からエヴァンの手が胸の膨らみを鷲掴《わしづか》みにしていた。

薄手のシュミーズドレスの上からでは、直接さわられているのと大差ない。

彼の手のひらが妖《あや》しく動くたび、薄い生地《きじ》を押し上げるように乳首がピンと尖っていく。それがたまらなく恥ずかしくて、アイリスはいやいやと首を横に振った。

「乳首がすっかり凝《しこ》っているぞ？　これほど感じてしまうと、お仕置きにならないな」

「か、感じて、なんて……、ンンッ！」

薄い布越しに乳首をきゅっとつままれて、アイリスは細い肩を跳ね上げる。その拍子《ひょうし》にシュミーズドレスの襟元がずれて、左の肩が露《あら》わになった。

剥《む》き出しになった肌をそっと撫でたあと、エヴァンはそこに唇を押し当てる。

「あぁ……っ」

軽く歯を押し当てられ、少しの恐怖と多大な羞恥《しゅうち》に涙が滲《にじ》んだ。思わず身体を強張《こわば》らせると、エヴァンがなだめるように身体をぎゅっと抱きすくめてくる。

「安心しなさい。お仕置きと言っても痛いことはしないさ」

「……お、お仕置き、自体、やめてください……っ」

「そう望むなら、さっさと休むことだ。もとはといえば、どれだけお仕置きされても懲《こ》りないあなたが悪い。もうこれで何度目だ？　わたしにお仕置きされるのは」

「し、知らな……っ、あ、やっ、つままないで……！」

凝《しこ》った乳首を再び指先でつままれ、こよりをよじるみたいに刺激される。肌の内側にまで愉悦《ゆえつ》がジンジンと響き、アイリスは真っ赤になって喘《あえ》いだ。

「や、あぁ……っ」

「それとも、わたしにこうしてほしくて、わざと夜更かしししているのか？」

エヴァンがアイリスの耳裏に唇を押し当てて囁《ささや》いてくる。

熱い吐息と鼓膜を震わせる低い声にゾクゾクして、アイリスは首を打ち振った。

「ち、ちがいます……、そんないやらしいこと、考えなぃ……、んンぅ……っ」

「それなら、約束を破るのをやめることだ。ドレスに夢中になるのもいいが、まずは自分の身体のことを考えなさい」

「わ、わかり、ました……から……っ、あ、んぅ……！」

エヴァンの唇が移動し、うなじにきつく吸いつかれる。

寝台についていたアイリスの肘がかくりとくじけるのを見ると、エヴァンは彼女の身体をぐるりと仰向けにして、自分と向かい合わせの体勢をとらせた。

アイリスが目を瞠《みは》ると同時に、唇に深く口づけられる。

「ふ、う……っ、ぅンン……！」

同時に乳首を親指で押し込めるように刺激されて、アイリスはガクガクと身体を震わせて声にならない声を漏《も》らす。

（や、約束するって、ちゃんと言ったのに、どうしてお仕置きが終わらないの……？）

泣きそうになりながら考えたとき、唇を離したエヴァンがニヤリと笑った。

「これからはお仕置きの回数が増えるごとに、こうしてふれ合う時間も長くしていこう。そうすればあなたもそのあいだ、たっぷり反省することができるだろう？」

「……っ⁉」

なんとも恐ろしい提案に、アイリスは声もなく目を見開く。

だがエヴァンは容赦しない。アイリスの胸元のリボンを解いたかと思ったら、柔らかな胸の膨らみをあっという間に露《あら》わにしてしまった。

「きゃあ……っ⁉　やっ、見ないで……、ふ、あぁあっ……！」

乳房の膨らみを柔らかく揉《も》まれ、乳首を刺激されて、アイリスは息も絶《た》え絶《だ》えになる。

いつの間にか足のあいだにはエヴァンの腿が入り込んでいて、足の付け根あたりをそれとなく圧《お》してくるのにもビクビクと震えてしまった。

「はっ、あぁ、あぁあああん……っ」

とんでもなく恥ずかしいことをしている気がして、アイリスは喘《あえ》ぎながら力なく首を振り続ける。

こんなことは駄目と主張したくても、エヴァンの手や指、舌の動きに翻弄《ほんろう》されて、満足に息も継げなかった。

「……や、ぁ、も……、お、おかしくな、る……！」

「なっていいさ。そのまま気持ちよくお仕置きされてしまえばいい」

「ふ、ぅ……、んあぁああう……っ」

エヴァンの言葉が麻薬のように染み込んでくる。愉悦《ゆえつ》に支配された身体は意思の力ではどうにもできず、気づけばアイリスは両手足を強張《こわば》らせ、身体を突っ張って悦楽《えつらく》に呑まれていった。

エヴァンは自身の言葉を裏切ることなく、お仕置きの回数が増えるごとにふれてくる時間を長くして──それに伴《ともな》って、際どいところにまで手を伸ばしてくるようになった。

胸元をはだけられるのは当たり前のようになり、下肢の恥ずかしいところにまでふれようとするのだ。

──未婚の娘に対し、さすがにちょっと、ひどいのではないだろうか？

「お、おまけに、痕《あと》までつけるし……！」

エヴァンのお仕置きを受けて、疲れ切って眠った翌朝。メイドがやってくるより早い時間に目覚めたアイリスは、脱衣所に置かれた姿見で自《みずか》らの姿を確認し、思わずわなわなと震えてしまった。

「アイリス様？　お目覚めですか？　今はどちらに……」

ショックで立ちすくんでいると、どこからかメイドの声が聞こえてきて、アイリスははっと我に返る。

「あ、よ、浴室にいるわ！　あ、あの、汗をかいてしまったから新しいシュミーズを持ってきてくれないかしら？」

焦って声を上げるアイリスに、お召し替えならお手伝いをしますが……とメイドが申し出てくる。

アイリスはそれを丁重に断って、差し出されたシュミーズをひったくるように受け取り、急いで身につけた。

乳房が隠れると、その谷間につけられた赤い痕《あと》も隠れる。アイリスはようやくほーっと息をついた。

（いくら昼間は見えないところとはいえ、痕《あと》をつけてくるなんて……）

ドレスに着替えたアイリスは、プリプリしながら鏡台の前に座る。心得たメイドがブラシを片手にすぐやってきて、彼女の長い髪を梳《と》かし始めた。

その様子を鏡越しに見つめながら、アイリスは悶々《もんもん》とエヴァンのお仕置きについて考え続ける。

さすがに痕《あと》をつけるのはやめてくれと言っておかなくては。いつメイドに知られるかもわからない。

……いや、それで言うなら、淫《みだ》らなお仕置き自体すぐにやめてほしいのだけど……

（そ、そもそも、相手が将来的に伴侶になる令嬢ならいざ知らず、そうでない相手にあんなふうにふれてくるのは、紳士のすることではないのではないかしら？）

少なくとも、アイリスはそういう教育を受けてきた。それともこの手の価値観は、男女によって違うものなのだろうか？

（わたしにとっては刺激の強すぎるふれ合いでも、エヴァン様のような大人の男性にとっては、大したことではない……それこそ普通のことなのかも……）

ふとそんなことを考えたアイリスは、無意識に顔を曇らせた。

——思えば二度目の仮面舞踏会のときだって、エヴァンは突然アイリスの唇を奪ってきたのだ。淑女たるもの、なにがあっても貞節であれ、と言われて育ったアイリスにとっては、天地がひっくり返るほど衝撃的な行為だった。

けれど、エヴァンにとってはなんでもない……それこそ、握手の延長程度のふれ合いのつもりなのかもしれない。だから『お仕置き』と称して、アイリスに躊躇《ためら》いなくふれられるのかも……

（かといって、許容することは少し、いえかなり難しいわ。でも……エヴァン様は結局のところ、わたしにきちんと休めと言いたいだけなのよね）

だから、あのふれ合いの意味を考えても仕方ないのだ、とアイリスは自分に言い聞かせようとする。あれはエヴァンにとっては挨拶《あいさつ》みたいな行為で、アイリスを休ませるために最も効果的だから使っている手法に過ぎないのだ、きっと。

……だが、それはそれでなんだかとても悲しい気がして、アイリスはしゅんと肩を落とす。

難しい顔をしたり赤面したりと百面相《ひゃくめんそう》を繰り返すアイリスに、メイドが「どこかお加減が悪いのでは？」と心配そうに声をかけてきた。アイリスは慌てて「なんでもないのよ」と誤魔化し、鏡台の前から立ち上がる。悩んでいる間に、髪はメイドが綺麗に結い上げてくれていた。

（平静を保つのよ、アイリス。周りのひとたちに不審に思われてはやっていけないわ）

と思ったものの、食事室に入った直後に「おはよう」と声をかけられて、アイリスはびくんっと過剰なまでに反応してしまった。

「エ、エヴァン様……」

「今日はわたしも一緒に朝食をとろうと思ってな。別に構わないだろう？」

「そ、それは、もちろん……」

アイリスは動揺を悟られないよう澄まし顔を取り繕《つくろ》って席に向かう。コナーがアイリスのために椅子を引こうとしたが、なぜかエヴァンがそれを制して、自分の隣の席に彼女を誘導した。

「どうぞ」

わざわざ椅子を引いてくれたのを無視するわけにもいかず、アイリスは仕方なく腰かける。

だが座った瞬間、エヴァンがアイリスにだけ聞こえるように、わざと耳元で囁《ささや》いてきた。

「閨《ねや》のあなたは色っぽいが、朝日の中で恥じらうあなたもとても可愛らしいな」

おおよそ朝食の席で口にする内容ではなく、アイリスはたちまち真っ赤になる。羞恥《しゅうち》のあまり叫び声を上げそうになるが、すんでのところでこらえられたのは、幼い頃からの淑女教育の賜物《たまもの》だろう。

（そ、それにしたって、意地悪すぎるわ――――！）

抗議の視線を送るが、エヴァンは涼しい顔だ。何事もなかったように隣に座られ、むしゃくしゃするやら、恥ずかしいやら、気まずいやら……とにかく落ち着かなかった。

そんな二人の様子を、コナーを始め給仕やメイドたちも微笑ましく見守っていたのだが……当のアイリスは気づくことなく、とにかく今夜は絶対に早く休んで、エヴァンにつけ入る隙を与えないようにしよう、と固く誓うのだった。

＊　＊　＊

それからアイリスは、必ず真夜中になる前に休むように気をつけつつ、また新たに一着のドレスを完成させた。

「できた……！」

完成したドレスを着て姿見に映る自分を見つめ、アイリスは満面の笑みを浮かべる。

着替えに手を貸してくれたメイドたちも、感嘆の面持《おもも》ちで目を瞠《みは》っていた。

「なんて素晴らしいドレスでしょう……！　よくお似合いですわ、お嬢様！」

口々に褒《ほ》めてくれるメイドたちににっこり微笑んで、アイリスは改めて姿見に向き直った。

このドレスは、モールスの意見を取り入れつつ作り上げた一着だ。

バッスルを使わず、きゅっと絞った腰から自然な形にスカートが広がる、柔らかなデザインのドレスだ。胸元は布をたるませてドレープを作っている。五分丈の袖は、柔らかく広がっていた。

その場でくるりと回ると袖から風が入って、とても涼しく快適でもあった。

「バッスルがないから動きやすいし、外歩きにもいいかもしれない……。でもこのドレスの形には、流行の巻き毛は似合わないかしら？　髪は垂らすより結い上げたほうが……ああ、でも、ゆったりした動きやすいドレスに、髪だけきっちりさせるのも変よね？」

自分の金髪を掴《つか》んで頭上へ持っていったり、三つ編みにして垂らしてみたりしながら、アイリスは鏡の前で試行錯誤を続ける。

そこへ、エヴァンが様子見にやってきた。

「ほう。これはまた、面白い形のドレスができあがったな」

ちょうど髪を頭頂で丸くまとめていたアイリスは、慌てて手を離した。

「こ、これからさらに細かい装飾をつけるので、まだ完成とは言えないのですが……」

「なるほど。具体的にはどうするつもりだ？」

尋ねてくるエヴァンに、アイリスは嬉々として答えた。

「胸元にビーズを縫いつけ、袖口と裾には刺繍《ししゅう》を刺します。せっかくなので、刺繍《ししゅう》の部分にもビーズを縫いつけようかと」

「ほう、ビーズを」

「ええ。今この国で流行《はや》っているデザインは、フリルをふんだんに使うものが多いので、それとは違った魅力を出したいと思ったのです。ビーズは小さくても光を浴びて輝くでしょう？　ダンスの際に、裾がキラキラ輝いたらとても美しいと思うのです」

その様子をうっとりと想像するアイリスに、エヴァンが微笑んだ。

そして右手をすっとアイリスに差し出してくる。

「それならば、ここで少し踊ってみよう。実際に裾がどんなふうに見えるか確かめてみたらいい」

アイリスは突然の申し出に驚くが、すぐに裾をつまんで彼の手を取った。

気を利かせたメイドたちが蓄音機《ちくおんき》を持ってきて、ゆったりしたメヌエットを流してくれる。

作業場の開いたスペースで、二人は優雅にステップを踏んだ。

踊りながら、アイリスの視線は常に足下に向けられている。ターンをしたとき裾がどう翻《ひるがえ》るのか、足首まで見えることはないだろうか、どんなふうにビーズをつけたら一番美しく見えるだろうか、などと考えていた。

すると、途中からエヴァンが肩を揺らして笑い始める。

「え、あの……わたし、なにか笑われるようなことをしましたか？」

「いや、実に仕事熱心だと思ってな。ダンスのときに緊張して、足下ばかり見ているお嬢さんは少なくないが、最初から下しか見ていない令嬢はいないだろう」

その指摘にアイリスは恥ずかしくなったが、すぐに真面目な面持《おもも》ちに戻った。

「これも新しいドレスのためですから」

「なるほど。では、あなたが下を見ているあいだ、わたしはあなたの豊かな胸を見て楽しもう」

アイリスは、はたと自分の胸元を見下ろす。

夜会用に仕立てたドレスなので、デコルテは大きく開いている。きちんと着心地を確かめたかったので、コルセットもしっかりつけて胸の膨らみを強調していた。

「その発言は、女性に対して失礼ですわ」

「それはすまない。気を悪くしたなら謝罪しよう」

少しもそう思っていない様子で、エヴァンは軽く頭を下げた。

「だが、男の率直な意見も必要だと思わないか？　貴婦人が着飾る理由には、異性の気を引くという目的も入っていると思うが」

……確かに、それは一理あると思うけれど。

くるりとターンしたエヴァンは、アイリスの腰をそれまでより少し強く引き寄せて、耳元で囁《ささや》いた。

「こうして密着して踊っているとき、男がなにを考えているか知りたくはないか？」

お仕置きのときと同じ、鼓膜を揺さぶるような低く艶《つや》のある声に、アイリスの心臓が音を立てる。

妙な気持ちになりそうになるのをこらえて、上目遣いで彼を睨《にら》んだ。

「そういう台詞《せりふ》は、ここで言うべきことではないと思いますわ」

「では、いつ言うんだ？　わたしが別の女性に同じことを囁《ささや》いても構わないか？」

「それは……」

彼が自分以外の女性と踊りながら、今のように身体を密着させ、睦言《むつごと》を囁《ささや》く場面を想像したアイリスは、驚くほどの動揺を自覚した。

「……か、構いませんわ、もちろん」

「声が上擦っているぞ」

「あ、あなたがそうやって身体をぴったり寄せてくるからです。これではドレスの裾が見られませんわ。少し離れてください」

アイリスは腕を突っ張って彼との距離を開ける。するとエヴァンは、仕方がないなという表情で肩をすくめた。

どきどきと胸をざわめかせるアイリスに対し、彼はいつもとまるで変わりない。

そのことが妙に恨めしく、また切なく感じて、アイリスはひどく戸惑った。足下を見ても、集中して裾の動きを追うことができない。

(やっぱりエヴァン様にとって、わたしにふれることに……特別な意味などないんだわ)

自分のように、心をざわつかせることも、胸の鼓動を速めることもない。

……世の中に、気楽な男女の付き合いがあることは知識として知っている。

彼は大人の男性だし、色々な女性と交流があってもおかしくはないのだろう……

だがアイリスは、侯爵令嬢でも王子の婚約者でもなくなったとはいえ、幼い頃から貞淑であることを求められてきた。そんな彼女にとって、将来を約束していない異性との必要以上の接触は『はしたない行為』とされる。

ドレス作りに没頭しすぎるアイリスをお仕置きで止めるのは……やりすぎとはいえ、まだ理解できる。

でも……今のような言葉でからかわれるのは、ひどく悲しくなることだった。

（……わたしは淑女として扱うに値《あたい》しないと思われているの――？）

そう思った瞬間、背筋がすっと冷えて、アイリスは全身を強張《こわば》らせる。とっさにエヴァンの手を振り払い、彼と距離を取った。

「アイリス？」

エヴァンが驚いた様子で目を見開く。だが彼は、アイリスが今にも泣き出しそうな顔をしているのに気づいて息を呑んだ。

アイリスは震える手を胸元で組んで、込み上げる涙を必死に抑える。何度か深呼吸をしてから、思い切ってエヴァンに視線を合わせた。

「エヴァン様は、婚約破棄されて家を出されたわたしになら、いやらしいことを言ったり、したりしても構わないと思っていらっしゃるのですか……？」

改めて口にしてみると、胸がずんと重たくなるほどのショックを覚える。

ここにきてからすっかり忘れていた『婚約破棄された侯爵令嬢』という立場を意識し、自分はもう女性としてなんの価値もないのだと思い知らされた気分だった。

唇を噛んでうつむいていると、部屋の隅にいたメイドたちがそっと作業場をあとにする気配がした。

部屋に二人きりになると、エヴァンがアイリスに歩み寄ってくる。そして震える細い身体をぎゅっと抱きしめてきた。

いきなりぬくもりに包まれて、アイリスは小さく息を呑む。

「……そんなわけがあるか。一度として、あなたをそんなふうに見たことはない。わたしの言葉で気を悪くしたなら謝る。……すまなかった」

アイリスの髪を撫でながら、エヴァンが謝罪を口にした。少し苦しげな声音《こわね》から、彼が本当にそう思っていることが伝わってくる。

「胸の話をしたのは、ドレスの裾ばかり気にしているあなたに、こちらを向いてほしかったからだ。決して貶《おとし》めるつもりなどなかった。だからどうか、泣かないでくれ」

「……な、泣いてなんて、いません……」

彼の言葉にほっとすると同時に、なんだか急に恥ずかしくなってきて、アイリスは上擦った声で答えた。

二人しかいないとはいえ、こんなふうに抱きしめられている状況はかなり気まずい。なんとか逃れようと身じろぐが、彼は離してはくれなかった。

「エヴァン様、あの……」

「あなたが勘違いしないように言っておくが、わたしはあなたを遊び相手のようには思っていないし、悪戯《いたずら》に手を出しているつもりもない」

抱きしめられたまま言われて、アイリスは目を見開いた。

「……あ、あの、それは……どういう意味……んっ」

思わず問いかけたアイリスの唇を、エヴァンの唇が塞《ふさ》いだ。

驚きのあまり口を開けると、当たり前のように舌が入り込んできた。粘膜同士がふれ合った瞬間、身体の奥にカッと火が灯《とも》ったような感覚が生じる。

「は、ぁ……あふっ……」

吐息を奪う濃厚な口づけに喘《あえ》ぐと、抱きしめるエヴァンの腕に力が入る。

激しい口づけにくらくらしながら、アイリスは彼の服をぎゅっと握りしめた。

(こんなこと、してはいけない。そう思うのに……)

同じくらい、もっとふれてほしいという相反する思いが湧き上がってくる。

胸に芽生えたはしたない欲求に、アイリスは自分の気持ちがわからなくなった。

しかし、彼の体温や身体にかかる重み、大きな手や肌を探る指——そして巧みな舌戯によって与えられる快感により、思考があっという間に霧散《むさん》してしまう。

気づけばアイリスは瞳をトロリとさせて、彼にされるままになっていた。

やがてちゅっと音を立てて、エヴァンが唇を解放する。アイリスはほっとすると同時に足に力が入らなくなって、慌ててエヴァンにしがみついた。

「——どうかな、久々のキスの味は」

はぁはぁと喘《あえ》ぐアイリスの耳元で、エヴァンが囁《ささや》いてくる。アイリスは涙の浮かぶ瞳で、エヴァンを強く睨《にら》みつけた。

「……ど、どうも、こうも……ありません。突然、こういうことをされると……」

「気持ちよすぎて、我を忘れそうになるか？」

アイリスはぐっと眉を寄せた。

「やっぱり、わたしをからかっていらっしゃるのね」

「男というのはいくつになっても、気になる女性にはそうしたくなるものだ。こうして可愛い反応を返してくれるからよけいにな」

アイリスの目元を親指で拭《ぬぐ》って、エヴァンは彼女の鼻先にちゅっと口づける。

彼の言葉の意味をはかりかね、アイリスは困惑する。だが、再びエヴァンに口づけられると、深く考えることができなくなった。

「ん……、エヴァンさま……」

「キスさせてくれ。もっと、あなたの唇を味わいたい」

かすかに欲望を感じる彼の声に、アイリスはどぎまぎしてしまう。

戸惑っている間に唇を塞《ふさ》がれて、アイリスは恥ずかしさからとっさに目を伏せる。そうすると彼の体温や匂いを強く感じて、身体の奥がむずむずする感覚に襲われた。

心臓がドキドキしっぱなしだ。こんなに強く抱きしめられていては、相手にも伝わってしまうかもしれない。

（……もしかしてわたし、エヴァン様のこと……？）

心に浮かんだ感情は、キスの気持ちよさに呑まれていく。

今はただこのキスに酔っていたくて、アイリスは彼の腕に身を任せた。

＊　＊　＊

『なんと！　いやぁ、これは面白いドレスたちだ！　我が国のドレスのようでいて、肩口のデザインがまるで違うね』

作り上げたドレスを前に、モールスは興奮した面持《おもも》ちで目を輝かせる。

アイリスはにっこりと頷いた。

『ええ、大ぶりのパフスリーブは可愛いのですが、ダンスで手を上げるときに邪魔になってしまうのです。それなら最初からないほうがいいと思って』

女性ならではの視点に、モールスはいたく感心したようだった。

『なるほど。レイニー卿はあなたの着眼点は素晴らしいと言っていたが、こういうことだったのだな』

不意に出てきたエヴァンの名前に、アイリスはドキリとした。先日作業場でキスをしてからというもの、どうにもエヴァンのことが気になって仕方がない。

彼を思い出すだけで、胸のあたりがきゅうっと締めつけられ、落ち着かない気持ちになる。

（エ、エヴァン様が、あんな……キスをしてくるから……）

敏感なところをふれ合わせるだけではなく、心の奥まで揺さぶってくるような激しいキス。

思い出しただけで顔がかっかと火照《ほて》ってくる。駄目駄目、今はモールス先生とドレスについて話しているのだから、とアイリスは頬をぺちぺちと叩いた。

そのとき、金髪をくるくるさせたコナーがやってきて、もうすぐエヴァンが商会から戻ってくると告げられる。たちまちアイリスの胸がどきんと高鳴った。

『それはちょうどよかった。アイリス嬢、レイニー卿にこのドレスは披露《ひろう》したのかね？』

『い、いいえ。まだですが……』

『ならば、早くこの素晴らしいドレスを彼にも見せてやろうじゃないか』

モールスはうきうき顔で、コナーにお茶の用意を言いつける。こうなってはアイリスもいやとは言えず、お茶のためのテーブルについた。

あのキスの日以来、エヴァンは商会の仕事が忙しくなったのか、ガロント城を留守にしていた。

久しぶりに彼に会うのだと思うと、緊張するような、気まずいような……でも、どこか嬉しいような、なんとも落ち着かない気持ちになってしまう。

おかげで、コナーとともにエヴァンが入ってきたときには、危うくお茶をひっくり返しそうになってしまった。

『おお、レイニー卿。久しぶりだな』

『ええ。お元気そうでなによりです。レースの仕入れはどうです？』

『君がいい店をたくさん紹介してくれたからね。有意義な時間を過ごすことができたよ』

二人が立ち上がって握手する光景を見つつ、アイリスはこっそり深呼吸して、なんとか胸の動悸を抑えようとした。

『さっそくだが、レイニー卿。このドレスを見てくれたまえ。なんとも斬新で大胆で、センセーショナルなデザインだと思わないか？』

挨拶《あいさつ》もそこそこに、モールスが切り出した。

エヴァンはゆっくりと、モールスが示すほうに首を巡《めぐ》らせた。

『確かに。どれも美しく、これまでにないデザインのドレスたちだな』

トルソーに着せられたドレスを順に見つめて、エヴァンが満足そうに目を細める。その様子に、アイリスはほんの少しだけほっとすることができた。

『よくもまぁ、この短期間でこれだけのドレスを作れるようになったものだよ。アイリス嬢は才能の塊《かたまり》であり、素晴らしい努力家でもある。そうだろう、レイニー卿？』

『ええ、その通りです』

エヴァンはどこか誇らしげに頷く。モールスもうんうん頷きながら、晴れやかに告げた。

『もう、わたしが彼女に教えることはないだろう。レースの調達も済んだし、そろそろルピオンに帰るとするか』

二人の会話にはにかんでいたアイリスは、目を瞠《みは》って立ち上がった。

『そ、そんな。モールス先生……』

『おやおや、なぜそんな頼りない顔をするのかね、アイリス嬢？　今のあなたは、わたしの助けがなくても、いくらでもドレスを作ることができるはずだ。そうだろう？』

『……でも、このドレスたちは、先生のアドバイスがあったからできたものです』

モールスは笑みを浮かべ、アイリスの肩をポンポンと叩いた。

『あなたは一人でも、もう大丈夫だよ、アイリス嬢』

その様子から、なにを言ってもモールスを引き留めることはできないと悟って、アイリスの胸に切なさが広がっていく。心細さに泣きそうになるが、彼女はなんとか笑みを浮かべた。

『……モールス先生に教わったことは、一生忘れません。服飾についての楽しいお話も』

『わたしもだよ。次に会うときには、あなたがこの国一番の人気デザイナーになっていることを楽しみに待っているよ』

モールスは明るく笑って、アイリスに手を差し出してくる。アイリスはその手を両手で握って、感謝の気持ちを伝えた。

『さて、そうと決まれば荷造りをしなくては。レイニー卿にも世話になったね』

『また是非いらしてください。わたしがそちらに行くほうが先かもしれませんが』

『そうだね。ルピオンにきたときには必ず顔を見せてくれ』

二人も再び握手を交わす。そうしてモールスはニコニコ微笑んだまま、作業場をあとにした。

アイリスは彼の背を見送りながら、胸に押し寄せる不安を感じて唇を噛みしめる。

ルイスもモールスも城を去ってしまった。ここからは本当に一人での作業になるのだ。

そう思うと、これからちゃんとやっていけるのだろうかと考えてしまう……

「モールスの言葉を借りるわけではないが、確かにあなたは才能の塊《かたまり》だな、アイリス。まさかこんなに早く、夢を形に変えてくるとは」

そうエヴァンが声をかけてくる。見れば、彼は数あるドレスのうち、一番最後に仕上げたドレスをしげしげと見つめていた。

「このワインレッドのドレスは特に目を引く。黒のレース使いがなんとも美しいな」

その言葉に、アイリスは思わず頬を染める。アイリス自身もそのドレスを一番気に入っていたからだ。

左の肩に置いた薔薇《ばら》の装飾から、黒いレースのリボンが斜めに延びている。それが胴をぐるりと一周し、スカートにも斜めに巻きついていた。

スカートの全面に、ビーズと一緒に薔薇《ばら》の刺繍《ししゅう》を入れている、かなり手の込んだ一着だ。ドレスと同じ生地《きじ》と黒いレースで、チョーカーとヘッドドレスも作っていた。

「かなり奇抜なデザインだが、見れば見るほど興味を引かれる。やはりあなたは素晴らしいセンスの持ち主だったのだな、アイリス」

エヴァンに笑みを向けられ、アイリスはたちまち真っ赤になった。彼の笑顔にときめいたというのももちろんだが、自分の作ったドレスを褒《ほ》めてもらえたことに胸が熱くなったのだ。

喜びのあまり踊り出したいくらいだったが、エヴァンの放った次の一言で、そんな気持ちはあっという間に飛んでいく。

「さっそく実地で試してみよう。三日後アーノルド伯爵のところで舞踏会が開かれる。このドレスを着て、会場に乗り込むとしよう」

「……え？　乗り込むって――」

「招待状を手に入れるから、わたしとあなたでパーティーに参加するんだ」

全身の血の気がざぁっと引いていくのを感じながら、アイリスは目を見開いた。

「わ、わたしが、このドレスを着て、舞踏会に参加するのですか……!?」

ひっくり返った声を出すアイリスに、エヴァンは「当然だろう」という顔で頷いた。

「このドレスはあなたのサイズに合わせて作られているのだろう？」

「そ、そうですが、まさか、自分が着て人前に出ていくとは思ってもみなくて……っ」

「このドレスのよさは、動いたときにこそわかるのだろう？　ならば実際に着て、動いているところを見せるのが一番効果的だ。違うか？」

「で、でもわたしは……、もう、社交界には……」

顔が隠れる仮面舞踏会ならまだしも、素顔を晒《さら》す場所に行くのはさすがに憚《はばか》られる。王子に婚約破棄されたアイリスのことはまだ記憶に新しいだろうし、それに伴《ともな》う噂も消えたとは思えない。

そんな中、別の男性とともに公《おおやけ》の場に出たりしたら、今度はどんなふうに言われるか、わかったものではない。

(アーノルド伯爵家と言えば、二代前に王女様が嫁がれた由緒正しい家柄。現当主様は陽気でおおらかな方だけど、神経質な奥様はわたしの訪問を快《こころよ》くは思わないはず……)

最悪、門前払いされてもおかしくない。

それを想像してうつむくアイリスを、エヴァンは強い口調で叱咤《しった》してきた。

「このドレスの魅力を一番わかっているのは、作った本人であるあなただ。この素晴らしいドレスを多くのひとの目にふれさせたくはないか？　自分でデザインした渾身《こんしん》の一着なのだろう？」

——その通りだ。このドレスに限らず、これまで自分が手がけたすべてのドレスに愛着を持っている。

叶うことなら、多くのひとに見て、着てもらいたい……！

「そのドレスの魅力を人々に知らしめるには、作った人間が自《みずか》ら身につけるのがもっとも効果的だと思わないか？　このドレスがどうすれば一番美しく見えるか知り尽くしているのだから。そうだろう？」

「……ええ。おっしゃる通りです」

こくりと頷いたアイリスは、ワインレッドのドレスを見つめる。

バッスルなしでも美しく見えるように、ウエストのラインからスカートの膨らみの位置まで、細かく計算して作り上げたドレス。

すべては、着たひとに喜んでもらいたいという一心で——自分の作ったドレスを纏《まと》った女性たちが、喜びの笑みを浮かべる瞬間を見たいという気持ちで作ったドレスだ。

エデューサー伯爵家のメイドやマリーベルの笑顔が思い出される。あのとき感じた喜びを、また感じたい。

（考えてみれば、今のわたしは、誰になにを言われても気にする必要はないのよね……？）

侯爵家を出されているのだし、評判に至ってはすでに地の底まで落ちている。

もう落ちるところまで落ちているのだから、今さらなにを思われたところで、これ以上ひどくなることはない。

（——そうよ。もう失うものなんて、なに一つないじゃない）

そう考えれば、怖《お》じ気《け》づく必要もない。だったら、いっそのこと開き直って、多くのひとに自分のドレスを見てもらうほうがずっとずっと重要だ。

自分の考えに「よし」としっかり頷くと、それを見たエヴァンがニヤリと笑った。

「あなたとわたしと、この素晴らしいドレスで、会場中の度肝を抜いてやろう」

第五章　ドレスと恋心

その翌日。舞踏会までの残り二日間を、アイリスはもっぱら美容に明け暮れることになった。

というのも、ガロント城に入ってからはずっとドレスのことばかり考えていたため、それまで日課としていた美容面がすっかりおろそかになっていたのだ。

改めて鏡を見てみると、思っていた以上に肌も髪も傷《いた》んでいた。ドレスを美しく見せるためには、それを着る自分自身もきちんとしていなければならない。

アイリスは大慌てで、メイドにマッサージやパックをお願いした。メイドたちは心得た様子で、丸一日かけてアイリスのことを磨き上げてくれる。さらに翌日には、時間をかけて全身に香油を塗り込んでくれた。

おかげでどうにか肌や髪に艶《つや》が戻り、貴婦人として見られる姿になる。

アイリス自身もたっぷりの休養と睡眠を取って、舞踏会に備えた。

そうして迎えた舞踏会当日。

ワインレッドのドレスに着替えながら、姿見に映った自分の肌を見て、アイリスはホッと胸を撫で下ろした。メイドたちは着付けのために忙《せわ》しなく動きながらも、楽しげに微笑んでいる。

「よくお似合いですわ、お嬢様」

「髪はどうなさいましょう？　鏝《こて》を当てましょうか？　それとも結い上げますか？」

「そうね……。下ろしたまま、サイドを少し編み込んでくれる？」

この国では鏝《こて》を使ってきつい巻き毛を作るのが流行しているし、隣国ルピオンでは髪をきつく結い上げひっつめるのが主流だ。

しかしアイリスが生み出すドレスは、ガルティーン風でもルピオン風でもない、まったく新しいものだ。だから髪形も、どちらの主流とも違ったものにしたかった。

身支度をしているうちに、どんどん日が傾いてしまう。そろそろ出発しないといけない時間だろう。

メイドからドレスの上にケープをかけてもらい、アイリスはエヴァンの待つ玄関ホールへ足早に向かった。正面の階段を下りていくと、すでに支度を整えたエヴァンがコナーと雑談しながら待っているのが見える。

「エヴァン様、お待たせしました……」

ケープを押さえつつ駆け寄ったアイリスは、エヴァンの装《よそお》いを見て思わず息を呑む。

いつものラフな格好と違い、今宵《こよい》の彼は丈の長い上着を着込み、首元にタイを巻いた盛装姿だった。

彼のエキゾチックな美貌にシックな色合いの装《よそお》いがよく似合っていて、思わずぽうっと見惚れてしまう。

だがエヴァンのほうも、アイリスの姿に驚いた様子で目を瞠《みは》っていた。そうしてアイリスの頭からつま先までさっと目を走らせた彼は、口元に笑みを浮かべる。

「……いつもの簡素なエプロン姿も愛らしいが、今日の姿は格別だな。とても美しいよ、アイリス」

どこか熱を帯びている気がする彼の視線に、アイリスは胸を高鳴らせながら「ありがとうございます」とはにかんだ。

エヴァンのエスコートで馬車に乗り込み、舞踏会が開かれるアーノルド伯爵邸へ出発する。

二人の乗る馬車は紋のないシンプルな黒塗りのものだったが、座席はとても柔らかく中も広々としていて快適だった。だがガロント城から離れるにつれて、アイリスの胸に不安が徐々に広がっていく。

「どうした？　緊張しているのか？」

アイリスの硬い表情を見やってエヴァンが声をかけてくる。

「……ええ、少し……。すみません、弱気になってしまって」

「久しぶりだし、無理もない。だがアイリス、あなたはもうシュトレーン侯爵令嬢でも、第二王子の婚約者でもない。人目を気にして、模範的な貴婦人を演じる必要はないんだ」

エヴァンの言葉に、アイリスはうつむいていた顔を上げた。

「今日のあなたは、新進気鋭のデザイナーだ。窮屈《きゅうくつ》なドレスを纏《まと》う貴婦人たちの中に、颯爽《さっそう》と舞い降りた美の女神――それがあなただ」

「まぁ、それは……」

さすがに言いすぎだと思うけれど、エヴァンの紫色の瞳は真剣だった。

「それくらいの気持ちで堂々としていろということだ。あなたはもう傷つくことも、引け目に思うこともない。出回っている噂は過去のあなたに向けられたもので、今のあなたにはなんの関係もないものだ」

「……はい」

アイリスは胸元に手を当て、しっかり頷く。

エヴァンの言うように、今の自分は、新しいドレスをお披露目《ひろめ》しに行く一人のデザイナーだ。舞踏会へ行く目的とともに、アイリスはそう自分に言い聞かせる。

そんなアイリスに向かって、エヴァンがニヤリと笑った。

「今宵《こよい》のあなたを見た者は皆、目が離せなくなるだろうよ。そのドレスもさることながら、あなた自身が美しい。美しさには、それだけでひとの心を動かす力がある。あなたはただ、自信を持って微笑んでいればいい」

エヴァンはそう言って、愛おしいものを見るように目を細めた。

アイリスはまた、胸がドキドキしてくるのを感じる。

これ以上見つめ合っていたら妙なことを口走ってしまいそうな気がして、慌てて車窓の景色に目を移す。

西の空は、いつの間にか夕闇へとその色を変えていた。

アーノルド伯爵邸は、すでに舞踏会に参加する客人を乗せた馬車でごった返していた。

思っていた以上に大きな催《もよお》しなのだとわかって尻込みしそうになるが、それも一瞬のこと。

アイリスは深呼吸して、気持ちを整えた。

(今日の目的は、このドレスを多くのひとに見てもらうことよ。招待客が多いのは、むしろ好都合だわ……)

「さて、そろそろ馬車を降りるぞ。用意はいいかな、デザイナー殿？」

エヴァンにそう呼びかけられたことで、腹が据わる。アイリスは口の端をニッと持ち上げて、頷いた。

侯爵令嬢のときに浮かべていたしとやかな微笑みとは違う、優雅で女王然とした微笑みだ。

「ええ。まいりましょう」

——会場となる広間は多くのひとで賑《にぎ》わっていた。

無事に受付を済ませ、羽織っていたケープを預けると、アイリスはエヴァンにエスコートされて会場に入る。広間ではすでに楽団が陽気な音楽を奏でていた。

顔の広い伯爵らしく、招待客の顔ぶれは貴族だけでなく多岐《たき》に亘《わた》っている。

新しいドレスの宣伝にはうってつけだ。エヴァンはそれを見越して、今日の招待状を手に入れたのかもしれない。

(けれど招待状って、欲しいからといってすぐに手に入るものなのかしら？)

エヴァンが舞踏会に参加すると言い出したのは三日前だ。

アイリスはチラリと隣を行くエヴァンを見やる。彼はいつも通り泰然としていて、緊張とも気後《きおく》れとも無縁に見えた。

(彼は、いったいどういうひとなのかしら……)

そんなことを考えながら広間を歩いて行くと、二人を見た客人たちがぎょっと目を瞠《みは》って、なにやら噂し始める。囁《ささや》きはあっという間に会場中に広がり、多くのひとがこちらに目を向けてきた。

様々な視線をあらゆる角度から向けられつつも、アイリスは胸を張って広間を歩き続ける。

かつての自分は、王子の婚約者にふさわしく振る舞わなくてはと、常に緊張していた。

しかし、今は違う。

このドレスに目を留めてもらえるなら、好奇の視線に晒《さら》されるのも大歓迎だ！

そう自《みずか》らに言い聞かせ、美しく微笑んでまっすぐ前だけを見つめていた。

そして二人は連れだって主催者のもとへ赴《おもむ》き、招待を受けたお礼を伝える。

「今宵《こよい》はお招きいただきありがとうございます、アーノルド伯爵。よい夜ですね」

エヴァンが爽《さわ》やかな笑顔で挨拶《あいさつ》している横で、アイリスも微笑む。

応対するアーノルド伯爵は、しどろもどろになっていた。

「ええ、とても……。ところで、レイニー卿、その、そちらのお嬢さんは……」

言いにくそうにアイリスに目を向ける伯爵に、エヴァンはしれっと答えた。

「最近わたしが支援しているデザイナーですよ」

「そ、そうですか、デザイナー……」

ははは、と伯爵は困ったように額《ひたい》の汗を拭いている。その隣にいる夫人は、神経質そうに扇《おうぎ》をパチパチ打ち鳴らした。

「主人の意向でたくさんのお客様をお呼びしていますが、デザイナーをお招きした覚えはございませんわよ？」

あからさまにいやそうな目でアイリスを見つめて、伯爵夫人がぴしゃりと言い放つ。

伯爵が慌てて妻を「これ」とたしなめたが、エヴァンは意に介さない様子でにこやかに言った。

「今宵《こよい》は彼女の着ているドレスをお披露目《ひろめ》するためにまいりました。何曲か踊ったらすぐに退場いたしますので、それまでどうぞお目こぼしを。……では」

胸に手を当てて一礼するエヴァンに合わせ、アイリスもドレスの裾をつまんで優雅にお辞儀する。

軽く目を伏せ腰を折る所作は完璧だ。伯爵夫人は面白くなさそうに鼻を鳴らした。

短い挨拶《あいさつ》のあいだ、二人はかなり注目を浴びていたらしい。ざわざわと話し声が大きくなっている。

エヴァンは広間をゆっくりと、ひとの多いほうへと歩いていく。心得たアイリスも、努めて優雅に歩を進めた。

「こちらの奥方はなかなか辛辣《しんらつ》だったな。あなたはもちろん、わたしのことも不審者みたいに睨《にら》みつけていたぞ」

「本当に……。でも、ああやってはっきり言ってくださるほうがいいですわ」

進行方向にいた令嬢たちがわざとらしく道を空け、扇《おうぎ》の陰で非難の言葉を呟いているのを見やってアイリスが呟いた。

「確かにな。遠巻きに噂話をしている連中より、よほど清々《すがすが》しい」

と、エヴァンももっともだという口振りで頷く。アイリスはつい噴き出しそうになった。

他愛のない会話をしながら広々とした会場を一周する頃には、招待客のほとんどがエヴァンとアイリスに気づいて、動向を注視していた。

「そろそろダンスが始まる頃か。踊らなくてもすでに会場中の視線がこちらに向けられているようだが、どうする？」

「もちろん、踊らせていただきますわ。だってこのドレスは、ダンスのときにこそ、その真価を発揮するのですから」

魅惑的な二人の視線が絡《から》み合った瞬間、側にいた人々がどよめきを発した。

開《ひら》けた場所にたどり着いた二人は、さっそくホールドの形を取る。

見物を決め込む人々が興味津々《きょうみしんしん》のまなざしを向ける中、弦楽器の音に合わせて、二人は同時にステップを踏み始めた。

否定的なまなざしを向けていた人々は、いざ二人が踊り出すと、たちまち驚愕の表情を浮かべる。

――実は、これまでアイリスが人前で踊った経験はほとんどない。

幼少時から教師をつけられ一流の踊り手となりながらも、誰も彼も彼女の立場や身分に遠慮して、ダンスに誘うことはなかったのだ。婚約者であるフィリップはダンスが苦手だったので、彼と踊ることもほぼなかった。

巧みな踊り手であるエヴァンのおかげで、アイリスのダンスは際立って見える。

男性陣はその美しさにたちまち見惚れ、女性陣はアイリスの纏《まと》うドレスに目が釘付けになっていた。

「……ねぇ、アイリス様が着ていらっしゃるあのドレス、どこで仕立てたものなのかしら？」

踊りが中盤にさしかかると、そんなことを口にする女性たちが一人二人と増えていった。

バッスルを使っていないドレスは、スカートが柔らかく広がる不思議な作りになっている。アイリスがターンするたびに、キラキラと光を反射して裾がひらめく様《さま》がなんとも魅力的だ。

曲が終わる頃には、女性たちの目つきはずいぶん変わっていた。

エヴァンとアイリスはその後も立て続けに二曲踊り、微笑み合いながら一礼する。

優雅できらびやかな二人の姿に、女性たちがほぅと感嘆のため息を吐き出した。

二人が帰ったあとの舞踏会は、アイリスと、彼女をエスコートしていた紳士についての話題で持ちきりだったという。

一時間にも満たない短い滞在で、二人は招待客の心に強烈な印象を残すことに成功したのだった。


そして、舞踏会の翌日――

アイリスが目覚めたのはお昼近くだった。食事室で朝食兼昼食を取っていると、エヴァンが微笑みながらコナーと一緒に入ってくる。

「王都中の仕立屋に、あちこちの貴夫人や令嬢から問い合わせが殺到しているそうだぞ？」

曰《いわ》く、『アーノルド伯爵家で開かれた舞踏会で、アイリス・シュトレーン嬢が着ていたドレスは、お宅が仕立てたものではないのか』と。

「堂々と踊るあなたが、よほど輝いて見えたのだろう。美しいものを手に入れたいと願う女性たちは、こぞってあなたの着ていたドレスを求めたということだ」

「さすが、我が主《あるじ》とアイリス様ですね」

エヴァンの椅子を引いたコナーも、誇らしそうににっこり笑う。

だが満足げな二人と違い、アイリスは驚きを隠せない。

あの場にいた人々が、こんなにもドレスに興味を持ってくれるとは思ってもみなかった。

（本当にエヴァン様が言っていた通りになるなんて……！）

じわじわと喜びが湧き上がってきたアイリスは、思わず口元を緩める。

ここが朝食の席でなければ、飛び上がって歓声を上げているところだ。

「近々、また招待状を手に入れるつもりだ。しばらくはこのやり方であなたのドレスを広めていこう」

「はい！」

アイリスは大きく頷き、さらに額《ひたい》がテーブルにくっつくほど深く頭を下げる。エヴァンが苦笑して「髪が汚れるぞ」と言ってきた。

かくして二人は、様々な舞踏会に出かける日々を過ごすことになったのである。

＊　＊　＊

ちょうど社交期の盛りということもあり、連日どこかの家で舞踏会が開かれている。

エヴァンはその中で、様々な身分の人間が集まる催《もよお》しを選んでアイリスを連れ出した。アイリスもまた、そこへ着ていくためのドレスを考案し、舞踏会がない日は可能な限り作業場に詰めて、精力的に新しいドレスを仕立てていった。

いつものように受付を済ませて会場入りすると、入り口の近くにいた人々がたちまち華やいだ歓声を上げる。今日のアイリスは、できあがったばかりのサーモンピンクのドレスを身につけていた。

いくつものレースを寄せて薔薇《ばら》の形を作り、それをたくさん胸元にあしらった愛らしいドレスだ。

アイリスは華やかな笑みを浮かべて、エヴァンと連れだって会場内を歩いた。

「――思ったよりドレスの浸透が早いな。もうここまで歓迎されるようになったか」

「ええ、本当に」

興奮した様子でアイリスのドレスを見つめる女性たちに、エヴァンが感心した面持《おもも》ちで呟く。

「そろそろ、本格的に受注を始めてもいいかもしれないな。この様子だと受注を始めた途端、大量の注文が舞い込みそうだが。デザインはあなたに担当してもらうとしても、作る人間は新たに雇わなければならないな」

少し前ならエヴァンの言葉を「大げさです」と笑っていたかもしれないが、あれから王都の仕立屋にはひっきりなしに、アイリスの着ているドレスについて問い合わせが入っているというのだ。

すでにバッスルなしのドレスを作り始めている仕立屋も出てきているという。

そういう状況を踏まえて、エヴァンはドレスの制作者がアイリス自身であると公表した上で、受注を開始しようと考えている様子だった。

一通り会場を回り、主催者に挨拶《あいさつ》した二人は、いつものようにダンススペースへ入る。周囲の視線を一身に浴びながら、新しい曲が奏でられると同時にステップを踏み出した。

「どうした、いつにも増して嬉しそうだな」

「はい。皆さんが、わたしのドレスを熱心に見てくださるので」

「確かに、それは嬉しいことだな。だがわたしとしては、あなたを熱心に見つめるのは女性だけであってほしいと思っている」

「はい？」

どういうこと？　とくるりとターンしてから目を向けると、エヴァンに苦笑された。

「見ろ。見物人の中に交ざる男どもの顔を。どいつもこいつも鼻の下を伸ばして、あなたを見ている」

「えっ……」

アイリスは驚いて、エヴァンが睨《にら》みつけたほうを見ようとする。だがそれを遮《さえぎ》るように、ぐるっと身体の位置を入れ替えられた。

「よそ見をするな。踊っているときは……いや、そうでないときも、あなたはわたしだけ見ていればいい」

ぴたりと身体を密着させながら囁《ささや》かれて、アイリスはドキッと胸を高鳴らせた。

一度意識してしまうと、あっという間に胸の鼓動が駆け足になる。

(自分のことだけ見ていればいい、なんて……)

独占欲も露《あら》わな台詞《せりふ》だ。アイリスは恥ずかしくなって、ステップがおろそかになりそうになる。

なんとか平静を装《よそお》い優雅にターンしたアイリスだが、ふと、立ち並ぶ女性たちの視線が気になった。

女性たちの多くはアイリスのドレスを熱心に見つめている。だがその中の何人かは、エヴァンに対して熱っぽい視線を送っていたのだ。

それを見た瞬間、アイリスは頭がカッとしてステップを間違えてしまった。

エヴァンが上手《うま》く支えて誤魔化してくれるが、普段のアイリスにはない失敗だけに、驚いた視線を向けられる。

「どうした？　なにか気になるものでもあったのか？」

アイリスはとっさに答えられない。自分でも一瞬にして湧き上がった感情に驚いていた。気持ちの整理がつかないまま、令嬢たちをチラリと見つめる。

「……エヴァン様だって、女性の視線を集めているのに、わたしにばかりそんなことを言うのは不公平だと、思って……」

エヴァンは彼らしくないぽかんとした顔をしたが、すぐに小さく噴き出した。

「なんだ、嫉妬か。可愛らしいな」

「なっ……!? し、嫉妬？ わたしが？」

驚きのあまり上擦った声を出してしまい、アイリスはさっと頬を染めた。

エヴァンは、ニヤニヤと意地悪く笑っている。

「それ以外のなんだと言うんだ？ 他の女性がわたしを見るのが気に食わないのだろう？ それは立派な嫉妬だ、アイリス」

「そ、そんなことは言っていません……！」

エヴァンの言葉を否定しながら、心の中では衝撃と恥ずかしさにうなだれていた。

（恋人でもないのに、見ず知らずの女性に嫉妬するなんて……！）


もし自分が彼の恋人だったら、エヴァンに熱っぽい視線を送ってくる女性に、嫉妬や怒りを抱《いだ》くのはおかしくない。そうする権利があるからだ。

でも、自分は違う。

そう思った途端、胸の奥がずきりと痛んで、悲しみが押し寄せてきた。

「アイリス、うつむきがちになっている。ちゃんと顔を上げて」

「は、はい……」

アイリスは慌てて顔を上げ、口の端を引き上げる。だがエヴァンの目を見ることはできなかった。

自分の気持ちに否応《いやおう》なく気づかされてしまったから——……

あのキスの日に、ぼんやりと胸に浮かんだ感情が、この瞬間はっきりと形になった。

アイリスはきゅっと唇を噛みしめる。

曲が終わって、二人は一度手を離しお互いに一礼する。エヴァンがもう一曲誘ってくるが、アイリスは小さく首を横に振った。

とても踊れるような心境ではない。微笑んでいるだけで精一杯だ。

腕を組んでダンスの輪から外れて、二人は再び会場を歩き出す。

ともすればうつむきそうになる顔をぐっと上げて、アイリスは笑顔を振りまいて歩いた。

だが胸の内側では、もどかしい思いが渦を巻いている。

(どうしてこのタイミングで、エヴァン様への思いを自覚してしまうの……)

これから本格的にドレス作りが始まる。

そうすれば、アイリスがデザイナーとして自立できる日も近くなるはずだ。

……だが、その先は?

(わたしはいつまで、エヴァン様の側にいることができるのだろう……?)

彼のもとを離れるかもしれないと考えただけで、こんなにも心許《こころもと》ない気持ちになるなんて。

「アイリス、大丈夫か?」

アイリスの様子がおかしいことに気づいてか、エヴァンが心配そうに顔をのぞき込んでくる。

ハッと我に返ったアイリスは、笑顔で緩《ゆる》く首を横に振った。

「ちょっと、明かりがまぶしかったものですから……。なんでもありません」

「……それなら、いいが」

エヴァンはなにか言いたそうにしながらも、それ以上聞いてくることはなかった。

二人は無言で馬車に乗り込む。

「少し疲れが出てきたか？」

馬車が走り出してしばらくした頃、エヴァンが唐突に話しかけてきた。物思いに沈んでいたアイリスは、急いで首を横に振る。

「いいえ、そんなことは……」

「では、どうして先程からうつむいている？　それも今にも泣き出しそうな顔をして」

アイリスは小さく息を呑む。本当のことなど、とても口に出すことはできない。

アイリスは、少し考えてからゆっくり口を開いた。

「……これまでの日々を思い出していたんです。色々大変だったけれど、ようやくここまできたと思って。そうしたら、しみじみしてしまって……すみません」

「アイリス……」

青い瞳を潤《うる》ませたアイリスに、エヴァンが驚いた様子で名を呼ぶ。

アイリスは必死に口角を引き上げて、彼に深々と頭を下げた。

「ありがとうございます、エヴァン様。あなたに会えたおかげで、わたしはこうして、自分の目指す生き方を見つけることができました……。本当に感謝しています」

そう、彼には感謝しかない。エヴァンに会えなければ、デザイナーという仕事を知ることはなかったし、ドレスを作りたいと思うこともなかったはずだ。

こらえきれず流れた涙を、アイリスは泣き笑いで誤魔化す。言葉を紡《つむ》いでいるうちに、どうしようもなく彼への愛しさが溢《あふ》れて、胸がいっぱいになってしまった。

(わたしはいつの間にか、エヴァン様のことを、こんなにも好きになっていたのね……)

溢《あふ》れる涙を拭《ぬぐ》うアイリスを、エヴァンがじっと見つめる。

そして、静かな声で話し出した。

「……舞踏会に出るようになってから、ずっと考えていたことがある。あなたは、容姿だけでなく心根も美しい。婚約破棄の事実は消えずとも、あなたに恋する男はごまんといるはずだ。その中には、あなたを心から大切にしたいという男もいるだろう」

「エヴァン様……？」

突然なにを言い出すのかと、アイリスは戸惑う。エヴァンはアイリスから微妙に視線を逸《そ》らして、淡々と言葉を続けた。

「そういう男に嫁いだほうが、よかったのではないかと思うときがあるのだ。朝から晩まで働く生活よりも、そちらのほうがよほどあなたは幸せだったのではないかと——」

「いいえ。エヴァン様、わたしは今が一番幸せです！」

エヴァンの言葉を遮《さえぎ》り、アイリスははっきりと告げた。

「だって、わたしは今、自分で選んだ道を歩いているのですもの。自《みずか》ら決めて始めたことに、これほど没頭できるなんて夢のようだわ。だから、そんなことをおっしゃらないで——」

まるで、アイリスの選んだ道が間違っていると言われているみたいで悲しくなる。

「エヴァン様が自立したいというわたしの言葉を笑わずに、力を貸してくださったからこそ、今の幸せがあるのです。お願いですから、二度とそんなことはおっしゃらないでください。わたしにとってはあなたに会えたことが、なによりの幸福なのです……！」

「アイリス――」

身を乗り出して訴えるアイリスに、エヴァンは呆然と目を瞠《みは》った。

「わたしは、これからもドレスを作り続けます。……たとえ、いつかエヴァン様のもとを離れる日がきても、このご恩は一生忘れませんから……っ」

再び涙が溢《あふ》れそうになって、アイリスは慌てて唇を噛んでうつむく。

気まずい空気が流れる中、馬車が停まりガロント城に到着したことがわかった。

居たたまれなくなったアイリスは、御者が扉を開ける前に馬車を出ようとする。

だが、その動きをエヴァンに止められた。

「エヴァン様？　――んくっ……」

いきなり腕を掴《つか》まれて引っ張られたかと思ったら、強く抱きしめられ唇を奪われる。

突然のことに驚き硬直したアイリスだが、エヴァンの舌が歯列を割って入ってくると、身体中がビクッと反応した。

「んぅ……っ、エ、ヴァ……さま……、ふっ……」

激しく舌を絡《から》められて、アイリスは息も絶え絶《だ》《た》えになる。彼の手がアイリスの背をゆっくりと撫で上げ、首筋から後頭部をたどって、髪を掻き上げてきた。官能的な動きにくらくらしてくる。

永遠とも思える時間、アイリスの唇を味わい尽くしたエヴァンは顔を上げた。

アイリスは息を乱してエヴァンを見つめる。だが馬車の扉が外から開いて、身を強張《こわば》らせた。

「到着いたしました。お二人とも、お疲れ様で――」

「ご苦労」

深々と頭を下げる御者に短く告げて、エヴァンはアイリスを抱えて馬車を降りる。

御者はもちろん、横抱きに抱えられたアイリスもびっくりして、思わず抗議の声を上げてしまった。

「エ、エヴァン様、降ろしてください……っ」

しかしエヴァンはまったく聞き入れず、大股で玄関ホールを横切り、アイリスの自室へ一直線に向かっていく。

待機していたメイドたちは二人が入ってくるなり目を丸くしたが、エヴァンが一言「下がれ」と命じると、一礼して出て行ってしまった。

エヴァンは一番奥の寝室へ進むと、アイリスを寝台の上に降ろす。

「エヴァン様、どうしてこんな――」

アイリスはすぐさま上体を起こすが、エヴァンに肩を掴《つか》まれ再び口づけられた。そのまま寝台に押し倒されて、戸惑いと困惑でいっぱいになる。

ようやく顔を上げたエヴァンは、どこか不機嫌な様子でアイリスをじっと見下ろした。

「あいにくわたしは、あなたを手放すつもりはないのだ、アイリス」

アイリスの金髪にゆっくりと指を絡《から》めながら、エヴァンは唸《うな》るように告げてくる。

手放すつもりはないという彼の言葉に、アイリスはドキッと胸を高鳴らせた。

「で、ですが……」

「逆に聞くが、あなたはわたしのもとから離れたいのか？」

「まさか！　離れたくないから、悲しく思っていて……――あっ……」

思わず叫んだアイリスは、自分の口から出た言葉に真っ赤になった。

「わたしも同じだ、アイリス。あなたと離れたくない」

アイリスの唇にちゅっと軽く口づけて、エヴァンは静かに、だが決然とした面持《おもも》ちで呟く。

「先程も言ったが、あなたにはもっと別の生き方があったのではないかと、ずっと考えていた。ふれるのを躊躇《ためら》うほどに。だが……あなたがわたしと離れたくないと言うのなら、わたしももう我慢はしない」

「エ、エヴァン、さま……」

「抱きたい、アイリス」

アイリスの背に腕を回し、ぎゅっと抱きしめながら、エヴァンが熱く囁《ささや》いてくる。

「あなたをわたしのものにしたい。この先も離れたいなどと思わないように……」

きつく抱きしめてくる腕や、ふれ合ったところから伝わる体温、そして身体にかかる重み――そのすべてにドキドキして、心臓が今にも破裂しそうなほど高鳴っていた。

すっかり混乱して動きを止めてしまったアイリスに、エヴァンは羽根がふれるみたいな軽い口づけを繰り返す。唇だけでなく頬や鼻先、額《ひたい》にも口づけられ、アイリスはくすぐったさに身をよじった。

「アイリス——」

切ない声音《こわね》で呼ばれて、アイリスの心臓がひときわ大きな鼓動を打つ。エヴァンへの恋心が一気に溢《あふ》れ、熱情となって全身を呑み込んだ。

「……て、ください」

「アイリス？」

「抱いて、ください。……わたしを、あなたのものにして」

恥ずかしさのあまり言葉尻が震えてしまったが、しっかり伝わったらしい。

エヴァンは微笑みを浮かべて、アイリスの唇に口づけた。

それまでと違う柔らかな口づけに、アイリスはほっと息をつく。徐々に口づけが深くなり、期待感に肌が熱くなるのがわかって、アイリスはきゅっと目をつむった。

第六章　初めての夜

――アイリス・シュトレーンについて、エヴァンが知っていることは多くない。

名門シュトレーン侯爵家の一人娘で、第二王子フィリップの婚約者。

立場にふさわしい美しさと教養を備えた、模範的な貴婦人――というくらいだ。

おそらく、世間の多くがそう認識していたことだろう。

けれど、突然公表された婚約破棄により、彼女の評判は一気に地の底まで落ちた。

――だが、まさか勘当されて侯爵家を出されているとは思わなかった。

仮面舞踏会でアイリス本人からそう聞かされたときは、心底驚いたものだ。

彼女の青い瞳は、おおよそ若い娘にふさわしくない絶望の色をたたえていた。

疑問に思って調べてみると、この婚約破棄において、アイリスに落ち度はまったくなかった。

責められるべきは、留学中に女優を孕《はら》ませたフィリップのほうだ。昔から王妃様に甘やかされて育ったフィリップ王子だけに、いずれとんでもない失態を演じるのではないかと思っていたが……

まさかここまで阿呆とは。

事実を知った瞬間、エヴァンは怒るよりも失望し、同時に事実を隠蔽《いんぺい》した国王に幻滅した。

未婚の令嬢にとって、婚約破棄されるというだけでも大きな痛手なのに、一方的に悪者にされたのだ。挙げ句、父親から勘当されるなんて。

――自立したいと言った彼女に手を差し伸べたのは、半分は同情心からだった。

もちろん、彼女のデザインセンスに興味を持ったというのも本当だ。長く商人として国内外を巡《めぐ》ってきた経験から、自分の審美眼《しんびがん》にはそれなりの自信があった。

彼女が真面目で誠実な性格をしているのは、少し話しただけでも充分伝わってきた。きちんとした環境を用意しお膳立てしてやれば、きっと結果を出してくるはずだと直感した。

だが結果は――期待以上のものだった。

初めて作業場に入った彼女が、ルピオンのドレスを前に子供のように目を輝かせたときのことを、エヴァンは鮮明に覚えている。

育った環境のためか、年齢以上に大人びた雰囲気を持っていたが、好きなドレスの前では年相応の顔を見せることに安心したのだ。

彼女に『お仕置き』をしかけたのは、軽い気持ちからだった。作業に熱中するあまり、まるで休もうとしない彼女をたしなめるのが目的だったが……思いがけず可愛らしい反応をされ、自分の中に別の気持ちが芽生えるのを感じた。

もっと近く、ともにいたいと――

年甲斐もないその感情に、我ながらひどく慌てた。

アイリスが本格的にドレス作りに乗り出したこともあり、外の仕事を増やすことで彼女から少し距離を置いて、冷静になろうとするくらいに。

そうしているうちに彼女のドレスが完成し、エヴァンは舌を巻くことになる。

商人としての勘が、なんとしてでも彼女のドレスを世間に売り出すべきだと強く訴えていた。

彼女をデザイナーとして大成させる……そして、婚約破棄によって奈落の底にまで落とされた彼女の名誉を回復させる。そんな強い思いが湧き出てくる。

それほどまでに、自分の足で立つアイリスは美しく、愛らしかった。

(今の彼女を、世間に知らしめたい)

一方的な婚約破棄のせいで社交界から爪弾きにされた彼女が、自《みず》らの力でこれほど美しく生き生きと輝いていることを、見せつけてやりたいと思った。

ドレスのお披露目《ひろめ》と同時に、アイリスの悪評を払拭《ふっしょく》させる目的で乗り込んだ舞踏会。

するとどうだろう。誰もがアイリスを穴があくほど見つめ、釘付けになっているではないか。

(この誰より気高く美しい淑女こそ、おまえたちが根拠のない悪評で貶《おとし》めた相手だ。今ここで、その認識を改めるがいい)

アイリスを連れて歩きながら、エヴァンはそんなことを思っていた。

だが、回を重ねるにつれ、忌々《いまいま》しい視線が増えてきた。

アイリスに対し数多《あまた》の男が鼻の下を伸ばし、隙あらば彼女に言い寄ろうとしている。その調子のよさに腹が立った。だからつい彼女へ「わたしのことだけ見ていればいい」などと、独占欲も露《あら》わな言葉を口にしてしまった。

ひどく驚いた様子のアイリスに自分の言動を後悔したが、彼女は嫌がるどころか、可愛らしい嫉妬を見せてきた。これにはエヴァンも、なんとも面映《おもは》ゆい気持ちにさせられてしまった。

――そんなことを心配しなくても、自分はもう、アイリスのことしか目に入らないというのに。

だが浮かれていられたのも束の間のこと。帰りの馬車で聞いた彼女の言葉に、冷水を浴びせかけられた心地になった。

(わたしがあなたを手放したいと、一度でも口にしたことがあったか――？)

エヴァンは感情の赴《おもむ》くまま彼女へ手を伸ばした。細い身体を抱きしめて、柔らかな唇を奪う。

もう二度と離れたいなどと言えないように、強く繋《つな》ぎ止めなくては――

衝動に突き動かされ、気づくと彼女を寝台に押し倒していた。

――これほど愛らしく、愛おしい存在を、どうして手放すことができようか。

「抱きたい、アイリス」

欲望がそのまま溢《あふ》れ出て、エヴァンは彼女の髪を指に絡《から》めて、切に訴えていた。

「あなたをわたしのものにしたい」

この先も、自分から離れたいなどと思えないように――

さほど広くはない寝室に、秘めやかな息づかいが満ちる。

頬から首筋へと唇を滑らせるエヴァンの愛撫《あいぶ》に、アイリスは恥ずかしさのあまりぎゅっと目をつむった。

「目を閉じていていいのか？　それとも……見なくても感じるから構わないのかな？」

悪戯《いたずら》っぽく耳元で囁《ささや》かれて、アイリスはその低い声にぞくりと震えてしまう。

これまでのお仕置きとは違う、本当に彼と身体を重ねるのだと思うと、心臓が飛び出しそうなほど高鳴っていた。

「細い首だな……少し力を入れただけで折れてしまいそうだ」

震えるアイリスをなだめるように、大きな手で髪を掻き上げながら、露《あら》わになった首筋にエヴァンが唇を這《は》わせてくる。

「ここに痕《あと》をつけたら、あなたはまた怒るかな？」

アイリスの耳よりほんの少し下あたりに唇を押し当て、エヴァンが囁《ささや》いてきた。

以前痕《あと》をつけられて、恥ずかしさのあまり挙動不審になったことをアイリスは思い出す。だがあのときと違って、今はむしろつけてほしい。

彼の唇にも、そこから漏《も》れる吐息にもぞくぞくしながら、アイリスは目元を真っ赤にして小さく首を横に振る。

直後、きつく首筋に吸いつかれて、アイリスは軽くのけ反《ぞ》った。

「んんっ……」

「もっと見える位置につけたい。あなたがわたしのものだと知らしめるために」

「そ、そんな……あっ」

「こちらにもふれていいだろう？」

一つずつアイリスに伺いを立てながら、エヴァンの手が胸の上に置かれる。

アイリスが息を呑むのと、彼がドレスの紐《ひも》をしゅっと解くのはほぼ同時だった。丁寧な手つきでドレスを下ろされ、コルセットとシュミーズが現れる。エヴァンはそれらも丁寧に脱がせて、ふんわりとした胸の膨らみを露《あら》わにした。

薄暗いとはいえ、愛している男性に裸の胸を見られるのは、やはり恥ずかしい。

だがエヴァンは膨らみに顔を寄せて、愛おしげに頬ずりしてくる。

「前から思っていたが、美しい胸だな。ほどよい大きさで、ここの飾りも愛らしい」

「んっ」

エヴァンの指先が乳首を擦り上げる。アイリスがぴくんと肩を揺らすと、彼は親指の腹を小刻みに動かした。ほどなくそこは芯を持って硬くなり、ぷっくり勃ち上がっていく。

「は、あぁ……」

「感じるのか?」

「……わからな……、ふ、んっ……」

「ならば覚えておきなさい。こうして色濃く勃ち上がってくるのは、わたしの指に感じているからだ」

「ンン……っ」

指で擦るだけではなく、エヴァンはもう一方の乳首に顔を寄せて、優しく口づけてくる。

そうしてから、伸ばした舌でそろりと下から舐《な》め上げられて、アイリスは思わず息を詰めた。

「指と舌、あなたはどちらが好きかな?」

「……ど、どちらも……だめです、感じてしまう……」

「つまり、どちらもいいということか。欲張りで素直な身体だな」

「あっ、あぁん……っ」

大きな手が胸の膨らみを覆《おお》い、柔らかく揉《も》みしだいてくる。

エヴァンは膨らみを中央に寄せて、胸の頂《いただき》同士を近づけた。舌を伸ばして、ピンと張り詰めた乳首を交互に舐《な》め転がしてくる。

「そんな……や、だめぇ……っ」

温かな舌に舐《な》められると、胸の先から肌の内側へと快感が募《つの》って、自然と背が反《そ》ってしまう。

敷布をぎゅっと握って、声が漏《も》れそうになるのを必死に我慢する。だが、彼に片方の乳首を乳輪ごと咥《くわ》え込まれた瞬間、アイリスの口から恥ずかしい声が漏《も》れてしまった。

「あっ、あぅ、ンン……」

温かな口腔《こうこう》を感じただけで震えてしまうのに、乳首を存分に舐《な》め転がされ、強く吸い上げられると、身の内からなにかが溢《あふ》れ出しそうになる。

恥ずかしさをこらえそっと胸元に目を向けると、エヴァンがもう片方の乳首を優しく咥《くわ》え込むところだった。

「や、ぁ……」

視覚からの刺激に、肌がいっそう敏感になった気がする。ちゅるっと音を立てて乳首を吸われた途端、足のあいだがじわりと熱くなるのを感じた。

「ふっ……」

「もっと素直に喘《あえ》げばいい」

「……無理です。恥ずかしいし……はしたない……」

「はしたなくなるあなたが見たい」

「んっ」

胸から口を離し、アイリスの首筋を唇でたどったエヴァンが意地悪く囁《ささや》いてくる。耳朶《じだ》を甘噛みされながら乳房をやわやわと揉《も》まれ、アイリスはくすぐったいようなじれったいような感覚に、緩《ゆる》く首を振った。声が漏《も》れないよう手の甲を唇に押し当てるが、エヴァンの手があっさりそれを退《しりぞ》けてしまう。

「寝台にいるとき、あなたのこの可愛い唇にふれていいのは、わたしの唇だけだ」

恐ろしいほどの独占欲が窺《うかが》える台詞《せりふ》に、アイリスは思わず目を瞠《みは》る。

瞬間、彼の紫色の瞳とかち合った。息を呑むアイリスに対し、彼は不敵に微笑んでいる。思わずドキッとするほど艶然《えんぜん》とした笑みだった。

「エヴァン様……ん……」

唇を奪われ、アイリスは喘《あえ》ぐように唇を開く。少しの隙間も許さないとばかりに舌を挿入されて、たっぷりと口腔《こうこう》内を探られた。

角度を変えるたびにくちゅくちゅと水音が響くほど、淫《みだ》らで濃密な口づけだ。

それだけでもくらくらするのに、勃ち上がった乳首を指先でくりくりといじられてはたまらない。

時々、彼が悪戯《いたずら》に乳首を引っ張るから、そのたびに背中が敷布から浮いて、切ない感覚に腰がひとりでに揺れてしまった。

「は、ぁ……っ。……も、やめ……そこばかり……」

唇を離したエヴァンが、再び乳房に吸いつくのを見て、アイリスはいやいやと首を振る。

白い膨らみに吸いつき、いくつか痕《あと》を残しながら、エヴァンが上目遣いに微笑んだ。

「あなたの胸が愛らしすぎるからいけない。ずっとふれていたくなる」

まるで責任はアイリスにあるとでも言いたげで、思わず彼を睨《にら》んでしまう。

もっとも、涙で潤《うる》んだ瞳で睨《にら》んだところで、相手の欲情を煽《あお》る結果にしかならないが。

実際に煽《あお》られたらしいエヴァンは、それまで以上の執拗《しつよう》さで、アイリスの胸を愛撫《あいぶ》した。

すっかり膨らんだ乳首を舐《な》め転がし、吸い上げ、甘噛みし、もう一方は指先でつまんだり擦り上げたりと、絶《た》えず刺激を送ってくる。

「ん、んん……っ、や、あ……っ」

「なかなか強情だな」

必死に声を押し殺すアイリスに微笑んで、エヴァンは自身の衣服を脱ぎながら、身体の位置をずらしていく。

彼の唇が胸から離れ、なだらかな腹部へ移動するのを感じて、アイリスはびくりと震えた。

「そ、そんなふうに、舐《な》めな、で……、あぁっ」

彼の舌先が臍《へそ》のくぼみを舌で突いてきて、アイリスはたまらず頭を反《そ》らして声を上げる。

エヴァンはそれを聞き逃さない。尖らせた舌先で、臍穴《へそ》をえぐるように何度も刺激してきた。大きな手で脇腹を撫でられ、もう一方の手では乳房を揉《も》まれて、さしものアイリスも声が出るのを我慢できない。

「ひぁっ、あ、だめです……！　いっぺんに……しなぃ、で……あンンっ」

乳首をくんっと引っ張られる。かすかな痛みと一緒に快感が押し寄せ、腰がびくんと浮き上がる。

直後、腰元でわだかまっていたドレスと、ドロワーズがするりと剥《は》ぎ取られた。

「あ……」

全裸になった途端、ひどく心許《こころもと》なくなって胸に不安が湧き上がってくる。

アイリスの表情が強張《こわば》ったのを察してか、エヴァンが身体を起こして、頬にちゅっと口づけてきた。

「エヴァン様……」

「大丈夫だ、あなたはどこも綺麗だ」

「そんなこと……」

「本当だ。さぁ、いい子だから力を抜いて。わたしにすべてを見せてくれ」

アイリスは真っ赤になりながら細く息を吐き出す。

そっと目を伏せると、エヴァンの唇が柔らかく唇にふれてきた。口を開くと、当たり前のように舌が差し入れられる。くちゅくちゅと音を立てながら舌を絡《から》めるのが心地よくて、アイリスは無意識に鼻から抜ける声を漏《も》らしていた。

「ふ、ぅ……エヴァンさま……」

エヴァンの唇がそっと離れて、首筋をたどって乳房へ行き着く。再び乳首を吸い上げながら、彼は大きな手を彼女の足に滑らせ、内腿をそろりと撫で上げた。

「んぅ……っ」

そのまま彼の手に足の付け根をさわられそうになり、つい腿に力を入れて彼の手を挟み込んでしまう。

「こら。悪戯《いたずら》をするな」

「でも……」

「アイリス」

なだめるように名前を呼ばれ、アイリスはそろそろと足から力を抜く。

「いい子だ」

エヴァンは一度身体を起こして、彼女の膝裏に手をかけると、その両足を大きく割り開いた。

「やっ……」

恥ずかしい箇所が彼の眼前で露《あら》わにされて、アイリスは震える。だが閉じようにも、エヴァンが足のあいだに身体を滑り込ませてしまった。

「あなたはここも、慎《つつ》ましいな」

「んっ」

アイリスが怖《お》じ気《け》づくより早く、エヴァンが秘所にふれてくる。震える襞《ひだ》をそっと掻き分け、蜜口を撫でた彼が目を細めた。

「わずかだが、きちんと濡《ぬ》れている」

女性のそこが感じると濡《ぬ》れることは知識として知っていたけど、実際に口にされると気まずいことこの上ない。

エヴァンは視線を逸《そ》らすアイリスの目元に、ちゅっと口づけてくる。

「そんな顔をするな。濡《ぬ》れるのは正常な反応なのだから」

「無理です……」

アイリスが上目遣いに言うと、エヴァンは小さく笑って、今度は唇に口づけた。

「いずれにせよ、もっと濡《ぬ》らしてほぐさないと、わたしを受け入れるのは難しいだろう」

言葉とともに彼がぐっと下肢を押しつけてきて、アイリスは息を呑む。内腿に押しつけられた彼の中心は、信じられないほど熱く硬くなっていた。

「こちらの唇にもキスして構わないな？」

エヴァンが蜜口を撫でながら、耳元で囁《ささや》いてくる。

とんでもない内容にアイリスは目を見開くが、次のときには、彼の視線はアイリスの下肢に向けられていた。

閉じようとした足をいっそう開かれて、彼がそこに唇を近づける。

とっさにお尻で敷布の上をずり上がるが、すぐさま秘所に唇を押し当てられて、アイリスはびくんっとのけ反《ぞ》った。

「ひっ……」

熱くぬめる舌で蜜口を突かれ、さらにはゆっくりと下から舐《な》め上げられる。

なんとも言えない心地に、アイリスは引き攣《つ》った声を漏《も》らした。緊張のあまり足をピンと伸ばして、全身を強張《こわば》らせる。

「あ、やっ……」

「怖がる必要はない、アイリス。力を抜いて楽にしていなさい」

「で、でも、そんなところ……んっ……、き、きたな……」

「汚い？　あなたの身体に汚いところなど一つもないよ」

（そんなこと、あるはずないのに……）

エヴァンはきっぱり言い切って、再びそこに顔を沈めていく。

あまりに恥ずかしい光景にアイリスは両手で顔を覆《おお》うが、直後、秘所でぬるりとした感触がして、腰がびくっと跳ねてしまった。

「あ、うっ……ンンっ……」

尖らせた舌先で、くりくりと中を探るように動かされて、腰の奥からゾクゾクした感覚が立ち上《のぼ》る。

奥まで暴かれることへの怖さと、もっと深いところまでさわってほしい欲求が、同時に込み上げてきた。混乱しながら、アイリスはただ、はっはっと浅い息を繰り返す。

「あ、あ、……んぅ、んっ……」

せり上がってくる熱さが怖くて無意識に指を噛んでいると、エヴァンが手を伸ばして、彼女の手を取り上げてしまう。

「あ……エヴァンさま……」

「綺麗な指に傷がつくだろう」

彼はそう言って、歯形のついた指にちゅっと口づけた。

侯爵令嬢として過ごしていた頃ならいざ知らず、今のアイリスの手先は、お世辞にも綺麗とは言いがたい。

毎日布をいじり針を持ち、レースやフリルをたぐり寄せる手は、すっかり荒れてボロボロだ。人前に出るときは必ず手袋をしなくてはいけないほど、爪もその周りもささくれ立っている。

だがエヴァンはその手に恭《うやうや》しく口づけ、愛おしむように頬に押し当てた。それを見たアイリスは胸がジンと熱くなって、涙がこぼれそうになる。

「……あ、あぁ……だめ……」

エヴァンは舌を伸ばして、アイリスの指を丁寧に愛撫《あいぶ》し始める。指の股を舐《な》められると、なぜだかぴくっと震えてしまって、こんなところまで感じるものなのかとひどく戸惑った。

「この綺麗な手に傷をつけることはしてはいけない」

わかったね？　と視線で問われて、アイリスは困惑しながらもこくりと頷く。彼の紫の瞳に見つめられるだけで、心臓が壊れたみたいに騒いで仕方ない。

彼はアイリスの手を敷布に縫い留めると、再び下肢に顔を埋《うず》めて丹念にそこを舐《な》め始める。

するとどうしたことか、最初こそ妙な感じだと思っていた愛撫《あいぶ》に、身体はだんだん昂《たかぶ》り始めた。

「……は、あっ……、あんっ、だ、だめ……っ」

ぐにぐにと蜜口の奥に舌が挿入される気配がして、アイリスは無意識に腰を浮かしながら首を振る。浅い部分で舌がひらめくたび、腰の奥が熱くなって思わず身をよじってしまった。

「感じられるようになってきたな。なら……ここはどうだ？」

「ふ……？　……っ、あん！　あ……だめぇ……！」

彼の舌が蜜口の上部へと移動し、ある一点をちゅるりと舐《な》める。その瞬間、ビリッとするほどの愉悦《ゆえつ》が立ち上《のぼ》って、アイリスは背を大きくしならせた。

「あ、あぁっ、なに……？　……そこ、いやぁぁ……っ」

蜜口をえぐられるよりずっと強い感覚に、アイリスは泣きそうになりながら声を漏《も》らす。

「ここが一番感じやすいところだ。大丈夫、おとなしく身を委《ゆだ》ねていろ」

「できな……っ、あぅっ、ン、んんぅ……！」

アイリスの言葉を封じるように、エヴァンが器用に舌を動かしてくる。

きつく目をつむり湧き上がる快感に耐えるアイリスにはわからなかったが、蜜口の上部にはぷっくりと膨れた芽があり、エヴァンはそこを舐《な》め転がしているのだ。

エヴァンは愛撫《あいぶ》で充血したそこの包皮を剥《む》いて、遠慮なく吸いついてくる。

「ひぃっ……！」

ちゅるりと音を立てて舐《な》められて、アイリスは切ない悲鳴を上げた。彼にふれられているところからお腹の底へと快感が走って、なにかがとろりと溢《あふ》れてくる。

「あ、あっ……」

湧き上がる快感に耐えかね、粗相をしてしまったのかと思ったアイリスは、こらえきれずぽろりと涙をこぼした。

「いや、いや、エヴァン様、見ないで……っ」

「心配いらない。溢《あふ》れたのは感じたときに出る蜜だ。ここからとろとろと溢《あふ》れてきている……」

「ひ、広げないで……うぅっ……」

エヴァンの指先が蜜口の脇に二本添えられ、左右にくいっと開かれる。彼の言葉通り、そこからさらに溢《あふ》れ出るものを感じて、アイリスは再び目元を覆《おお》った。

「恥ずかしすぎます……っ」

「今に、そんなことを言っていられないほど気持ちよくなる」

「そんな……、あっ……？」

彼の指先が蜜口の入り口をくにくに行き来したかと思うと、おもむろに中へと挿入《はい》ってきた。

「ひっ……」

太く節くれ立った指が、蜜のぬめりを借りて狭い膣道を進んでいく。アイリスは全身を強張《こわば》らせるが、彼の舌が再び花芽を舐《な》め転がしてきて、思わず悲鳴を上げて腰を跳ね上げていた。

「ああっ……！　ひ、ぅ、やぁぁ……っ」

第二関節のあたりまで沈んだエヴァンの指は、一度ゆっくり外へ出て、抜けるギリギリのところでまた奥へと入り込む。それを何度も繰り返されると、なんとも言えない不思議な感覚が芽生えて、腰がくねくねと揺れ動いてしまった。

指だけならまだ耐えられるけれど、花芽を舐《な》められるとたちまち息が上がってしまう。

エヴァンは膨れた花芽を丹念に舌で舐《な》め上げ、唇で挟んでちゅうちゅうと吸い上げた。

「ひ、あぁああ……！」

ひときわ強くジュッと吸われて、アイリスはたまらず大きくのけ反《ぞ》る。彼女の意思にかかわらず、蜜壺がきつく収斂《しゅうれん》して、エヴァンの指をぎゅっと締めつけた。

「ま、まって……まって、だめ、だめなの……っ」

アイリスの制止に構うことなく、エヴァンは指を小刻みに動かし、ちょうど花芯の裏あたりを擦り上げる。そうされると、中からも外からも強い快感が湧き上がってきた。

アイリスは「ひくっ」と泣き声を漏《も》らして震え始める。

それ以上されたらおかしくなる。本気でそう思って、エヴァンの頭に手を置いて退《ど》かそうとするが、彼の動きは止まらない。

それどころかいっそう執拗《しつよう》になって、彼女ははぁはぁと忙《せわ》しなく喘《あえ》いだ。

「駄目ではない。そのまま感じているといい。大丈夫だから」

「い、いけませ……、あ、あぁう……っ」

彼の舌が動くたび、指が抜き差しされるたび、身体の奥からなにかがせり上がってくる。

開きっぱなしの唇から浅い呼吸と淫《みだ》らな声がひっきりなしに漏《も》れて、もう表情を取り繕《つくろ》う余裕すらない。

「は、あぁ、も……もぅ、なにか……うっ、あ、ああ……っ」

ぐちゅぐちゅという水音が大きくなる。

彼の舌は花芽から上へと移り、感じやすい臍《へそ》のくぼみを探り始めた。奥をえぐるように刺激されると、快感が直《じか》にお腹に響いてたまらなくなる。

アイリスはもう言葉を紡《つむ》ぐこともできず、うわごとめいた喘《あえ》ぎ声ばかりを漏《も》らした。

「あ、あぁ……っ、ひあ、や、あぁぁ……」

これ以上ないほど背をしならせ、抗《あらが》いがたい快感の波に呑み込まれる。エヴァンの指がいつの間にか二本に増えて、狭い膣壁をまんべんなく擦り上げてきた。そのたびに奥から生まれた蜜が、彼の指を伝って溢《あふ》れ出ていく。

彼の舌がひときわ強く臍《へそ》をえぐった瞬間、アイリスはとうとう快楽の極みへ上《のぼ》りつめた。

「あ、あぁっ、いあぁぁぁ……――ッ！」

みだりがましい悲鳴がこぼれる。両足をぴんっと突っ張ったかと思うと、すぐにガクガクと大きく震えた。頭の中が灼《や》き切れたように真っ白になり、強張《こわば》っていた手足から力が抜ける。

アイリスの意識がふっと遠ざかった。

気づいたときにはエヴァンに抱きすくめられ、頬や額《ひたい》に柔らかくキスされていた。

「あなたが達するときの姿は最高に美しいな。これまで見てきたあなたの中でも格別だ」

まだぼうっとしているアイリスの耳元に、エヴァンはそんなことを囁《ささや》いてくる。一拍遅れてその意味を理解したアイリスは、首筋まで真っ赤になった。

「は、恥ずかしい……、言わないで、そんなこと……」

今更ながら自分の痴態を思い出して、穴があったら入りたい気持ちに駆られる。せめて顔を隠したくて、彼の肩口に額《ひたい》を埋《うず》めた。

エヴァンが笑って、アイリスの身体を両腕で引き寄せる。

すると下腹のあたりに彼の中心が押し当てられ、アイリスは言葉もなく固まった。

「……っ」

「そんなに驚かなくてもいいだろう。これもわたしの一部なのだから」

ぐっとさらに強く押しつけられて、アイリスはなんだか泣きたくなった。

「そ、そうは言っても、その……お、大きいから……」

怖くて直視する勇気は出ないものの、それがすっかり熱を持って、いきり立っているのはいやでもわかる。

エヴァンは小さく笑って、アイリスの目元に口づける。悔しいことだが、彼になだめるように口づけられるのは嫌いではなかった。

「エヴァンさま……」

思わず甘えるように名前を呼ぶと、彼は心得たとばかりに唇を重ねてくる。そのまま舌を絡《から》ませ、存分にキスを味わった。

「ふっ……んあ……」

「アイリス……可愛い」

エヴァンがかすれた声で囁《ささや》く。そんな声を聞くと、どんなことでもしてあげたい気持ちになって、アイリスは自《みずか》ら舌を伸ばした。エヴァンも夢中でアイリスの舌を吸ってくる。

唇で淫《みだ》らに繋《つな》がりながら、エヴァンは身体を移動させて、仰向けになるアイリスの上に馬乗りになった。彼女の足を開かせ、そのあいだに再び自身の身体を入れてくる。

「ふ、ぅっ……」

すっかり潤《うるお》って蜜を滴《したた》らせる秘所に、彼の欲望の印《しるし》がぐっと押し当てられた。割れ目のくぼみに沿うように屹立《きつりつ》が置かれて、アイリスは思わず息を呑む。

その状態で腰を緩《ゆる》やかに動かされて、アイリスは合わさった唇の隙間からくぐもった声を漏《も》らした。

「あう……ん、ンン……っ」

唇からはもちろん、下肢からもぬちゃぬちゃといやらしい水音が響いてくる。彼の剛直が秘裂のあいだを滑るたびに、屹立《きつりつ》のくびれた部分で花芽が刺激されて、新たな快感が生まれるのだ。

じっとしていられないほどの気持ちよさに、アイリスはたまらず腰をくねらせた。愉悦《ゆえつ》がどんどん大きくなって、耐えきれず首を振って唇を離してしまう。

「あっ、あっ、はぁ、あぁあ……っ」

気づけば自分から腰を振って、彼の熱棒に秘所を擦り付けていた。

はしたない仕草だが、エヴァンは笑みを深め、愛おしげにアイリスの髪を掻き上げてくる。

「快感に溺《おぼ》れるあなたも、最高に美しいな……」

「ご、ごめ、なさ……っ、あぁあっ」

背中のくぼみを指先でつぃとなぞられ、アイリスはビクビクと全身を震わせる。

「謝ることはない。むしろ積極的で嬉しい限りだ」

「ふあっ……！　だ、だめ……、今、そんなふうにされたら……っ」

上体を倒したエヴァンがアイリスの乳首を口に含む。柔らかくも熱い舌にねっとりと舐《な》め上げられ、アイリスは背を反《そ》らして嬌声《きょうせい》を上げた。

連動するみたいに蜜口がひくりと震え、奥からさらなる蜜がこぼれ出る。

同時に先程まで指で刺激されていたところが物足りないとばかりに疼《うず》き出して、アイリスはついエヴァンの背にぎゅっと抱きついた。

「エヴァンさま……、もぅ……お願い……っ」

彼の屹立《きつりつ》で擦られるだけでも気持ちよくてたまらないが、もっと奥まで彼に満たして欲しい気持ちが喉の奥からせり上がってくる。

アイリスの目元や鼻先に軽いキスをして、エヴァンがゆっくりと彼女の足を抱え込んだ。

「あ……」

両方の足をぐっと持ち上げられ、秘所を彼に向けて突き出す格好を取らされる。さすがに恥ずかしくて萎縮《いしゅく》してしまうが、エヴァンに口づけられると、羞恥《しゅうち》は快感に上書きされた。

「ふぁ、あん……んぅ……っ」

「そのまま力を抜いているんだ」

こくんと頷くと、自身の熱棒を掴《つか》んだエヴァンが、切っ先をアイリスの蜜口へと宛がう。そしてぐっと腰を進めてきた。

「ひぁっ……！」

ぐぐっ……と押し開かれる感覚とともに、じわじわとした痛みが秘所から広がって、アイリスはわずかに息を詰める。「息を吐け」と言われ、必死になって言う通りにすると、エヴァンはさらに体重をかけてきた。

「んんぅ……っ！」

指など比べものにならない太い肉竿が、処女壁を押し広げてどんどん奥へ挿入《はい》っていく。

丹念にほぐされ蜜で濡《ぬ》れていると言っても、やはりまだまだ狭くてきつい。エヴァンもわずかに眉を寄せてつらそうにしている。アイリス自身痛みでつらいが、彼が少しでも楽になるならと、震える吐息を吐き出し続けた。

それからどれほど経ったか、ようやく彼の屹立《きつりつ》が奥まですべて収まる。エヴァンにぎゅっと強く抱きしめられて、アイリスは涙の浮かぶ瞳をパチパチと瞬《またた》いた。

「エヴァン様……？」

「……すまない、痛くはないか？」

挿入された瞬間の痛みは去ったものの、まだジンジン痺《しび》れた感じがする。

「大丈夫です」

「無理をするな。声が震えている」

「……無理なんて。それよりも……嬉しくて……」

「アイリス……？」

「あなたと一つに繋《つな》がれたことが……嬉しくて」

今この瞬間だけは、自分は彼のもので、彼もまた自分のものだという実感がある。

新たに湧いてきた涙を隠すように、ぎゅっとアイリスから抱きついた。

エヴァンは愛おしそうに彼女の髪を掻き上げ、額《ひたい》や鼻先、耳元に口づけ、最後に唇にふれてくる。

剥《む》き出しの肩や二の腕を優しく撫でられながら、丹念に口腔《こうこう》を探られ、うっとりとした心地が戻ってきた。相変わらず下肢は痺《しび》れているが、心はすっかり満たされて、強張《こわば》っていた身体の力が徐々に抜けてくる。

アイリスと繋《つな》がっているエヴァンにも、それがわかったのだろう。

ちゅっとわざと音を立てて唇を離すと、アイリスの腰をしっかり抱え直した。

「動くぞ。あまり時間はかけないが……我慢できないと思ったら言いなさい」

アイリスはふるふると首を横に振った。

彼が満足するまで、一秒でも長く繋《つな》がっていたい。

だがアイリスの必死の様子を前に、エヴァンはふっと不敵に笑った。

「……まぁ、言われたところで、やめてやれるかは別だがな」

「エ、エヴァン様……、あんっ！」

目を瞠《みは》ったアイリスは、エヴァンが腰を引いたのを感じて、追いかけるように腰を前に突き出してしまう。その直後、再び奥まで突き入れられて、みだりがましい悲鳴が漏《も》れた。

エヴァンはゆっくりと腰を使ってくる。

敷布に蜜を滴《したた》らせながら長大な肉棒が出入りしていく。その感覚はすぐに慣れるものではなく、身体はどうしても緊張してしまった。

エヴァンはアイリスの緊張を解きほぐすように、首筋や鎖骨に口づけたり、乳房を愛撫《あいぶ》したりしてくる。

乳首を甘く吸われると、下肢の引き攣《つ》った感じに快楽が上乗せされて、アイリスはひどく惑乱した。

「あ、あぁ、あ……、ふ、ぁ……、エヴァンさま……、エヴァンさま……っ」

大きく揺さぶられて、アイリスはすすり泣きながらエヴァンの名前を呼ぶ。

「そんなふうに切ない声で、わたしを呼ばないでくれ――」

震えるアイリスの唇に強く唇を押し当てて、エヴァンが低い声で唸《うな》った。

「優しくしてやりたいのに、できなくなる」

「ンンぅ……！」

腰の動きが速くなって、二人の繋《つな》がったところからぐちぐちと水音が響いてくる。淫猥《いんわい》な音と、内腿にふれる彼の身体の熱さに胸が掻き乱されて、アイリスは何度も頭を振って身悶《みもだ》えた。

アイリスが快楽に溺《おぼ》れ始めたのを察して、エヴァンの動きも激しくなった。

逞《たくま》しい腕にすっぽり包み込まれ、アイリスは汗ばんだ身体の重みを感じながら激しく揺さぶられる。

しだいに、羞恥《しゅうち》や悦楽《えつらく》を通り越して、愛するひとと一つになれた幸福感に目がくらみそうになっていった。

声を我慢することもできずに、アイリスはエヴァンの背に腕を回して、ぎゅっと抱きつく。

「あ、あ、あ……っ、エヴァ……、エヴァンさま、あうっ……！」

「……っ」

エヴァンも余裕がなくなってきたのか、アイリスの細い身体に腕を回し、腰を前後させてくる。

ぐちゅぐちゅという水音とアイリスの甘い悲鳴が続く中、エヴァンがぐっと息を詰めた。

彼の苦しげな声を聞いた瞬間、アイリスもまた強い快感に襲われて全身をビクッと強張《こわば》らせる。

「ひあっ、あ、ああ――……ッ！」

直後、エヴァンはアイリスの中から張り詰めた自身を一気に抜き去った。鋭い刺激にアイリスは頭が真っ白になる。

「あぁあああ……ッ！」

少し遅れて、熱いなにかが下腹の上にどくどくとまき散らされた。身体の丸みを伝ってつぅと流れ落ちていくそれに、アイリスはふるふると震えてしまう。

（これ、エヴァン様、の……？）

想像以上に熱い精のほとばしりに、彼の欲望の強さを思い知らされる。彼が見たことがないほど呼吸を荒くしている様子に、胸がきゅんと高鳴った。

「エヴァン、さま……」

震える指先で彼の頬を撫でると、エヴァンはその手を取って指先に口づけてくる。顔を上げた彼の額《ひたい》には汗が光っていて、こちらを見つめる瞳はゾクッとするほど艶《つや》っぽかった。

「あ……、んっ」

再び口づけられて、吐息すら奪うように舌を絡《から》められる。まだ息が整わない中、アイリスは必死に彼の舌に動きを合わせた。

やがてエヴァンがゆっくり唇を離す。アイリスの頬を両手で包み、まじまじと顔をのぞき込まれた。

「……無理をさせたか？」

アイリスはぱっと頬を染める。彼の紫の瞳にはまだ欲望の色がちらついていて、見つめられるだけでもドキドキした。同時に、胸がいっぱいで多幸感に涙が出そうになる。

「大丈夫です。エヴァン様こそ……苦しそうだわ」

「ああ、苦しい。このまま再びあなたに襲いかかりたいのを、鉄の意志で我慢しているところだ」

「えっ……」

目を見開くアイリスに、エヴァンはニヤリと笑う。どこか獰猛《どうもう》な笑みなのに、身体中に愉悦《ゆえつ》が燻《くすぶ》っているせいか、アイリスはただただときめくばかりだ。

「だが、あんまり無理強《じ》いして、あなたに嫌われたくない」

そう言いながらも、アイリスの胸元に唇を落とし、乳房をやわやわと揉《も》んでくる。

ピンと勃ち上がった乳首にキスされて、アイリスはびくんっと全身を跳ね上げた。

「あ……エヴァン、さま……！　んンっ……」

彼の矛盾した言動に、アイリスは思わず彼の名を呼ぶ。

「すまないな。本心では、まだあなたを感じていたい」

まるで悪びれた様子のないエヴァンに、アイリスは身をよじりながらちょっと笑ってしまった。

だが再び熱く滾《たぎ》った肉竿を秘所に押し当てられると、腰が反射的に跳ねてしまう。

「あっ……」

「アイリス。わたしを迎え入れてくれないか？」

亀頭を蜜口に押し込みながら言われて、アイリスは耳まで真っ赤になる。しかし身体は正直で、たちまちアイリスの奥から新たな蜜がこぼれてきた。

「……はい」

アイリスはふんわり微笑んで頷く。

——エヴァンが望んでくれるなら、何度でも、深く愛し合いたい。

まだまだ夜は終わらない気配を感じながら、アイリスはエヴァンの逞《たくま》しい首筋に腕を絡《から》めて、与えられるキスに深く酔いしれた。

第七章　かりそめの幸せ

ピチチ……と小鳥のさえずる声が聞こえる。

可愛らしいその声に促《うなが》されて、アイリスは伏せていたまぶたをゆっくり開けた。

窓を覆《おお》うカーテンの隙間からは、まぶしい朝日が差し込んでいる。いつも起きる時間よりだいぶ早いけれど、もう身支度を始めようと、アイリスは身体を起こした。

しかしどこからともなく伸びてきた腕が胴に巻きついて、再び寝台に引きずり込まれてしまう。

驚いたアイリスは小さく悲鳴を上げた。

「エ、エヴァン様！　起きていらっしゃるの？」

「起きた。が、まだ眠い。あなたももう少し寝ていなさい……」

アイリスを抱え込みながらエヴァンが呟く。寝ぼけているようなのに、その腕の力はかなり強い。

「で、でも、せっかく早く起きたので、作業場でデザイン画を描きたいのですが……」

「わたしはまだあなたと寝台でこうしていたい。どうせ起きるなら、もっと甘い時間を過ごしたいものだな」

「きゃっ……」

首筋に吸いつかれて、アイリスはカッと頬を赤らめた。

「ゆ、昨夜《ゆうべ》もしたのに……っ」

「そうだな。だが、今朝もしたい」

端的に言って、エヴァンはのそりと起き上がる。彼の剥《む》き出しの素肌が朝日に照らされて、アイリスは息を呑んだ。

エヴァンもそうだが、アイリスもまた夜着を着ていなかった。昨夜は遅くまで愛し合っていたため、どうやらそのまま眠ってしまったらしい。

――初めて身体を繋《つな》げた夜から、一週間。

エヴァンはアイリスを、まるで恋人のように扱うようになった。

城にいるときは仕事以外の時間をほぼ一緒に過ごし、舞踏会のエスコートも肩や腰を抱いて身体を密着させてくる。

そして夜はというと、アイリスの寝室にやってきて一緒に眠るのが当たり前になっていた。

世話係のメイドたちやコナーには早々に二人の関係が知られてしまい、「お熱いですこと」と、からかわれたりしている。

アイリスはそのたびに真っ赤になってもごもご否定するのだが、ではどういう関係かと問われると言葉に詰まってしまう。

（エヴァン様は、わたしと離れたくないと、自分のものにしたいとおっしゃってくれたけど……）

それがどういった意図で言われた言葉なのか、アイリスははかりかねていた。アイリスはエヴァンのことを愛しているけれど、彼がアイリスと同じ気持ちでいるかは今一つわからない。

なぜなら、どんなに身体を重ねても、彼の口から一度として「好き」とか「愛している」と言った言葉を聞いたことがないからだ。

だが、少なくとも好意を持ってくれているのは確かだろう。今も早起きしたのをいいことに、エヴァンはアイリスを求めて抱きついてきているのだから。

すっかり馴染《なじ》んだ彼の唇にキスされると、昨夜の快感が残る身体は敏感に反応してふるりと震えた。

「ん……、エヴァン様、だめ」

「あなたの身体はそう言っていないが」

ニヤリと意地悪く微笑みながら、エヴァンはアイリスの乳房に手を這《は》わせる。柔らかな膨らみの頂《いただき》で、薔薇《ばら》色の乳首がすでに尖り始めていた。

手のひらで転がすように刺激されて、アイリスはつい鼻から抜ける声を漏《も》らしてのけ反《ぞ》る。

「朝日の中で睦《むつ》み合うのも新鮮でいいと思わないか？」

すっかりその気になったエヴァンが、下肢を押しつけて誘惑してきた。彼の中心は熱を持って、硬く存在を主張している。

こうなっては、決してエヴァンは引かないと、短い期間で学んでいた。

アイリスはあきらめのため息をついて、そっと目を伏せる。身体の力を抜いて横になると、エヴァンが唇を重ねてきた。

すっかり目が覚めたらしい彼は、いつもと同じ丁寧な愛撫《あいぶ》で、アイリスの官能を高めていく。

朝からなんて不謹慎なと恥ずかしく思いながらも、アイリスは促《うなが》されるまま足を開いて、愛するひとを奥まで受け入れた。

そんなこんなで朝食を食べるのが遅くなってしまったが、概《おおむ》ねいつも通りの時刻にアイリスは作業場に入ることができた。

作業場では、すでにミシンのガガガガガッという独特な音が響いており、型紙を切る職人や、縫い上がったドレスに刺繍《ししゅう》を刺す職人など、多くの人間が働いていた。

「アイリス様！　おはようございます！」

アイリスが姿を見せると、全員が作業の手を止めてさっと立ち上がる。深々と頭を下げる彼らに、アイリスもにっこり微笑んだ。

「皆さん、おはようございます。今日も一日よろしくお願いします」

「よろしくお願いします！」

全員が威勢のいい声で挨拶《あいさつ》して、すぐに作業へ戻っていく。

――ドレスの受注を始める、と言ったエヴァンの意向のもと、ガロント城には方々《ほうぼう》から職人たちが集められた。主にルイスの紹介によって集められた彼らは、様々な仕立屋で働いた経験を持つ服飾の専門家だ。

これまでアイリスが一人でやってきた作業は、彼らと分業することによって、格段に早く仕上がるようになった。

職人を入れてまだ三日目だが、あちこちで仕事をしてきた彼らは手際がよく、ガロント城にもあっという間に馴染《なじ》んで、アイリスがデザインしたドレスを次々と形にしてくれた。

おかげで最近は、アイリスもデザインに専念できるようになっている。舞踏会へ赴《おもむ》く都合もあり、誰かにドレスを作ってもらえるのは非常にありがたかった。

なにより、今日からついにドレスの受注を始めるのだ。

数日前、エヴァンが新聞の広告欄を利用して、アイリスのドレスを大々的に宣伝した。すると面白いほど問い合わせがあり、初日の今日はすでに三件の予約が入っている。

最初のお客様は十時に訪れる予定なので、あと一時間ほどだ。アイリスはそわそわしながらそのときがくるのを待ち、いざ客人がやって来ると満面の笑みで応対した。

「ようこそおいでくださいました。デザイナーを務めるアイリスです。どうぞお入りくださいませ」

やって来る客人たちは、アイリスがデザイナーを務めていることに仰天している様子だったが、ほとんどが好意的に接してくれた。

彼女たちがどんなドレスを求めているか、お茶を飲みながら熱心に聞き取り、イメージに沿ったデザインを考えていく。

ひとの考えを汲《く》み取って形にするのはとても難しいけれど、同時に楽しい作業でもあった。

おかげでまた仕事一辺倒の生活になっていたが、そこはエヴァンがやんわりと止めてくる。

「わたしの可愛いデザイナーは、また夜更かしをしようとしているな？　舞踏会の日以外でそれは容認できない」

その日もエヴァンは、夕食の時間を過ぎても作業場で鉛筆を走らせるアイリスに気づくと、描きかけのデザイン画を彼女の手元からひょいと取り上げてしまった。

「エヴァン様、お願いします、そのデザイン画だけは終わらせたいんです」

「終わらせたらきちんと食事を取るな？　そして今夜はもう作業をやめて、休むな？」

「う……や、休みます」

本当はあと二、三枚描きたかったところだが、そんなことを口にしたら最後、強制的に作業場から連れ出されそうだ。

ならばよろしい、とデザイン画を返してくるエヴァンに思わず頬を膨らませると、近くで作業をしていたお針子たちがくすくすと笑みをこぼした。

「お二人は本当に仲がよろしくていらっしゃいますねぇ」

「え……ち、違うわ、そういうのではなくて……」

お針子たちにまで関係をからかわれて、アイリスは慌てた。だが、エヴァンは泰然と答える。

「そうとも。彼女はわたしの唯一だ。男性陣には、特にそのあたりを心得ておいてほしいものだな」

奥で型紙を切っている職人や、ミシンを踏む職人には男性も何人かいる。そちらに聞こえるようわざと声を張るエヴァンに、男性職人たちは「おお怖い」とカラカラと笑った。

「エヴァン様、そんなふうに言っては誤解を招きます……」

「これくらい言っておかないと、男どもはみんなあなたの前に膝をつこうとするだろう。牽制《けんせい》しすぎるということはないのだよ」

アイリスにとっては「本当にそうかしら?」と言いたくなることだが、エヴァンは大真面目だ。

「さぁ、デザインを続けたまえ。終わるまでわたしはここで待とう。あなたと一緒に夕食を取りたいからな」

「ですが、あと一時間はかかりますわ。先に召し上がったほうが……」

「あなたと一緒に食べたいのだ」

そう言って、エヴァンは椅子を引いてどっかり座り込む。お針子たちがまた「愛されていますわね」と囁《ささや》いてくるのに、アイリスは赤くなりつつ曖昧《あいまい》に微笑むのだった。

人前でも堂々と好意を向けてくれるのは嬉しいのだけれど、自分たちは将来を約束した間柄でもないだけに、この先に不安を覚えてしまう。

(エヴァン様からは、はっきりとした言葉をもらっていないし……。やがては終わる関係なのかもしれないわ)

そう思うと胸がチクリと痛む。けれどこうして大切にされて、夜はたっぷり甘やかしてもらっているのだ。これ以上の贅沢《ぜいたく》を望むのは罰当たりというものだろう。

冷静な気持ちでそう考えて、アイリスは再び鉛筆を走らせる。

結局完成まで二時間もかかってしまったけれど、エヴァンは一度も急《せ》かすことなく、集中するアイリスを慈《いつく》しみのこもった瞳で見つめていた。

＊　＊　＊

受注を始めてから三日目。その日も新規の客人を迎えていた。

最後に訪れたのは、名前だけは知っている名門伯爵家のご令嬢だ。

受注のためにガロント城を訪れるのは、新興貴族や豪商の夫人や令嬢が多かった。新しいものを受け入れることに抵抗の少ない彼女たちは、アイリスのドレスを大変気に入り、夜会服だけでなくデイドレスや帽子などの小物も一緒に注文してくれる。

だが名門と言われる貴族たちは、たとえ興味を持っても、注文するまでには至らないらしい。まだこちらを見極めている最中といった印象なのだ。

そんな中、名門ドース伯爵家のご令嬢から予約を受けたため、アイリスは心底驚いてしまった。

（これをきっかけに、他のご令嬢方にも興味を持ってもらえたら……）

貴族の令嬢は常に他の令嬢のドレスをチェックしているものだ。ここで気に入ってもらえたら、新たな注文に繋《つな》がるかもしれないと、アイリスは気を引き締める。

件《くだん》の伯爵令嬢は、予約の時間に半時ほど遅れてやってきた。

「ようこそおいでくださいました、ドース伯爵令嬢リュシンダ様」

他の客人たちを迎えたとき同様、玄関ホールで頭を下げたアイリスだが、付き添いらしいメイドとともにやってきた彼女は、無言で城に入ってくる。

同性の、それも年も近い令嬢にそのような態度を取られるのは初めてのことで、アイリスはひどく驚き、戸惑ってしまった。

「どうぞ、こちらにお越しください。お茶とお菓子を用意しております。そちらでご希望のドレスについて伺わせていただきますわ」

気を取り直して案内するが、リュシンダ嬢は相変わらず無言のままだ。

客室に入りお茶を出しても一向に喋《しゃべ》る気配はなく、向かいに座ったアイリスは気まずい時間を過ごすことになった。

「あの、リュシンダ様――」

「お願いしたいのは夜会用のドレスよ。あなたの好きなように作ってくださる?」

突然、居丈高《いたけだか》に言われる。侯爵令嬢の頃にこんなふうに言われたら、それこそ絶句ものだが、今のアイリスはその態度を咎《とが》められる立場にはない。

相手の横柄《おうへい》な態度にただただ目を白黒させつつ、アイリスは頷いた。

「……かしこまりました。よろしければ、どういったドレスをイメージされているか、詳しくお聞かせいただけますか？　色合いやモチーフなど、ご希望はございますでしょうか？」

アイリスが丁寧に尋ねると、リュシンダはそこで初めて、ニッと口角をつり上げた。

「そうね。あなたがいつもご一緒している、エヴァン・レイニー様が好みそうなデザインをお願いしたいの」

「え……？」

目を見開くアイリスに、紅茶を一口啜《すす》ったリュシンダが答えた。

「あの方、このお城の持ち主だそうね。それもかなり顔の広い商人だとか」

「……ええ」

「希望は、あの方の心を射止めることができるドレスよ」

アイリスは不覚にもひゅっと息を呑んでしまう。思ってもみなかった依頼の内容に、頭が真っ白になった。

「……リュシンダ様は、エヴァン様と、その……」

「恋仲になりたいの。あなたはどの舞踏会でもあの方と親密そうに寄り添っていらしたから、当然、好みも熟知しているのでしょう？」

リュシンダはどこか挑戦的にアイリスを見ながら言ってくる。

「わたしは伯爵家の三女だから、嫁ぎ先は必ずしも貴族でなくてもいいと言われているわ。でも、できれば裕福で力のある殿方のところに嫁ぎたいの。その点、エヴァン・レイニー卿はもってこいの相手なのよ。お仕事も順調そうだし、大きな城を所有するだけの財力もある。それに、とても見目麗《うるわ》しい方だわ。そう思わなくて？」

「……ええ、そうですね」

「あなたがあの方の婚約者というなら、わたしもこんなことは考えなかったけれど。聞けば、単なる仕事のパートナーだというじゃない。それなら、わたしがあの方に近づいても、なにも問題はないでしょう？」

歌うように言葉を紡《つむ》ぐリュシンダを、アイリスはただ見つめ返す。言葉の出てこないアイリスに向かって、意地の悪い笑みを浮かべてリュシンダが言った。

「どのみち、フィリップ王子に婚約破棄され、不名誉な噂だらけのあなたは、彼にふさわしくないわ。……まさかとは思うけれど、レイニー卿と仕事以上の関係になろうなどと、身の程知らずなことを考えていらっしゃらないでしょうね？　傷物のあなたは、まともな縁談など望んでも無駄だと思うけど？」

――傷物。

なんともひどい言葉だが、アイリスはなにも言い返せなかった。

婚約破棄された令嬢は、悲しいことだが実際にそういう目で見られてしまう。だからこそ父も、アイリスを見限って侯爵家から出したのだ……

この頃は思い出すこともなかった過去の傷がよみがえり、アイリスは頭から冷水を浴びせられたように凍りつく。

笑顔を取り繕《つくろ》う余裕もなく、背筋を伸ばして座っているだけで精一杯だった。

その後、リュシンダ嬢となにを話したのかよく覚えていないが、とにかく彼女は、エヴァンに気に入られるドレスならなんでもいいと言って、ガロント城を去って行った。

客間から作業場に戻りながら、アイリスは彼女に言われたことを考える。ここのところすっかり忘れていたけれど、婚約破棄された自分の立場はあのときから少しも変わっていない。

リュシンダに言われた通り、アイリスは『傷物』だ。婚約破棄され悪評の立ったアイリスは、エヴァンのような立派な人物には似合わない。釣り合わないのだ。

たとえ、どんなに彼を愛していたとしても――

それでも、今はまだ彼の側にいることが許されている。アイリスは突きつけられた現実から目を逸《そ》らし、自分がすべき仕事へと無理やり頭を切り替えた。

どんなにつらくても、引き受けたからにはきちんと完成させなければ。やっぱりできないなどと言ったら信用は落ちるし、せっかくの客足も途絶《とだ》えてしまうことになる。

アイリスは唇を噛みしめながら、リュシンダの強気な美貌に似合うドレスを考え始めるのだった。

注文のドレスはそれほど時間をかけずに、リュシンダへ手渡すことができた。

エヴァンの好みはよくわからなかったので、リュシンダに似合うドレスをデザインした。勝ち気な表情と豊かな黒髪が映える明るいオレンジ色の生地《きじ》を使い、パッと目を引く濃い紫のコサージュをつける。華やかでありながら大人っぽい雰囲気も出るように調整した。

リュシンダは仮縫いのために城へきた以外は、完成品を渡すまで一度も姿を見せなかった。本来なら不具合がないか確かめるため、完成したドレスを試着してもらっているのだが、「いらないわ」の一言で済まされてしまう。初めからアイリスの作るドレスには興味がないと言わんばかりだ。

実際、そうなのだろう。彼女の興味はエヴァンだけに向いているのだから。

ドレスのデザイン自体は気に入っている……。だが、それを身につけた彼女がエヴァンを誘惑するのかと思うと、胸の奥がもやもやして、なんとも気分が悪かった。

「どうした、アイリス。そんな怖い顔をして。いいデザインが思いつかないのか？」

難しい顔で客間から作業場への廊下を歩いていると、様子を見にやってきたらしいエヴァンと鉢合わせた。アイリスは慌てて平静を装《よそお》う。

「いいえ。ただ、……お客様の望むドレスを形にするのは、思った以上に難しいこともあるのだと思って……」

リュシンダにドレスを渡したばかりで、つい気持ちがささくれ立ってしまっていた。

なによりそう言われて初めて、自分がエヴァンの好みをまったく知らないことに気づき、よけいに落ち込んでしまったのだ。

リュシンダが言っていた『エヴァンの好みのドレスを』というのは、その最たるものだろう。

それどころか……アイリスはエヴァンについて、ほとんどなにも知らない。

もちろん、手広く商売を展開している裕福な商人であることは聞いている。だが、具体的にどんな品物を扱っているのか、ドレス以外になにを売っているのかは知らない。

彼がこれまでどんな人生を歩んできたのか、どんな家に生まれて、どんな暮らしをしてきたのかも、まったく謎のままだ。

肌を重ねて、奥深くまで繋《つな》がって、彼のことを知った気になっていたけれど……実際のところは、そのような状態なのだ。

思えばエヴァンも、改めてアイリスに自分のことを話そうとしたことはない。

（特に必要としない、ということなのかもしれないけど……）

考えるほど心が沈んでしまって、ため息ばかり出てきてしまう。

「アイリス？」

うつむいてしまったアイリスに、エヴァンは首を傾《かし》げている。

もしここで、あなたはいったい何者なのか、どういう生《お》い立ちで、どういう仕事をしているのかと聞いたら、本当のことを教えてくれるだろうか？

一瞬そんな考えが頭に浮かぶが、アイリスはすぐにそれを打ち消した。もし答えてくれなかったり言いよどんだりされたら、きっともっと傷つきそうな気がする。

（多くを望んでは駄目よ……）

そう、わきまえないといけない。この先、なにがあったとしても。

アイリスは、笑顔を取り繕《つくろ》って顔を上げた。

「すみません、弱気になってしまって……。ちょっとデザインに行き詰まってしまったんです」

「……これまでと違い、自分の好きなものを作ればいいというわけではないから、悩むのは当然だ。気分転換をして、あまり気に病《や》まないようにしなさい」

「はい。ありがとうございます」

ドレスの受注は始まったばかり。もう何人かに完成品を手渡したが、彼女たちが実際にそれを夜会で着て初めて、世間からの評価がわかる。

（エヴァン様のために、わたしはよけいな事は考えず、デザイナーの仕事を頑張るだけよ……）

そう心を奮《ふる》い立たせて、エヴァンに促《うなが》されるまま作業場に向かうのだった。

その日、アイリスはエヴァンに伴《ともな》われ、久々に舞踏会に足を運んだ。

最初の頃の冷ややかな視線が嘘のように、顔を出したアイリスに周囲の人々が色めき立つ。貴婦人たちが扇《おうぎ》を広げてひそひそ話を始めるのは以前と同じ光景だが、その目の輝きがまったく違っていた。興奮と羨望《せんぼう》にキラキラしている。

アイリスのドレスが社交界で認知されてきた証拠だろう。ありがたいことだと思いながら歩を進めていると、ほどなく一人の令嬢が母親とともに挨拶《あいさつ》にやってきた。

「こんばんは、アイリス様！　まさかこちらでお会いできるなんて。とても嬉しいですわ」

頬を染めて挨拶《あいさつ》してきたのは、オーリス子爵家のご令嬢だ。彼女とその母親は、アイリスの最初の顧客となってくれた二人である。アイリスもにっこり微笑んで挨拶《あいさつ》した。

「ごきげんよう、エラ様、オーリス子爵夫人。お召しになっているのは、先日お作りいただいたドレスですね。大変お似合いですわ」

アイリスの微笑みに、年若い令嬢はぽっと頬を染める。傍《かたわ》らにいた母親が扇《おうぎ》をゆったりはためかせながら、満足げに頷いた。

「あなたのドレスを、今や誰もが欲しがっておりますわ。わたくしたちがあなたの最初の顧客だと言うと、皆様から大変うらやましがられるのですよ」

おほほほほ、と微笑む子爵夫人が身につけているのは、シックな藍色のドレスだ。ふくよかな体形をほっそり見せると同時に、夫人の透き通るような白い肌を際立たせるデザインにした。

シャンデリアの光を浴びる夫人は、生来の明るさもあって美しく輝いている。

令嬢のほうは、流行のレースをふんだんに使った淡い水色のドレスだ。初々《ういうい》しさを前面に出すようふんわりとした雰囲気に仕上げたが、とてもよく似合っている。

「今日のドレスもとても素敵ですわ、アイリス様。よろしければあちらでお喋《しゃべ》りしませんこと？ わたくしのお友達たちも、あなたのドレスに興味津々《きょうみしんしん》なの。……ああ、もちろん、パートナーのお許しがあれば、ですけど」

子爵夫人は意味深なまなざしでエヴァンを見上げる。するとエヴァンは心得たとばかりに、胸に手を当てて一礼した。

「わたしは彼女がデザイナーとして大成することをなにより願っています。そのためでしたら、彼女を一時的に預けることに否《いな》やはありませんよ」

そう、あくまで一時的にね、と片目をつむるエヴァンに、子爵夫人は「まぁまぁまぁ！」と、興奮した様子で目を見開く。

子爵夫人に誤解されてしまうではないか、とアイリスは心の中でため息をついた。

そのまま、アイリスは子爵夫人に連れられて会場の端にある長椅子へ移動する。

そこではアイリスのドレスに興味を抱くご婦人たちが、首を長くして待っていた。

「まぁ、今日のドレスもとても可愛らしいですね、アイリス様……！」

「ありがとうございます。昨日完成したばかりの最新作ですの。どうぞさわってみてくださいませ。このレースは国産の極上のものを使用しております。肌触りがとてもいいのですよ」

アイリスの言葉で、若い令嬢たちがおずおずと手を伸ばしてくる。彼女たちが華やいだ笑みを浮かべると、アイリスも嬉しくなって、ここぞとばかりにドレスを売り込んでいった。

半時もする頃には、大半のご婦人が「近いうちに予約の連絡を入れますね」と確約してくれる。

その後も何人かから声をかけられるが、そのつどアイリスは愛想よく応じていった。

婚約破棄の噂はまだ消えたわけではないから、上流階級に属する貴族は今も遠巻きにこちらを見つめているだけだ。

だが子爵夫人のような新興貴族たちは、もうアイリスを王子の元婚約者とは見ていない。新進気鋭のデザイナーとして見てくれているのだ。そのことがアイリスにはたまらなく嬉しく感じられた。

その翌日もエヴァンと舞踏会に繰り出し、アイリスは順調に顧客を増やしていく。

営業に忙しくなったせいか、この頃は舞踏会にきてもエヴァンと一緒にいることは少なくなった。

ご婦人方の話に男がいては邪魔になるだろうと、早々に退散していくせいだ。

そうして自分は他の紳士たちと会話したり、近づいてくるご婦人方と踊ったりしていた。

その日もいつものように営業に励《はげ》んでいたアイリスは、会話が途切れたのをきっかけに、飲み物を取りにその場を離れる。

冷たい飲み物で喉を潤《うるお》しながら、何気なくダンスホールを見やった彼女は、思わず噎《む》せそうになった。

アイリスの視線の先で、エヴァンが一人の令嬢とダンスを踊っていた。その令嬢とは――リュシンダである。

アイリスが仕立てたオレンジ色のドレスを纏《まと》い、エヴァンと楽しそうに踊っていた。

エヴァンも、なにか話しかけられるたびに愛想よく応じている。笑顔で言葉を交わし合う様子を目にしたアイリスは、胸が潰れるほどのショックを受けた。

思わずグラスを置いて、ダンスホールに背を向ける。とにかくここから離れなければいけないと、気づけばバルコニーへ向かって走り出していた。

舞踏会の喧噪《けんそう》から離れた、明かりのあまり届かないバルコニーまでくると、ひんやりとした空気が剝《む》き出しの肩を撫でていく。ぶるっと震えたアイリスは、二の腕を抱きしめそっと唇を噛みしめた。

リュシンダにドレスを手渡したときに、こういう光景を見ることになると覚悟したはずなのに……

（……いいえ。違うわね。なにをしたところで、ショックなのは変わらないわ）

アイリスはふーっと息を吐き出し、バルコニーの手すりにもたれてうなだれた。

この先も、アイリスはきっとこうした光景を見ていくことになるだろう。

エヴァンとて、今は考えていなくても、ゆくゆくはリュシンダのように身分のしっかりした令嬢の中から花嫁を選ぶのかもしれない。

婚約破棄されたという拭《ぬぐ》いがたい傷を持つ自分ではなく、家柄も立派な愛らしい令嬢を……

考えただけで胸がキリキリと痛み、涙が浮かんできた。

将来的に、自分とエヴァンが結ばれることはないとわかっていても、彼が他の女性の手を取ることを想像するだけで、たまらなく苦しくなる。

(もし……そんな日がきたら、わたしはどうすればいいのかしら?)

エヴァンのもとを離れて、ガロント城ではないどこか別の場所に店を構える?

幸いなことに、この頃は顧客も多くなり、一度ドレスを購入した貴婦人の中でも、また新しいドレスをお願いしたいと言ってくれるひとも増えた。

一度、自分の店を持っているルイスに、独立について相談してみるのもいいかもしれない……

かつての自分なら、自立こそが自分のやりたいことだと胸を張って言ったことだろう。

だがエヴァンの優しさにふれ、肌の熱さを知り、ともに過ごす幸せを知った今では、ガロント城を離れるのは身を切られるほどつらい。

エヴァンと離れたくない。アイリスの胸を占める一番の気持ちは、まぎれもなくそれだった。

できることなら、少しでも長くエヴァンと一緒にいたい。けれど……いつか……彼の口から花嫁を紹介されるくらいなら、その前に離れたほうがいいのではないか……

つらつらと考えながら、夜風に当たっていたときのことだ。

「——失礼。大丈夫ですか? どこか具合が悪いとか……」

会場へ通じるガラス扉のところから声をかけられ、アイリスはハッと振り返った。

そこには一人の青年が立っている。彼はアイリスに気がつくと、心配そうな面持《おもも》ちに驚きの色を浮かべた。

「アイリス・シュトレーン嬢でしたか……! うつむいていらしたので、てっきり具合が悪いのかと思い、声をかけさせていただきました」

「……ご心配をおかけしました。大丈夫ですわ、気分が悪いわけではないのです。少し、涼んでいただけですの」

アイリスは慌ててよそ行きの顔を作り、姿勢を正した。

「そろそろ会場に戻りますわ。ごきげんよう……」

「あっ……ちょっと待ってください」

脇をすり抜けようとしたアイリスの腕を、青年が強い力で掴《つか》んでくる。アイリスはびっくりして、思わずその腕を振り払った。

「……申し訳ありません。突然のことに驚いてしまって」

「ああ、いえ、僕のほうこそ失礼しました」

両手を顔の横に持ってきて、青年がおたおたと謝ってくる。気まずい沈黙が流れるが、アイリスは一礼して去ろうとした。

そこを、青年がまた呼び止める。

「あの、よろしければ少しお話しいたしませんか？　アイリス様は今はドレスデザイナーとして活躍されているのですよね？　よければうちの母にも、新しいドレスを仕立ててやってほしいのです」

ドレスの話を持ち出されると無下《むげ》にするわけにはいかない。アイリスはすぐに立ち去りたい気持ちを抑えつつ、青年に向き直った。

「ドレスの受注はガロント城にて受け付けております。予約制なので、少々お待たせすることになるかもしれませんが、それでもよろしければ……」

「そうですか。それだけ人気を博しているということですね。すごいなぁ。婚約破棄のあと、こうしてデザイナーとして再び社交界へ出てくるなんて」

青年の言葉は讃辞《さんじ》に聞こえたが、アイリスの心には響かなかった。見知らぬ青年と二人きりでいることに落ち着かず、とにかく早く会話を切り上げたくて仕方がない。

「ありがとうございます。では、わたしはこれで――」

「でも、あなたがいらっしゃるガロント城は、王都から外れた辺鄙《へんぴ》なところにあると聞きました。王都の中心で店を出したいとは考えないのですか？」

店を出す、と言う言葉に、思わず足を止めてしまった。

「あなたのドレスはすでに大人気だ。僕だったらそんな辺鄙《へんぴ》なところではなく、王城に近い一等地に店を構えるなぁ。アイリス様にはその気はないのですか？」

「……そう言われましても……お店を出すのは大変なことでしょう……？」

アイリスが答えたことで、青年はにんまりと微笑んだ。

「よろしければ僕が出資しますよ。こう見えて僕も事業でそれなりに稼《かせ》いでいるのです……。あなたのドレスはとても素晴らしいし、是非ともそれを広めるお手伝いがしたい。そのための出資ならいくらでも協力しますよ」

気前のいい申し出だが、名乗りもせず、会っていきなりこんなことを言ってくる男性のことを信じられるわけがない。

エヴァンのような相手がそうそういるはずがないのは、さすがのアイリスでもわかる。

アイリスは扇《おうぎ》を口元に広げ、慎重に答えた。

「わたしにはもったいないほどのお話です……。ですがあいにくと場所を移すつもりはございませんの。それでは、ご予約をお待ちしておりますわ」

そう言って立ち去ろうとしたアイリスの腕を、再び青年が掴《つか》んで引き留めてきた。

さすがに二度目ともなるといらだちが湧く。アイリスは思わず強い言葉で拒絶しようとするが、それより先に青年が至近距離でニヤリと笑った。

「やっぱり、侯爵家の令嬢ともなるとお高くとまっているなぁ。すでに純潔でもないくせに」

「なっ……！」

あまりに下品な言葉に、アイリスはカッとなる。

思わず手を振り上げるが、難なく青年に捕らえられ顔をぐっと寄せられた。

「どうせあの商人といい仲なんだろう？　あんたのような世間知らずの令嬢が、デザイナーとして働くなんてできるはずがない。あの商人を身体で籠絡《ろうらく》でもして、色々やらせているんだろう？」

あまりの言葉に、アイリスは愕然《がくぜん》とする。腹が立ちすぎてなにも言えないでいると、青年は舐《な》めるようなまなざしでアイリスの胸元を見つめてきた。

「いい身体つきしてるもんな～。これで迫られたら、どんな男でも手玉に取るのは簡単だろうね。僕もね、そっちのほうには自信があるよ。あんな商人なんかやめて、僕にすれば――」

アイリスは渾身《こんしん》の力で青年の手を振り払い、扇《おうぎ》を持った手を振りかぶった。

バシン！　と音がして、青年の頬に一筋の傷が浮かび上がる。血が出るほどではないが、目の下から顎《あご》の近くまで一直線に赤く線ができていた。

青年は息を呑んで頬に手をやる。

アイリスは怒りのあまり頬を紅潮させ、キッと相手を睨《にら》みつけた。

「それ以上の無礼は許しません。よくもそのような侮辱《ぶじょく》を……。あなたの手を借りるなど、まっぴら御免《ごめん》です！　二度とわたしに近寄らないで！」

それに対し、青年は徐々に顔を赤くして、奥歯をギリッと噛みしめる。少し軽めの好青年という印象は消え、欲望と怒りを剥《む》き出しにした獰猛《どうもう》な顔で掴《つか》みかかってきた。

「男に手を上げるなんて、とんだじゃじゃ馬だな。今すぐ躾《しつ》け直してやるっ……！」

「っ！　やめて、なにをするの……!?」

無理やり引っ張られて、アイリスは危うく転びそうになる。体勢を崩したところを抱きしめられ、そのまま口づけられそうになった。アイリスは必死に首を反《そ》らし、思い切り暴れる。

（いやっ！　誰か！　エヴァン様――……!!）

だがどんなに抵抗したところで、女では男の力に敵《かな》わない。気づくとバルコニーの手すりに身体を押しつけられ、唇を奪われそうになった。そのとき――

「――わたしの連れになにかご用かな？」

ゾッとするほど低い声が割り込んできて、青年の動きが止まる。

直後、青年の頬にガッ！　とエヴァンの拳《こぶし》がめり込んだ。

「うげっ⁉」

青年がもんどり打って床に転がる。青年に腕を掴《つか》まれていたアイリスも危うく引きずられそうになるが、すんでのところでエヴァンに引き起こされた。

顔を上げたアイリスは、思わずドキッとしてしまう。

アイリスを抱き起こしたエヴァンは、これまで見たことがないほど恐ろしい形相《ぎょうそう》をしていた。

ぱっと見る限りは怒っているように見えない。むしろ静かな表情だ。

だがその紫の瞳には燃えさかる怒りの色があり、それをまともに目にしたアイリスは全身が凍りつくのを感じた。

「く、そ……！　貴様、無礼だぞ！　商人の分際で、次期伯爵であるこの僕を殴るとは……！」

アイリスがつけた傷とは比べものにならないほど頬を真っ赤に腫《は》らした青年は、涙目になりながらエヴァンを睨《にら》みつける。

だがエヴァンはまるで怯《ひる》む様子がない。それどころか「ほーう？」と、傲然《ごうぜん》と顎《あご》を上げて聞き返す余裕まである。

「嫌がる女性をどうにかしようとした時点で、非はそちらにあると思うがな？」

「なんだと……⁉」

「今後二度と彼女に近づくな。もし二人一緒にいるところがわたしの目に入ったら――」

脅し文句を言いながら身を屈《かが》めたエヴァンは、青年の耳元で何事かを囁《ささや》く。

憤怒《ふんぬ》の形相《ぎょうそう》を浮かべていた青年の顔が、みるみる青ざめていった。大きく目を見開いて、恐ろしいものを見たようにエヴァンを見やる。

そしてエヴァンが背を向けるや否《いな》や、慌ててバルコニーから出て行った。

「──怪我はないか、アイリス」

静かな声音《こわね》で尋ねられ、青年の背中を呆然と見送っていたアイリスはハッと我に返った。

「は、はい、助けていただきありがとうございます……」

すぐに頭を下げるが、こちらを見つめるエヴァンの瞳にはまだ怒りが燻《くすぶ》っている。アイリスは思わずゴクリと唾を呑み込んだ。

エヴァンは一度会場へ通じるガラス扉のところに戻って、パタンとそこを閉める。かすかに聞こえていたざわめきが遮《さえぎ》られ、バルコニーにしんとした静寂《せいじゃく》が生まれた。

アイリスに向き直ったエヴァンは、彼女の頭からつま先までをさっと一瞥《いちべつ》し、肩をすくめる。

「てっきり営業に励《はげ》んでいるかと思えば。わたしの目の届かないところで他の男と逢い引きとは。いったいどういうことかな、アイリス？」

決して怒っている口調ではなかったが、こちらを見つめる視線は明らかに非難を含んでいる。

「そんなっ……！」

ひどい誤解だ。いきなり見知らぬ青年に腕を掴《つか》まれ……なんとか穏便に立ち去ろうとしたところ、侮辱《ぶじょく》され暴力を振るわれそうになったのに。

助けられてほっとしたのも束の間、まさかこんなふうに責められるなんて。さしものアイリスもカチンときてしまった。

それに……

（エヴァン様だって……わたしではない他の女性と、楽しそうに踊っていたじゃない！）

完全に八つ当たりだが、リュシンダと一緒にいる彼を見たときの衝撃はそうそう忘れられるものではない。

アイリスは自分でも驚くくらい意固地《いこじ》になって、思わずそっぽを向いてしまった。

「エヴァン様には関係のないことでしょう？　わたしが誰と会って話をしていたとしても、それを責められる謂《い》われはないと思います……！」

言い終えた瞬間、あんまりな言葉に肝が冷えたが、口から出てしまった言葉は元には戻らない。

案の定、エヴァンは片方の眉を跳ね上げ、いっそう冷たい怒りを醸《かも》し出す。

「ずいぶんな言い草だな。そもそも、なぜあんな男と話す事態になったのだ？　こんな人気《ひとけ》のないバルコニーに出てまで」

「それは……」

バルコニーに出たのは、エヴァンがリュシンダと親しげにダンスしていたことにショックを受けたせいだ。だがそれを素直に言うのは憚《はばか》られて、アイリスは愚《おろ》かにも意地を張り続ける。

「な、内密の話をするからに決まっています。あなたには関係ないわ……」

「内密の話？」

怪訝《けげん》そうに繰り返したエヴァンは、少ししてわずかに目を瞠《みは》った。

「……まさか、わたしのもとから離れるという話ではないだろうな？」

アイリスの心臓がドキッと跳ね上がる。

エヴァンのもとを離れることを考えていたのは本当だ。

だが、それは今ではない。確かにあの青年は出資を申し出たが、はっきり断っている。

だが、アイリスの表情からなにかを察したらしいエヴァンは、食いしばった歯のあいだから低い声を漏《も》らした。

彼の怒りがそれまで以上に大きくなったことを感じ、アイリスは自分の軽率な言動を後悔する。

誤解だと説明しなければと思ったが、エヴァンの瞳を見た瞬間、なにも言えなくなってしまった。

彼の瞳には相変わらず怒りの炎が燃えさかっていたけれど……それ以上に、ひどく傷ついたような、痛々しい色が滲《にじ》んでいたのだ。

「……言い訳もなしとはな」

疲れたように言って、エヴァンはアイリスの腕を取る。取り返しのつかないことをしてしまったと震えるアイリスを、彼は無言でうしろ向きにした。

手すりに身体を押しつけられ、背中のくるみボタンを外される。なにをされるのか察して、アイリスはこぼれそうなほど目を見開いた。

「エ、エヴァン様……！　こんなところでなにを……！」

「大きな声を出すと、会場の人間に気づかれるかもしれないぞ。庭を散策している客人にもな」

アイリスはハッと外に目を向ける。ここは二階のバルコニーだが、階下には広い庭が広がっていた。ところどころにランタンが置かれている庭では、何組かのカップルが散歩を楽しんでいる。

「……っ」

「まぁわたしは、見られても構わないが」

アイリスはぶんぶんと首を横に振る。彼がよくても自分は絶対にいやだ。

なのにエヴァンはアイリスのドレスを緩《ゆる》めると、一気に引き下ろして下着を露《あら》わにしてしまう。

手早くコルセットの紐《ひも》を解かれて、乳房がふるんと揺れて顔を出した。

「……っ、や、やめてください、エヴァン様。こんなのはいや……！」

「あいにく、わたしにも下劣な部分はあるのだ。……他の男にふれられているあなたを見て、腸《はらわた》が煮えくり返っている。今すぐあなたをどうにかしてしまいたくなるほどに……」

「え……」

アイリスは思わず耳を疑う。

エヴァンが怒っているのは、アイリスが無断で自分のもとを離れようとしたからだと思っていた。

(でも、エヴァン様のこの言い方だと……)

まるで、アイリスが他の男にさわられていたことが許しがたいと言っているみたいだ。

「どうして……、あ、んっ……！」

思わず呟いた瞬間、剥《む》き出しの乳首を強めに引っ張られて、アイリスは無理やり思考を断ち切られた。

「は、ぁ……っ」

「余裕だな。こんなときに、なにか考えごとか？」

「ち、が……。エヴァン様、お願いやめて。こんなところで……んっ……」

顔だけエヴァンのほうを向かされ、熱烈に口づけられる。彼の言葉からも身に纏《まと》う雰囲気からも怒りがひしひしと伝わってくるのに、口づけはいつもと変わらず優しく、蕩《とろ》けるほどに甘い。

縮こまる舌を探り当てられ、粘膜をぬるぬると擦り付けられる。その刺激に腰から下の力が抜けそうになった。

手すりにすがりつきかろうじて身体を支えながらも、湧き上がる愉悦《ゆえつ》に囚《とら》われ、アイリスは苦しげなため息を漏《も》らした。

「はっ……、あぁあっ……」

胸の膨らみを揉《も》みしだかれ、芯を持ち始めた乳首を巧みに転がされる。エヴァンの指先にすっかり馴染《なじ》んだ乳首はみるみる硬くなって、いっそう敏感になった。

「あんな若造が、この肌にふれたのかと思うと……」

「ンン……っ」

アイリスの耳裏から首筋へと唇を滑らせたエヴァンは、憎々しげに呟くなり、首筋に強く吸いついてきた。

じゅっと音がするほど強く吸われて、アイリスは目元を赤く染め上げた。

こんな状況なのに、エヴァンの愛撫《あいぶ》は優しくて、容赦なくアイリスの官能を煽《あお》ってくる。下手《へた》をすれば誰かに見られるかもしれない場所で、抗《あらが》うこともできず高められていった。

「は、ぅ……んン……っ」

片手で口元を押さえ、アイリスは必死に声を押し殺す。だがエヴァンはその小さな抵抗をあざ笑うかのように、彼女のスカートをたくし上げドロワーズを剝《は》ぎ取ってしまった。

「そ、んな……エヴァン様っ」

「しー。静かに」

耳元で囁《ささや》かれて、その吐息の熱さにゾクゾクする。ここが二人きりの寝室なら、彼の低い声に身をくねらせ反応してしまうところだが、今は必死にこらえるしかない。

「は、あふっ……、んぅ、ふ……っ、ンン……！」

「なかなか我慢強いな」

「う……っ、……んん！」

エヴァンの手がスカートの中に潜《もぐ》り込み、剝《む》き出しの秘所を撫で上げてくる。その手が蜜口へとたどり着き、浅い部分まで指を差し入れ、くちゅくちゅと音を立てていじり始めた。わざと音を立たせる彼に、声を殺しながらも恨みがましい気持ちが湧いてくる。

だが見られるかもしれないという恐怖は、強い愉悦《ゆえつ》によって次第に奇妙な興奮へと取って代わる。いつも以上に感覚が鋭敏になっている気がして、アイリスは身を震わせた。

「……あっ、だ、だめです、そこ……っ、あぁぁん……っ」

片方で乳房を愛撫《あいぶ》されながら、感じやすい花芽をつままれ、びくりとのけ反《ぞ》る。

エヴァンの指は慣れた様子で巧みに動き、胸の先と蜜口の上部にある二つのつぼみを、くりくりと執拗《しつよう》にいじり回した。

やがて快感に溢《あふ》れ出た蜜がつぅと内腿を伝って流れていく。ストッキングが濡《ぬ》れるのを感じて、アイリスはめまいを覚えた。無意識に手の甲を口元に押しつけ、歯を立てる。

「――綺麗な手に傷がつく。前にも言っただろう？　この手は新たなデザインを生み出すのだから、大切にしなければいけない」

「あ……っ」

目敏《めざと》く気づいたエヴァンにすぐさま手を取り上げられ、アイリスは唇を噛みしめる。だがそれすらエヴァンは許さなかった。

「唇を噛むのも駄目だ。わたしがキスをするとき、血の味がしたら容赦しないぞ」

「ふっ……」

そう言うなり、乳房をいじっていた手をアイリスの口腔《こうこう》に差し入れてくる。彼の指に舌の表面をするりとなぞられて、アイリスはぞくりと震えてしまった。

「は、あ……っ」

「どうしても我慢できないなら、わたしの指を噛めばいい」

「……で、でき、な……っ、ふぅっ……」

それこそとんでもないことだと言いたいが、指を入れられている状態では満足に口も利けない。

無理に喋《しゃべ》ろうとすれば唾液が溢《あふ》れそうで、アイリスは慌てて唇を閉じた。

だが彼の指は口腔《こうこう》に入れられたままで、アイリスの舌をねっとりとなぞってくる。

「ん、んぅ……」

アイリスはほとんど無意識に、エヴァンの指を啜《すす》り上げていた。そうすると不思議と下肢がキュンと疼《うず》いて、快感が増していく。

「そのまま指に舌を這《は》わせて、しゃぶっているといい」

「……ふ……」

低い声で囁《ささや》かれて、アイリスは操られるように彼の指に舌を這《は》わす。淫《みだ》らではしたない行為なのに、気づけば夢中で彼の指をしゃぶっていた。

「いい子だ……。さぁ、足を開いて」

まるで酩酊《めいてい》したみたいにエヴァンに従っていたアイリスは、素直に足を開いていく。

同時に口腔《こうこう》から指が引き抜かれ、アイリスは大きく喘《あえ》いだ。

「うあっ……あぁあ……っ」

アイリスの唾液にまみれた指を、エヴァンが躊躇《ためら》うことなく蜜口へ差し入れてくる。濡《ぬ》れた指先は難なく奥まで入り込み、感じやすいざらついたところを小刻みに擦り上げてきた。

「……っ、あ、あっ、だめ……っ、声が……あぁあっ……！」

容赦なく蜜壺を掻き回されて、アイリスは切ない声を漏《も》らす。

膝が震えて崩れ落ちそうになったところを、エヴァンの逞《たくま》しい腕に引き寄せられ、彼の身体にピタリと背を押しつける形になった。

「あっ……」

スカートの布越しに彼の下肢の熱さを感じ、アイリスはそれだけで震えてしまう。

ほどなくエヴァンは、勃ち上がりかけた自身をアイリスのお尻の丸みに押しつけてきた。布越しだったものが一気に生々しく感じられるようになり、いっそう息が上がってしまう。

「は、あぁ、あぅ……ンン……っ」

「あなたもその気になってきたか？」

「そんなこと……んあっ、ああ、あ……！」

中で指を動かされながら、いっそうお尻に昂《たかぶ》りを押しつけられて、アイリスは喉を反《そ》らして喘《あえ》いだ。

このままでは達してしまう……。危機感めいた予感に思わず首を振ると、唐突にエヴァンが指を引き抜いた。そしてアイリスの身体を再び手すりに押しつける。

お尻をうしろに突き出すような格好をさせられて、アイリスは思わず目を瞠《みは》った。

「ま、さか……あっ、あぁうう……！」

ハッと息を呑んだ瞬間、エヴァンのいきり立った熱棒がぐぐっ……と挿入《はい》ってくる。

「きゃ、あ、あぁ……！」

一気に最奥《さいおう》まで貫かれて、蜜壺をいっぱいにした欲望の熱さに震える吐息が漏《も》れた。

「ふぁ……ん……」

「よく濡《ぬ》れている……。これでもその気になっていないと言う気か？」

アイリスはふるふると首を横に振る。口を開けば嬌声《きょうせい》がこぼれそうだ。

だがエヴァンは黙っているのは許さないとばかりに、さっそく腰を使ってくる。

「……っ、ん、んん……、ぅ……っ」

ぐちゅぐちゅという音がバルコニーに響き渡る。月に雲がかかっているおかげであたりは暗いが、それでも誰かが気づいてこちらを見やしないかと、アイリスは気が気ではない。

なのに彼の肉竿が感じやすいところを擦り上げていくと、声を出さずにいるのはとても難しかった。

初めてのときは痛みで強張《こわば》っていた身体も、今ではすっかり彼の形に馴染《なじ》んで、さらなる蜜を溢《あふ》れさせてくる。

「はふっ……、ひっ、あ、あぁ……っ」

背後から挿入されるのは初めてだったが、この体位だと花芽の裏の感じやすいところがまんべんなく擦り上げられて、恐ろしいほど感じてしまう。

おまけにエヴァンは空いている手で乳首や花芽をいじって、絶《た》え間ない快感を与えてくる。ねっとりと耳朶《じだ》に舌を這《は》わされて、アイリスはたまらず大きく喘《あえ》いでしまった。

「あぁっ、は、いやぁ……っ、あん、ぅう……っ」

「感じているな、アイリス……中が締まって、わたしに絡《から》みついてくる……」

「いや、いや、いわないで……っ」

卑猥《ひわい》なことを言われるだけでもゾクゾクして、アイリスは首を激しく打ち振る。足が崩れそうになって、ほとんど手すりにしがみつきながら、彼女は必死に下唇を噛みしめた。

だがそうやって抵抗しようとすればするほど、蜜壺はきゅうきゅうと締まり、エヴァンの雄を喰い締めてしまう。

彼が心地よさそうに短く息をつくのを聞くと、羞恥《しゅうち》も気まずさも忘れて、彼にもっと気持ち良くなってほしいと思ってしまう――

「はぁ、ああ、もう……っ、駄目です、エヴァンさま……ゆるして……っ」

「なにを許せと言うんだ、アイリス？　わたしに黙って男と二人きりになっていたことか？　わたしのもとを去ろうと考えたことか？　それとも――」

「ひっ！　あ、あぁああ……！」

「バルコニーで、あられもなく達してしまうこと、か？」

エヴァンの指先が蜜口をするりと撫で、剥《む》き出しになった花芽を擦り上げてきて、アイリスはガクガクと全身を震わせた。

エヴァンの言葉はほとんど頭に入らず、ただ喘《あえ》ぎながら首を振るアイリスに、エヴァンは狂おしげに口づけてきた。

「ううっ、ん――……ッ」

無理やりうしろを向かされた不自然な体勢ながら、アイリスは必死になって彼の口づけに応《こた》える。

彼の熱い舌が絡《から》みついてくると、頭が灼《や》き切れるほどの絶頂が襲ってきた。

「ふぅ、うっ、ンン――ッ……!!」

声も出せない中、アイリスは切ない悲鳴を上げて全身を強張《こわば》らせる。

蜜壺がきゅうっと収斂《しゅうれん》して、張り詰めた雄に吸いついた。奥へ奥へと誘うような締めつけに、エヴァンは低くうめいて欲望を中に注《そそ》ぎ込む。

ひときわ強く腰を押しつけられて、蜜壺の奥に熱い精が注《そそ》ぎ込まれる。脈動するみたいにどくどくと注《そそ》がれる熱いほとばしりに、アイリスはここがどこかも忘れて恍惚《こうこつ》となった。

だが、うっとりしていられたのは本当に短い時間だけだ。最後の一滴までアイリスの奥に注《そそ》ぎ込んだエヴァンは、一拍置いてずるりと肉茎を引きずり出す。

彼が放った精とアイリスの蜜が混じり合い、糸を引いてパタパタと床に垂れる音を聞いて、アイリスは一瞬にして夢見心地から覚めた。

（もしかして、エヴァン様は……わたしの中で果てて……？）

衝撃のあまり呆然とするアイリスに、エヴァンは自《みずか》らのチーフで彼女の下肢を綺麗にし、乱れたドレスを直していく。その手つきに、先程までの怒りやいらだちは感じられなかった。

だがアイリスの潤《うる》んだ瞳を見つめたエヴァンは、ばつが悪そうに視線を逸《そ》らす。

そのまま彼は、会場に続く扉を開けに行った。アイリスのもとへ戻ってくると、彼女を横抱きに抱え上げる。

「エ、エヴァン様、降ろして……あ、歩けますから……」

こんな状態で人混みに戻っては、いらぬ注目を浴びてしまう。

だがエヴァンは聞き入れない。多くのひとが視線を向ける中、堂々と出口へ歩いて行く。

無言で会場をあとにして馬車寄場に到着すると、エヴァンはアイリスだけ馬車に乗せ、御者に先に帰っていろと伝えた。

「……わたしは少し用事を済ませてから戻る。城に戻ったら先に休んでいなさい」

エヴァンは素っ気なく言って、馬車を降りてしまった。

バルコニーからここにくるまで、彼が一度も目を合わせてくれないことにアイリスの胸は痛む。

かといってなにを言ったらいいのかわからず、結局黙ってうつむくしかなかった。

扉が外から閉められる。エヴァンが馬車を出すように言うと、御者はすぐに馬に鞭《むち》をくれた。

アイリスは唇を噛みしめながら、馬車の窓越しにエヴァンの姿を見つめる。彼もまた、その場にたたずんで馬車をじっと見送っていた。

「エヴァン様……」

エヴァンの考えていることがわからない。彼はなぜあんなところで自分を抱いたのだろう。

それに……これまで一度としてアイリスの中で吐精することはなかったのに、今日に限って、どうして……

「エヴァン様……っ」

馬車が街道を走り始め、エヴァンの姿が見えなくなると、アイリスの目から涙が溢《あふ》れてきた。

ついさっきまで深く繋《つな》がっていたはずのエヴァンが、やけに遠く感じられて、心細さと不安で胸が押し潰されそうになる。

（わたしは、これからどうしたらいいの……）

陰る月がじっと馬車を追ってくる中、アイリスはただ涙を流し続けるのだった。

第八章　本当の気持ち

「――エヴァン様はいつお戻りになるんでしょうね。こう放っておかれたら、アイリス様も寂しくていやになっちゃいますよね？」

「えっ？」

鉛筆を手にしたまま白紙の前でぼうっとしていたアイリスは、隣に座っていたお針子に声をかけられ、ひっくり返った声を出した。

心配そうにこちらをのぞき込むお針子を前に、アイリスは慌てて作り笑いを浮かべる。

「そ、そうね。寂しいということはないけれど、エヴァン様が連絡もなしにお城を空けることは稀《まれ》だから、ちょっと心配ね……」

そうなのだ。馬車寄場で別れたエヴァンは、朝になっても戻らなかった。それどころか、夕方になっても、その翌日になっても、エヴァンはガロント城に戻ってこなかったのだ。

すると、お針子たちは訳知り顔でにんまりした。

「そんなふうにしらばっくれても駄目ですよ、アイリス様。エヴァン様のことが気になって気になって仕方ないって、顔に書いてありますもん」

「え、ええ？」

思わず頬を押さえるアイリスに、お針子たちは揃って噴き出した。

「あれだけ毎日愛されていて、それが突然なくなって行き先もわからないとくれば、上《うわ》の空《そら》になって当然ですよ。無理しないで、少し休憩したらどうですか？」

お針子の一人に鉛筆を取り上げられ、アイリスはあれよあれよとお茶のテーブルに移動させられた。コナーが絶妙のタイミングでお茶を持ってきてくれて、アイリスは強制的に休憩を取ることになってしまう。

あまりにアイリスがぼうっとしているから、お針子たちはエヴァンがいなくて気持ちが塞《ふさ》いでいるのだと思ったらしい。本当は違うのだけど……と思いつつ、アイリスはお茶を注《つ》いでくれるコナーに思い切って尋ねてみた。

「エヴァン様が今どちらにいらっしゃるか、あなたは聞いていないの？」

「申し訳ありません、アイリス様。主人はあちこち移動しているようで、僕もはっきりと足取りを掴《つか》めていないんです」

「そう……」

「大丈夫ですよ、これまでも似たようなことは何度もありましたし。商売の種になりそうなことがあると、連絡も忘れてあちこち飛び回ってしまうのは、あの方の悪い癖なんです」

きっとこれまで何度もその悪い癖に振り回されてきたのだろう。コナーは外見に似合わない重いため息を漏《も》らした。

「とはいえ、今はアイリス様のドレスを売り出すことに集中したいから、新しい事業に手をつけるつもりはないとおっしゃっていたんですけどね……。本当に、どこへ行ってしまったのやら」

コナーは途方に暮れた様子で軽く肩をすくめた。

従者でもある彼がこう言うのだから、本当にエヴァンがどこにいるかわからないのだろう。

あんなことがあったあとで、商売のことで駆け回っているとは考えづらいけれど……

男のひとは、仕事に関して頭を切り替えられるものなのかもしれない。

アイリスは砂を噛む気持ちで、差し出された焼き菓子をもそもそと食べる。

「アイリス様……差し出がましいことを申しますが、夜、あまり眠れていないようだとメイドたちから聞いております。エヴァン様がご心配なのはわかりますが、このままではお仕事にも支障が出ましょう。どうか少しでもお休みください」

作業を続ける職人たちに聞こえないように、コナーが小声で囁《ささや》いてきた。

確かに、このところ寝台に入ってもなかなか寝付けずにいる。仕事にも身が入らず、新しいデザインも浮かんでこなかった。

「そうね……。少し、休ませてもらおうかしら。自室にいるから、なにかあったら呼んでね」

今日はもう予約はない。急ぎのドレスについては、すでに職人たちへデザインを伝えていて作業に入ってもらっているので、アイリスが席を外しても問題なかった。

「わかりました」

コナーがホッとした様子で頷く。職人たちも、あとは任せてくれと笑顔で請け負ってくれた。

色々なひとに気を遣わせている。それを申し訳なく思いつつ、アイリスは重たい足を引きずって自室へ向かった。

メイドたちを下がらせると、部屋の長椅子にぐったりともたれかかる。

シャンデリアが下がる天井を見るともなしに見ながら、いつもと同じことをつらつらと考え始めた。

すなわち、これからどうしたらいいのだろう、ということを――

あの夜、ひとの目にふれるかもしれない場所で突然アイリスを抱いたエヴァン。

あれからもう五日――彼はいまだに城へ帰ってきていない。これほど長く城を留守にするエヴァンは初めてだった。

（もしかしたら、愛想を尽かされてしまったのかも……）

そう考えると心が沈み込んでしまう。つい意固地《いこじ》になって、思ってもいないことを口にしたことを、アイリスは死ぬほど後悔していた。このまま彼が帰ってこなかったら……と、不安で不安で仕方がない。

アイリスはぶんぶんと首を横に振って、前を向いた。

（エヴァン様は、用事を済ませたら帰るとおっしゃっていたじゃない……）

ここでどれほどエヴァンのことを考えたって、どうしようもないのだ。自分は、与えられた仕事をきっちりこなしていくだけ。

だけど……

独立については、いつか、そうすべきときがくるかもしれない。

――わたしはあなたを手放すつもりはない。

ことあるごとに告げられたエヴァンの言葉が耳によみがえる。

だが、どんなにその言葉を信じたくても、この先別の誰かと結ばれるだろう彼の側に、今と変わらず留まり続けることなどできない。

そんなことをつらつら考えていたときだった。

「おやすみのところ失礼いたします。アイリス様、起きていらっしゃいますか？」

「ええ。どうかしたの？」

メイドに案内され、コナーがどこか焦った顔で入ってきた。

少年従者のただならぬ様子に、アイリスは自然と背筋を伸ばす。

「アイリス様にお客様です。……客人と言っていいかはわかりかねますが」

「お客様？　でも、今日の予約は全部終わっているはずじゃなかった？」

いぶかしむアイリスに、コナーは少し考えたのち、はっきり答えた。

「ドレスのご依頼にきた方ではございません。……王宮からアイリス様をお迎えにきた使者でございます」

「……王宮からの使者？」

「はい。使者はエデューサー伯爵です。奥方もご一緒に」

「エデューサー伯爵と、マリーベルが？　でも、王宮の使者って……」

アイリスは慌てて立ち上がった。

単なるご機嫌伺いならこのまま飛び出していくところだが、王宮の使者となると、いくら身内でもきちんとした格好をしなければならない。

アイリスはメイドを呼んで急いで身支度を整え、足早に玄関ホールへ向かった。

そこにはエデューサー伯爵とマリーベルが並んで待っていた。マリーベルはアイリスを見るなり、すぐさま駆け寄ってくる。

「ああ、アイリス！　この子ったらもう、手紙の一つも寄越さないで……心配するじゃない。どう、元気にしてた？」

ぎゅっと抱きついてきたマリーベルは、間近からアイリスの顔色を確かめ、全身に目を走らせる。

そして着ているドレスにぱっと目を輝かせた。

「まぁ、あなたの評判は聞いていたけど、本当に変わった形のドレスね。でもすごく可愛いわ」

そのまま世間話を始めそうなマリーベルだったが、背後で伯爵にゴホンと咳払いされて、ハッと用件を思い出したらしい。

「アイリス……国王陛下があなたをお呼びよ。あなただけではなく、シュトレーン侯爵家の者は全員登城するように言われているの」

「国王陛下が……？」

アイリスは驚きのあまり、ぎゅっとマリーベルの手を握る。

彼女はさもありなんという面持《おもも》ちで、冷たくなったアイリスの手をさすった。

「侯爵家に王宮から使者があったみたい。伯父様は、あなたがまだわたしのところにいると思っているから、使者に事情を説明したそうなの。そうしたらその方が、代わりに夫を使者として立てるとおっしゃって……」

マリーベルの言葉に応《こた》えるように、エデューサー伯爵が一歩前に出て、丸まった書状を差し出した。

「国王陛下からの招集状です。すぐに登城するように」

いやだと思っても、招集状を受け取ったからには逃げることは許されない。というより、この国に住んでいる限り、国王陛下の命令に逆らえるわけがないのだ。

外に目を向ければ、開かれた扉の向こうに馬車が停まっているのが見える。王家の紋が入った立派な馬車だ。

アイリスはごくりと唾を呑み込んだ。

「……用件はなにかしら？　お父様たちも一緒になんて……」

「ごめんなさい。わたしたちにはわからないわ。とにかくアイリスを連れてくるように、とだけ言われていて……」

マリーベルも不安そうだ。

「マリーも一緒にきてくれるの？」

「もちろんよ。ただ……中に入れるかはわからないわ。一緒に行ってあげたいけど」

寄り添う妻とその従姉妹《いとこ》を、エデューサー伯爵がなだめた。

「引っ立ててこいと言われたわけではないから、そんなに怖がらなくても大丈夫だよ。あまり陛下をお待たせするのはよくないし、行こうか」

「……ええ。コナー、あとのことをお願いしていい？　エヴァン様がもし戻られたら……」

「はい、事情を説明しておきます。職人たちのこともお任せください。どうかお気をつけて」

コナーも心配そうな顔をしていたが、よくできた従者らしく頭を下げて見送ってくれる。

頷いたアイリスは、マリーベルと一緒に立派な馬車に乗り込んだ。

エデューサー伯爵は自身の馬に跨《また》がり、出発の合図を送る。彼の馬に続いて馬車がゆっくりと動き出した。

今になってこんなふうに呼び出されるのはなぜなのか。理由がわからない不安も手伝って、アイリスは言葉もなくずっと隣に座るマリーベルの手を握っていた。


アイリスは一人、侍従に案内されながら王宮の奥へと向かう。

マリーベルたちは王城までの案内を任されただけで、奥へ行くことは許されなかった。

アイリスに負けず劣らず不安そうな顔をしたマリーベルは、「なにかあったらうちに逃げてくるのよ」とはっきり口にした。そんな従姉妹《いとこ》には感謝しかない。

礼を言う代わりにぎゅっとマリーベルに抱きついてから、アイリスは一人で城へ上がった。

奥へ行くにつれ、婚約破棄を申し渡された日の記憶がよみがえってくる。

たちまち、喉の奥がざらりとするような不快感がせり上がってきた。まして、侍従が国王陛下の謁見室《えっけんしつ》のほうへ歩いて行くからなおさらだ。

（またあそこに連れて行かれるのかしら……？）

案の定、侍従は謁見室《えっけんしつ》の前で足を止めた。アイリスは思わずぎゅっと目をつむる。

「国王陛下、シュトレーン侯爵令嬢をお連れいたしました」

「入れ」

謁見室《えっけんしつ》の扉の向こうから重々しい声が聞こえてくる。アイリスは深呼吸してから、侍従が開けた扉の向こうへ足を踏み入れた。

（……本当に婚約破棄の日と同じだわ）

中にいたのは、玉座に腰かけている国王陛下、そしてアイリスの両親であるシュトレーン侯爵夫妻だった。置かれている椅子の位置も彼らが浮かべている表情も、まさに婚約破棄の日と一緒で、アイリスは目を覆《おお》いたくなる。

数ヶ月ぶりに会った父は、あからさまに渋い顔になり、アイリスの全身に目を走らせた。

「噂には聞いていたが、そんな格好でこの場に姿を現すとは……！　なんと破廉恥《はれんち》な」

陛下の手前、声を潜《ひそ》めてはいるが、不機嫌さがありありと伝わってくる声音《こわね》だ。

以前のアイリスだったら、それだけで萎縮《いしゅく》していたことだろう。だが今は違う。

しゃんと胸を張り、ドレスが美しく見えるように背筋を伸ばした。

「久しいな、アイリス・シュトレーン。息災であったか？」

国王陛下が声をかけてくる。アイリスはドレスの裾をつまみ優雅にお辞儀した。

「お久しぶりでございます、国王陛下。おかげさまで、なんとかやっております」

うむ、と頷いた国王は、侍従に人払いを命じ、改めてアイリスに向き直った。

「今日呼び出したのは他でもない。我が息子フィリップのことだ」

「……フィリップ殿下のこと、ですか？」

もはや思い出すことも少なくなっていた元婚約者の名に、アイリスはなぜかいやな予感がした。

国王はこほんと咳払いしてから、重々しく言う。

「フィリップが、そなたとの婚約破棄をなかったことにしたいと言ってきた。——どうする、アイリス？　そなたもそれを望むなら、再び婚約を結ぶのはどうか」

思ってもみなかった言葉に、アイリスは驚きを通り越してぽかんとなった。

(婚約破棄をなかったことに、ですって？　なんで今更……)

婚約破棄からもうずいぶん日が経っている。なのになぜ、そんな話が出てくるのか。

だが呆然とするアイリスに対し、それまでしかめっ面《つら》でいた父侯爵がぱっと目を輝かせた。

「陛下、それは真《まこと》でございますか？　アイリスを再び殿下の婚約者に望んでくださると」

「さよう」

「なんとありがたい……！　アイリス、もちろんよいな？」

父が機嫌よく国王に返事をしたのを見て、アイリスはハッと我に返った。ぼんやりと呆《ほう》けている場合ではない。

「勝手に決めないでください……！　国王陛下、恐れ多いことではございますが、わたしはフィリップ殿下との婚約を望みません」

きっぱり断ったアイリスに、国王はわずかに目を見開き、父侯爵は喉を絞められた鶏《にわとり》のような声を出した。

「アイリス！　なにを馬鹿なことを……！　申し訳ございません、陛下。娘は突然のことで気が動転しているようです。きちんと躾《しつ》け直してまいりますので、どうか……」

おもねる口調で頭を下げる父に、アイリスは柳眉《りゅうび》を逆立てる。それまで胸を占めていた不安や緊張が一気に怒りへと取って代わり、彼女は憤然《ふんぜん》と拳《こぶし》を握った。

（娘がまた王子の婚約者に戻れると知った途端に、こうも態度を翻《ひるがえ》すなんて……！）

アイリスに向かって勘当だ、いっそのこと修道院へ行ってしまえと言って、冷たく突き放したのはどこの誰か。

御前《ごぜん》とはいえ、とても黙っていられなくて、アイリスは厳しい面持《おもも》ちで父に向き直った。

「お父様……いいえ、侯爵様。わたしはフィリップ殿下と再び婚約する気も、侯爵家に戻ってお父様の意に従うつもりもありません！　ご存じのことと思いますが、わたしは今、婦人用ドレスのデザイナーとして働いています。今後もこの仕事を続け、デザイナーのアイリスとして生きていくつもりです！」

堂々と宣言したアイリスに、侯爵は一瞬たじろぎ、次いで顔を真っ赤にして怒り出す。

「デ、デザイナーだと？　なにを言っているかわかっているのか。貴族の娘が仕立屋の真似事をするなど、この恥知らずめが！」

「そうせざるを得なくしたのは誰です？　王子に婚約破棄されたわたしは侯爵家の汚点だと、わたしを勘当同然に家から出したのは侯爵様ですわ」

大声で反論する父に、アイリスは真っ向から対峙した。

「修道院に行けとわたしを突き放しておきながら、手のひらを返して娘扱いするなんて……！　恥知らずなのはどちらなのですか？」

「だ、だ、黙らんか！　女の分際で、父親に向かって小賢《こざか》しいことを言いおって……！」

顔を真っ赤にして怒鳴《どな》り散らす父に、アイリスは怒りを通り越してあきれてしまう。

まったく、とんだ茶番だ。もしあのままフィリップと結婚していたら、アイリスはこの父や、父と似た思考を持つ男性たちに囲まれて生きることになっていただろう。

少し前ならその環境を当然と受け入れていたかもしれないが、今となってはとうてい無理な話だ。侯爵令嬢に戻ることも、再び王子の婚約者になることも、デザイナーとして働く以上に素晴らしいことだとは思えない。

激昂《げっこう》し怒鳴《どな》り散らす父を見るほどにその思いは膨らみ、アイリスは少しずつ冷静さを取り戻していった。

だが父のほうは、従順だった娘が言い返してきたのが相当気に食わなかったらしい。

肘掛けに置いた手をぶるぶる震わせながら、口角泡を飛ばして怒鳴《どな》り続けてきた。

「おまえを家から出したのは、外の空気を吸えば、少しは傷心が慰《なぐさ》められるかもしれないと考えた親心ゆえだ！　勘当などと愚《おろ》かなことを二度と口にするでない！　そんなでたらめを言うような娘は、わたしがこの手で鞭《むち》を振るって躾《しつ》け直して――」

「侯爵様」

威信を見せつけるように声を荒らげる父の言葉を、アイリスは静かに遮《さえぎ》った。

「国王陛下の御前《ごぜん》です。お控えになったほうがよろしいのでは？」

体面がなにより大事で、国王に対する心証は常によくしていたい侯爵は、一瞬にして青ざめる。

ハッと国王陛下のほうを見た父は、陛下の眉がひそめられているのを見て縮み上がった。

「へ、陛下、その、今の言葉は……」

しどろもどろになりながらも、父が弁解しようとしたそのとき――

「――ああ、アイリス！　僕の美の女神！　待っていたよ！」

突如、玉座の背後にあった扉が勢いよく開き、一人の青年が飛び込んできた。

鮮やかなブロンドをきらきらさせながら満面の笑みを向けられて、アイリスは危うくうめき声を漏《も》らすところだった。

「……フィリップ殿下、ごきげんよう。謹慎が解けたのですね」

飛び込んできた勢いそのままに抱きしめられそうになって、アイリスはとっさに後ずさりながら、硬い声音《こわね》で言った。

アイリスの警戒心に気づいたのか、彼女の元婚約者にして第二王子であるフィリップは、両腕を広げたままピタリと動きを止める。

だが、こぼれるほどの笑顔はそのままだ。

「ああ、愛しいひと。そんなにつれない態度を取らないでくれ。もう父上から聞いたかな？　今日は君との婚約破棄をなかったことにするためにきてもらったんだ。アイリス！　また僕と婚約して、すぐにでも結婚式を挙げようよ！」

そう自信満々に微笑まれて、アイリスは言葉を失う。よくもまぁ、いけしゃあしゃあと……そもそもの元凶はどこの誰だと問いただしてやりたい。第一、この険悪な雰囲気の中に飛び込んできて、よく笑顔で自己主張できたものである。

アイリスは胸に湧き上がった文句を、ため息とともにいったん押さえ込んで、丁寧に尋ねた。

「……なぜ今になって、わたしと再び婚約したいなどとおっしゃるのですか……？」

「ふふふっ、そうだよね、そこは気になるところだよね！」

気障《きざ》ったらしい仕草で前髪をさらりと掻き上げたフィリップは、アイリスの全身にさっと目を走らせた。

「君の活躍は聞いているよ、アイリス。君が生み出す先進的な美しいドレスのこともね。今着ているのも君がデザインしたものなのかな？　華やかで最高に美しい。まさに芸術的装《よそお》いと言えるよ！」

わざわざアイリスの前に膝をつき、その手を取って口づけながら賞賛してくる。

今、身に纏《まと》っているのは涼しげなブルーのドレスだった。詰め襟と身頃をレースで飾り、首と腰にリボンを巻いた可愛らしいデザインだ。とても気に入っている一着だが、フィリップに褒《ほ》められてもまるで嬉しくない。

昔から戯曲や詩作が好きなだけあり、フィリップは驚くほどの速さで美辞麗句を並べ立てていったが、どれもこれもアイリスの心に響くことはなかった。

「実は、先日友人の舞踏会にこっそり参加したときに、偶然君を見かけたんだよ。もう最高に美しくて、僕はすぐに恋に落ちてしまった！　あのとき着ていた襟ぐりのあいた夜会服も、本当に素晴らしかった……！」

「……お褒《ほ》めいただきまして、光栄です」

下手《へた》なことを言って相手を刺激したくないので、アイリスは無難な返事をする。

だが、まだ肝心なところを聞いていない。適当なところでフィリップの言葉を止めて、アイリスは慎重に切り出した。

「失礼ながら、フィリップ殿下には思う方がいらっしゃったのではありませんでしたか？　その方とのあいだにお子様ももうけられたと伺いましたが——」

「アイリス！　そのことなんだが聞いてくれっ！　彼女が言っていた妊娠は、嘘だったんだよ！」

フィリップはさも自分が被害者だという顔をして大仰に嘆き出す。

アイリスは思わず眉をひそめてしまった。

「……はい？　嘘だった？」

「そうだよ！　本当にひどい話なんだよ！」

そう言ってフィリップは、こちらが尋ねる前から勝手に語り始めたのだった。

——要約すると、こうだ。

フィリップが謹慎を終えた際、国王陛下は女優との結婚を許す代わりに、ある条件を突きつけた。

婚約者がいながら浮気に走った罪は重い。よって、フィリップからは王子の称号を取り上げる。

以降は臣籍に下り、地方の領地を治める一貴族として務めるように――と。

かなり恩情ある措置《そち》だ。

フィリップが与えられた領地は、小さいけれど昔ながらの温泉地で、観光地としても賑《にぎ》わっている場所だった。よほどの贅沢《ぜいたく》をしなければ、領地からの収益で充分暮らしていける。

ところが、件《くだん》の女優がこの決定に不服を示した。それどころか大激怒し、フィリップに罵詈雑言《ばりぞうごん》を浴びせてきたらしい。

どうやら彼女は、王子の妃になることを夢見ていたようだ。王城で自由気ままに、贅沢《ぜいたく》をして暮らしたかったのだとか。その望みが絶《た》たれたどころか、田舎《いなか》の温泉地に放り込まれると知って、本性も露《あら》わに冗談じゃないとわめき散らしたそうだ。

そこで妊娠も王子と確実に結婚するための嘘だと発覚して、その日のうちに荷物をまとめてルピオンに帰ってしまったという。

（……要は女優に捨てられたから、わたしとよりを戻したいということね）

なんともはた迷惑な話である。

おそらくアイリスのドレスが注目されたことも、フィリップの自己中心的願望を後押ししてしまったのだろう。

昔からフィリップは、真新しいものや奇抜なものを見るたびに、すぐに崇拝して手に入れようとする傾向にあった。

（だからって、……ひとをどん底まで突き落としておきながら、それをまったくなかったことにして、もう一度求婚してくるなんて――）

厚顔無恥《こうがんむち》も甚《はなは》だしい。あきれてものも言えないとは、まさにこのことだ。

アイリスはため息をつきそうになるのをなんとかこらえ、フィリップをまっすぐ見つめ返した。

「せっかくのお申し出ですが、お断りします。フィリップ殿下、わたしはあなたの婚約者には戻りません」

きっぱり告げたアイリスに、フィリップは笑顔のまま見事に固まった。

この無責任な王子様は、再び婚約しようと言えば、アイリスが涙を流して喜ぶと思っていたのかもしれない。

（この反応を見る限り、思っていたんでしょうね……）

まったくもって、いい迷惑である。

「ア、アイリス？　今なんて言ったのかな？」

我に返ったフィリップは、アイリスの返事を現実のこととして受け止められないらしい。

そんなフィリップに、もはやアイリスはため息をこらえることもできなかった。

「お断りしますと申し上げました。あいにくですが、わたしはもうあなた様と結婚できる身分ではないのです。父に勘当され、侯爵家を出された今のわたしは、もはや貴族ではありませんので」

フィリップにも理解できるよう、一つ一つの言葉をしっかり区切って丁寧に伝える。再び固まってしまったフィリップを放置して、アイリスは国王陛下に向き直った。

「わたしはすでに、デザイナーとして別の人生を歩んでおります。今のわたしは王子妃にふさわしくありません。なにとぞお考え直しいただけますよう、お願い申し上げます」

もう貴族ではないと言いながら、ドレスの裾をつまんで深々と頭を下げるアイリスの姿は、模範的な貴婦人のそれだ。

だが毅然《きぜん》と挨拶《あいさつ》しながら、アイリスの胸にはどうしようもない不安が渦巻いていた。

アイリスがなにを言っても、最終的な決定を下すのは国王陛下だ。国王がフィリップの願いを受け入れ、婚約破棄を取り消すと言えばそうなってしまうし、侯爵家に戻れと言われればアイリスは従うほかない。貴族でなくてもこの国の国民である以上、国王の命令は絶対なのだ。

だが、アイリスはフィリップと結婚するなどまっぴら御免《ごめん》だった。

以前なら、それも仕方ないと割り切れたかもしれない。だが……エヴァンと出逢い、愛する喜びを知った今では、とても他の男性と一緒になどなれない。

たとえエヴァンと結ばれることがなくても、彼への思いはこの先ずっと貫く。

もちろん、国王陛下の申し出を断ったことで、なんらかの罰が与えられるかもしれない。下手《へた》をすれば、国外追放もあるかもしれないが……そのときはそのときだ。

覚悟を決めて、アイリスはじっと国王陛下の言葉を待つ。

それまで黙って成り行きを見守っていた国王陛下はやがて、小さくため息を漏《も》らした。

「……顔を上げよ、アイリス」

アイリスはこくりと唾を呑み込んで、なにを言われても取り乱したりしないと決意してから、顔を上げた。

国王陛下とまっすぐ目が合う。物心ついたときから何度となく顔を合わせてきたけれど、これほどの至近距離で向き合うのは初めてのことかもしれない。

「……婚約破棄に際して、そなたに関するあまりに聞き苦しい噂が流れたのは、余も承知しておる。王家が理由を公表しなかったからこそ立った風評だけに、そなたには悪いことをしたと思っていた」

「……陛下……」

国王が謝罪やそれに準ずる言葉を口にするなど、本来であれば考えられないことだけに、アイリスは目を見開いた。

「そういった周囲の悪意に負けず、新たな道を歩き出したそなたを、いったい誰が責められようか。今回のことは、フィリップがどうしてもと言うから呼び出しはしたが、そなたの意に添わぬことであれば最初から退《しりぞ》けるつもりでいた。今回の話はなかったこととして進めよう」

「そ、そんな、父上……！」

フィリップが情けない声を上げるが、国王は聞き入れない。それどころかフィリップを厳しいまなざしで一瞥《いちべつ》した。

「フィリップ、そなたは己《おのれ》の行《おこな》いを悔い改めろ。――アイリス、今後は新たな道を心置きなく邁進《まいしん》するがよい」

「……国王陛下……っ、ありがとうございます……！」

アイリスは頬を紅潮させて頭を下げる。

この十八年、侯爵令嬢として、王子の婚約者として生きてきたアイリスにとって、国王陛下は特別な存在だ。その方から今の生き方を認める言葉をもらえて、感動のあまり目頭《めがしら》が熱くなった。

やり取りを見ていた父は、悔しそうに眉を寄せている。だが国王の決定に異を唱えることもできないようだ。

そんな中、不満を爆発させたのはフィリップだった。彼は父国王とアイリスを交互に睨《にら》み、拳《こぶし》をぶるぶると震わせている。

「そんな……ゆ、許さないぞアイリス、僕の婚約者の座を辞退するなんて……！」

「フィリップ殿下？　あっ！」

いきなり強い力で腕を掴《つか》まれ、アイリスは悲鳴を上げた。

「この僕をコケにするなんて、絶対に許さない！　こっちへくるんだ！」

「フィリップ、なにをするつもりだ!?」

国王陛下が厳しい顔で玉座から立ち上がる。だが、なおもフィリップはアイリスの腕を引きずっていこうとした。王子の突然の暴挙に、両親は唖然と目を見開くばかりだ。

「いやです、フィリップ殿下、離して！」

「うるさいっ！　二度も婚約者に逃げられるなんてまっぴらだ！　君だって、僕と一夜を過ごせば結婚する気にもなるだろう——!?」

甲高い声で叫んだフィリップは、アイリスの腰を引き寄せ、あろうことか唇を寄せようとしてくる。

あまりの事態にアイリスは蒼白になった。必死に踏ん張ってフィリップの腕から逃れようとするが、細身とはいえフィリップも男だ。まるで振り払えない。

事態を重く見た国王が「衛兵！」と叫ぶ。だが衛兵が到着するより前にアイリスは連れ出されそうになった。

このまま捕らわれてしまうのかと絶望した、そのとき――

国王の背後の扉が再度開き、誰かが風のような速さで飛び込んできた。そしてフィリップの腕に容赦なく手刀を叩き込み、アイリスを引き剥《は》がす。

「ぐあっ！　な、なに――」

「――わたしの女に気安くさわるな!!」

「へぶっ……!?」

ガツッ！　と骨が折れるような音が響いて、横面《よこつら》を殴られたフィリップがもんどり打って倒れ込む。

思わず身をすくめたアイリスだが、すぐに強い力で引き寄せられてハッと息を呑んだ。

「エ、エヴァン様……!?」

見上げれば、そこには烈火のごとき怒りを纏《まと》うエヴァンの姿があった。

ここまで走ってきたのか、癖のある黒髪が汗で額《ひたい》に張りついている。

紫の瞳には怒りが燃えさかり、歯を強く食いしばっている姿は獰猛《どうもう》な獣のようだ。今にも相手の喉笛に噛みつきそうな恐ろしさがある。

だがアイリスの身体をしっかり胸に抱える腕からは、護ろうとする強い意志が窺《うかが》えて、彼女は混乱しながらもつい胸を高鳴らせてしまった。

「ど、どうしてここに……っ」

うめき声を漏《も》らしながらも起き上がれないでいるフィリップと、いまだ拳《こぶし》を握ったままのエヴァンを交互に見つめ、アイリスは喘《あえ》ぐように尋ねる。

仮にも王子であるフィリップを、こんなに力一杯殴り飛ばして大丈夫なのだろうか？

あまりのことに混乱するアイリスだが、思わぬところから声がかかり目を剥《む》くことになった。

「エヴァン……？　ま、まさか、モルテンジュ公爵閣下……!?」

驚愕のまなざしで口を開いたのは、アイリスの父、シュトレーン侯爵だ。

「モルテンジュ公爵……？」

アイリスは呆然とエヴァンを見やる。

今日の彼は、いつものラフな格好でも夜会へ行くときの格好でもない。王族が纏《まと》うような立派な服装をしている。深い紫色を基調とした上着は、彼の艶《つや》やかな黒髪によく似合っていた。

こんな事態でなければ、見惚れていただろう凜々《りり》しい姿だ。

（モルテンジュ公爵って、確か、国王陛下の異母弟にあたる方よね……!?）

記憶を引っ張り出したアイリスは、危うく卒倒しそうになる。

名前だけなら、アイリスでなくても聞いたことのある者は多いだろう。

モルテンジュ公爵は国王陛下の腹違いの弟で、ルピオンよりさらに南の国出身の母親を持つ。

だがその人物像はほとんど謎に包まれていた。

国王の弟でありながら王宮に寄りつかず、ときに放蕩者《ほうとうもの》と揶揄《やゆ》されるほど、国の内外をふらふらしていると言われている人物だ。

よほど大きな式典以外では人前に出てくることもないので、アイリス自身、お目にかかる機会はついぞなかったのである。

（でもまさか、エヴァン様が、その公爵様だったなんて……！）

商人を名乗っていても、貴族の出身であることは間違いないだろうと思っていた。

それが貴族どころか、王族の一員だったなんて……！

驚きのあまり声も出せないアイリスたちに対し、唯一、国王陛下だけが平然としていた。

「エヴァン、いきなり入ってきたかと思ったら、ずいぶん乱暴ではないか。男だけの席ならまだしも、ここには女性もいるのだぞ」

玉座にゆったり座り直して、国王陛下はやれやれと息をつく。言葉こそ注意しているが、その口調は柔らかだ。

アイリスの無事を確かめたエヴァンは、恭《うやうや》しく陛下の前に跪《ひざまず》いた。

「失礼いたしました、陛下。彼女が窮地《きゅうち》に立たされていると思ったら、考えるより先に手が出ておりました」

アイリスをチラリと見ながら言う彼に、思わず赤くなる。国王は片方の眉をくいっと上げて、異母弟とアイリスを交互に見やった。

「ふむ。まあよい。それより何用だ？　内密の集まりゆえ、ここには誰も通さぬよう命じておったのだが」

「陛下の侍従には無理を言って通してもらいました。急ぎフィリップ殿下の行状について、お耳に入れておきたかったもので」

「フィリップの……？」

国王が今度は息子へと目をやる。

フィリップは上半身こそ起こしていたものの、殴られた拍子《ひょうし》に目が回ったらしく、立ち上がることができないらしい。エヴァンのことを憎々しげに見つめていたが、国王と目が合うとびくりと身を強張《こわば》らせた。

そうしてエヴァンが語ったことは、なんとも耳を疑いたくなることばかりだった。

なんとフィリップは留学中、融資をして欲しいと頼み込んで、国内外の貴族たちから借金を繰り返していたというのだ！

その数字たるや、かなり大きな額となっている。しかも留学中は夜ごと遊び歩き、繁華街に連日繰り出していたという。

芸術への造詣《ぞうけい》を深めるために留学していたはずが、それとはかけ離れていた生活の実態に、国王の表情はどんどん渋いものになっていく。

金を貸した貴族たちは、相手が王子だけに申し出を断ることが難しかったらしい。だがその使い道が賭け事や女遊びだったと聞かされては、当然黙ってはいられなかったということのようだ。

「ち、父上、あのっ、それは、その……！」

すべての話を聞き終えた国王から怒りのこもった視線を向けられて、フィリップは慌てて立ち上がり言い訳を始める。だが国王は、息子の言葉を片手を上げることで制した。

「……女優に入れあげ、孕《はら》ませただけでも許しがたいというのに……。余の目が届かぬことをいいことに、好き勝手しおって。どうやら女優以外にも貢いだ相手は多そうだな、フィリップ？」

「ひっ、ち、父上、そんなことは……！」

救いようがないという様子で顔を覆《おお》った国王に、フィリップが近寄ろうとする。だが国王はそれを手で制し、背後に向け大声を出した。

「衛兵！　すぐにフィリップを部屋に連れて行け。余が行くまで何人《なんぴと》にも会わせず、決して外に出ぬように見張っていろ！」

扉の外で待機していた衛兵たちはすぐさま入ってきて、逃げようとするフィリップを両側からがっしりと拘束する。

「さすがの余も愛想が尽きたわ。地方の一領主にするなどもってのほかだ。そなたの罪はこれから厳しく問うこととする。此度《こたび》は王妃が止めようとも聞かぬからな」

「そ、そんな父上……！」

フィリップは連れ出される直前までわめいていたが、扉が閉まると室内はすぐに静かになった。

「……礼を言うぞ、エヴァン。そなたのもたらす情報は常に有益だな」

「恐れ入ります。ただ今回の調査は、どちらかと言えば自分自身のためでしたがね」

わけがわからず、アイリスはエヴァンの横顔を見上げる。だがエヴァンは説明する気がないらしく、口をつぐんでしまった。

「まったく、フィリップの愚行にはあきれかえる……。シュトレーン侯爵たちには見苦しいものを見せたな。今更だが、愚息のせいでアイリスに迷惑をかけたこと、改めて謝罪しよう」

「……いえ、陛下、滅相もございません……それに……」

国王の言葉に慌てて頭を下げた侯爵だったが、すぐに苦い顔で言いよどむ。国王が視線で続きを促《うなが》すと、父は憎々しげな目線をアイリスに向けてきた。

「……この娘の有様を見れば、殿下を始め王族の皆様を失望させたことは明らかでしょう。親にも申すような不躾《ぶしつけ》で不遜《ふそん》な娘は、王族の花嫁にはふさわしくありませ――」

「――なにが不躾《ぶしつけ》で不遜《ふそん》か。それはあなたのことではないか、シュトレーン侯爵？」

冷たい怒りをたたえた声で、エヴァンがアイリスを背にかばうよう前に出た。これまで聞いたことがない低い声音《こわね》に、父だけでなくアイリスまで震え上がりそうになる。

「こ、公爵閣下、なにを突然……っ」

狼狽《うろた》える父侯爵に、エヴァンは強い口調で畳みかける。

「心ない噂に耐える娘を、護るどころか家から追い出したくせに、よくもそんなことが言えたものだ。あなたに彼女を罵《ののし》る権利などありはしない！」

「エ、エヴァン様……っ」

父相手に怒りを向けるエヴァンに、アイリスは戸惑いたじろいでしまう。

だが、よほど腹に据えかねていたのだろうか。エヴァンの言葉はまだまだ終わらない。

「彼女のドレスは、今や社交界で多くの女性が身につけたいと切望しているものだ。ここに至るまで彼女がどれほど努力を重ね、頑張ってきたか……王子の婚約者でないなら価値はないとばかりに切り捨てたあなたには、とうていわかるまい！」

きっぱりと言い捨てられた侯爵は、青い顔で絶句している。一瞬助けを求めるように国王に目をやったが、その国王も異母弟の言葉に深く頷いていた。

完全に自分が不利であることを悟った侯爵は、徐々に顔を赤らめ憤然《ふんぜん》と立ち上がった。そして傍《かたわ》らに座る妻にぞんざいに声をかける。

「……帰るぞ！　陛下、殿下、失礼いたします」

最低限の礼をして、侯爵はつかつかと出口に向かって歩いて行く。侯爵夫人も慌てて立ち上がり夫のあとを追った。退室する寸前、侯爵夫人は一度だけ振り返ってアイリスを見たが、なにも言わずそのまま立ち去っていく。

……おそらく、今後両親を間近で見る機会は訪れないだろう。顔を合わせても、きっと彼らはアイリスを他人として扱うはずだ。

アイリスもまた、自分から両親のもとへ歩み寄ることはない。悲しみがないとは言えないが、おそらくこれが双方にとって、もっともいい方法なのだと思った。

「……さて、余も執務に戻るか。こう見えて忙しい身なのでな」

国王がやれやれといった様子で立ち上がる。頭を下げるエヴァンを見て、アイリスも慌ててドレスの裾をつまみ腰を折った。

「それにしてもエヴァンよ。侯爵相手にあそこまで言うとは、よほどその娘に執心しているのだな」

「当然です。彼女はわたしの唯一ですから」

「堂々とのろけおって……。アイリス」

「は、はい、陛下」

さらに深く頭を下げるアイリスに、国王はこれまでで一番優しい声で話しかけてきた。

「フィリップの処遇はこちらに任せよ。……侯爵の言葉に関しても、気に病《や》む必要はない。そなたはそなたの思う道を進めばよいのだから」

寛大で思いやり深い言葉に、アイリスは涙ぐみそうになる。言葉が喉に詰まって、頭を下げ続けることで謝意を示した。

国王が退室して、謁見室《えっけんしつ》は静かになる。

頭を上げたアイリスは、玉座のうしろの扉をしばらく見つめていた。

立て続けに色々なことが起きたせいか、なんだか上手《うま》く頭が働かない。

「アイリス？」

エヴァンに声をかけられ、弾かれたように振り返る。格好こそ違えど、エヴァンは普段と変わりない面持《おもも》ちで、アイリスを心配そうに見つめていた。

「大丈夫か？　急に呼び出されたと聞いたぞ。フィリップの馬鹿のせいで」

「あ……」

差し出された手を思わず取りそうになるが、アイリスは慌てて一歩下がった。

「……エヴァン様は、王弟殿下、なのですね……？」

不安に揺れるアイリスの瞳に気づいたエヴァンが、姿勢を正した。

「いかにも。エヴァン・レイニー・モルテンジュというのがわたしの本当の名だ。普段は商人として国内外を回っているが」

「商人として、あちこちでいろんなお品を手がけているのは……国王陛下の治世を助けるために？」

国王がエヴァンの情報を重宝している様子だったのを思い出し、アイリスは差し出がましいと思いながらも尋ねる。

「そうだ。商人に身をやつせばあちこちに足を運べるし、幅広い人脈を築くこともできる。色々な情報も入ってくるようになるしな」

なるほど、とアイリスは大きく頷く。

――つまり、その情報網によって、アイリスのことも初めから知っていたということだ。

黙り込んだアイリスを前に、エヴァンは軽く頭を下げる。

「今まで黙っていてすまなかった。いつかは言うべきだと思っていたが、なかなかタイミングが掴《つか》めなかった」

「……黙っていらしたのは、わたしがフィリップ殿下の元婚約者だから、ですか？」

思い切って尋ねると、エヴァンは少し黙ったのち「……そうだ」と頷いた。

「出会ったときのあなたはまだ傷心だったし、わたしがフィリップの身内だとわかれば、距離を置かれると思ったのだ」

「……では、声をかけてくださったのは……婚約破棄されたわたしへの同情からだったのですか？」

尋ねるのには勇気がいった。これまで、エヴァンが自分に声をかけてきてくれたのは、アイリスのデザインに惹かれたからだとずっと信じていたのだ。それなのに……

唇を噛みしめうなだれるアイリスに、エヴァンは正直に答えた。

「……あなたのデザインに興味を持ったのは本当だ。あのヘッドドレスは本当に素晴らしかったから。だが、同時に王家の者として、なにかしらの償《つぐな》いができればと考えたのは否定しない」

アイリスは長く息を吐き出した。

言い訳することなく、潔《いさぎよ》く答えてくれたエヴァンに感謝の思いが込み上げる一方、やはりあの多大な援助の裏には別の思惑があったのだと理解した。

当然と言えば当然だ。いくらなんでも、まったく無名の――それもつい最近まで貴族の令嬢として生きてきた少女に、住居と仕事場をぽんと与えるなど、酔狂にもほどがある。

アイリスは力なく笑った。

（わたしに優しくしてくださったのも、そうした償《つぐな》いの気持ちからだったのね……）

エヴァンは紳士だ。きっと、婚約破棄され家を出されたアイリスのことを放っておけなかったに違いない。

（なのにわたしは、そのことにまるで気づかず……それどころかエヴァン様のことを好きになって

しまったなんて）

まったく、馬鹿みたいだ。知らず乾いた笑いが漏《も》れて、涙がじわりと浮かんできた。

「アイリス……」

震え始めたアイリスを見て、エヴァンが手を伸ばしてくる。

だがアイリスはぱっと後ずさって、エヴァンとの距離を取った。

「……もう、わたしにふれられるのはいやか？」

エヴァンが苦しげな面持《おもも》ちで訴えてくる。

アイリスは急いで鼻を啜《すす》り、目元を擦った。

こんな顔でいてはエヴァンを困らせてしまう。一度深呼吸したアイリスは、無理やり口角を引き上げ、エヴァンをまっすぐ見つめた。

「……エヴァン様、わたしはもう、大丈夫です。これまで……充分よくしていただきました。あなたのおかげで、なんの憂《うれ》いもなくここまでくることができました。本当に……感謝しています。心から」

エヴァンはわずかに眉根を寄せる。アイリスは、彼がなにか言い出す前にすべて言い切ってしまおうと、急いで言葉を続けた。

「ガロント城を出ても、なんとか一人でやっていけると思いますから――」

「待て。なぜ城を出て行くという話になる？　何度も言うが、わたしはあなたを手放す気はない」

エヴァンが鋭く切り返してくる。その勢いに呑まれてアイリスはしばし口をつぐむが、なんとか次の言葉を口にした。

「これ以上、あなたの側にはいられません……」

「だから、なぜそう考えるのだ。わたしが王弟とわかったからか？」

アイリスはゴクリと唾を呑み込んだ。

……そうだ。彼は王弟殿下なのだ。もう貴族ではない自分が側にいていい存在ではない。

「……ええ、そうです。わたしはもう貴族ではありませんもの」

「身分のことなど気にする必要はない。あなたとはずっと、商人とデザイナーという関係で付き合ってきたはずだ。それなのにあなたはわたしから離れると言うのか？　なぜだ──」

アイリスが黙っていると、エヴァンは小さく唸《うな》って一歩踏み出した。

「無体を働いたわたしのことが許せないか？　それとも、正体を黙っていたことが気に食わない？」

「そんなこと……」

「それならばなぜだ。言わない限り、わたしのもとから離れることは認めない」

断固とした口調で詰め寄られて、アイリスの中で緊張と不安の糸がふつりと切れる。

押さえ込んでいた感情が胸に押し寄せて、目頭《めがしら》がそれまで以上に熱くなった。

「──あ、あなたを気に入らないなんて、ことあるはずがありません……！　むしろその逆だから、わたしは苦しくてたまらないのに……あなたのことを愛しているから……!!」

思わず叫んだアイリスに、エヴァンは一瞬、虚を衝かれた表情になって絶句した。

「……なんだと？」

アイリスはぎゅっと唇を噛みしめる。こんな形で告白するつもりなどなかったのに……！

（ああ、駄目だわ。いざ口にしてしまうと、あとからあとから気持ちが溢《あふ》れてくる……っ）

ついでに涙までぼろぼろとこぼれ落ちて、アイリスはしゃくり上げながらも、懸命に言葉を紡《つむ》いだ。

「こ、婚約破棄されたわたしは、もう誰かと結ばれることはないと思っていたんです。だけど、エヴァン様がとてもよくしてくださって……わたしのデザインを認めてくれて……っ。すごく、嬉しかったんです。本当に……でも……！」

ひっく、とひときわ大きくしゃくり上げて、アイリスは細い肩を震わせる。

「わたしは……傷物です。……エヴァン様もいつか、ご自身の立場にふさわしい方と一緒になるでしょう……そのとき、これまでみたいに側に居続けることなんてできま……――」

言葉は最後まで続かなかった。エヴァンがアイリスをぐっと引き寄せたからだ。そのまま荒々しく口づけられて、アイリスは目を見開いたまま固まってしまう。

我に返り慌てて離れようとするけれど、エヴァンにますます引き寄せられて、唇を深く奪われる。舌を絡《から》められると、これまで散々覚え込まされた快楽がよみがえってきて、抵抗する力が奪われていく……。

「ふ、ぅ……っ」

ぬるぬると粘膜同士を擦りつけられて、身体の奥に甘い疼《うず》きが走る。アイリスの身体がくたりとしたところで、ようやくエヴァンは唇を離した。

「……まったく、なにを言い出すかと思ったら……。アイリス、あなたはとんだ勘違いをしている」

はぁはぁと息を乱すアイリスの頬をそっと撫でて、エヴァンはため息とともに言葉を吐き出した。

「かん、ちがい……？」

「わたしがあなたにしてきたことのすべては、同情心からだったと？　とんでもない誤解だ。わたしは同情だけで他人に優しくできるほど、できた人間ではない」

「え……で、ですが……」

「大体、いつかふさわしい方と一緒になるだと？　わたしが愛しているのはあなただ。あなたを愛しているからこそ、これまで支えてきたに決まっているではないか――！」

なぜそれがわからない、と責め立てられて、アイリスは目を見開いたまま固まってしまった。

「……え、えええ……っ!?」

「……なるほど。その様子では、わたしの気持ちはまったく伝わっていなかったのだな。まったく……」

はーっ、と深いため息を吐き出し、アイリスの肩口に額《ひたい》を埋《うず》めたエヴァンは、脱力した様子で呟く。

戸惑うアイリスは無意識にあわあわと両手を動かすが、顔を上げたエヴァンに両肩をしっかり押さえられた。

紫色の瞳と真正面から目が合って、心臓が飛び出そうになる。

「わたしはあなたのことを愛している。おそらく、あなたが思う何十倍も。そうでなければ、真面目なあなたを抱くはずなどないし、他の男と一緒にいるところを見て嫉妬などするはずがないだろう」

「そ、それは……っ」

とっさに視線を泳がすと、よそ見するなとばかりに頬を包まれ、ぐっと顔を上げさせられた。

「確かに最初は、同情する気持ちがなかったとは言わない。だがひたむきに努力を続け、ドレス作りを心から楽しむあなたを間近で見ていて、わたしの中にあなたを愛しいと思う気持ちが芽生えていったのだ。それなのに……」

はぁぁ……、とまたため息をついて、エヴァンは片手で顔を覆《おお》った。

「……まさかそんなふうに思われていたとは……」

「……で、でも、エヴァン様はこれまで一度も、その……あ、愛している、と、言ってくださったことはなかったので……てっきり、い、今だけの関係なのだろうと、思ったのです……」

話しながら、恥ずかしさにどんどん声が小さくなってしまう。

「そんなわけがないだろう。……あなたは、デザイナーとしての一歩をようやく踏み出したばかりだし、よけいなことを言って煩《わずら》わせたくないと思っていた。もう少し落ち着いたら、わたしの身分と一緒に伝えようと考えていたんだ」

「そ、そんな……」

言ってくれればよかったのに……、と、つい恨みがましく思ってしまうのは仕方ないことだろう。

だがエヴァンは肩をすくめるばかりだ。

「あなたは身持ちの堅い女性だから、身体を許してくれた時点で、わたしのことを受け入れてくれたのだと勝手に考えていた。だが、あなたの頭が想像以上に堅かったことを思い知って、言わなかったことを少々後悔している」

「も、申し訳ありません……っ」

アイリスは思わず赤くなってうつむく。

お互いに誤解が解けたことで、ほぅっと息をつく。アイリスは胸元に手を当て、エヴァンをそっと上目遣いで見やった。

（……エヴァン様が、わたしを愛していると言ってくださった、のよね？）

なんだか夢みたいで、まだ実感が湧かない。そんなふうに言ってもらえる日はこないと思い込んでいただけに、本当に現実なのかと疑ってしまう。

（だって今朝まで、エヴァン様に愛想を尽かされてしまったと思って落ち込んでいたのよ？　あれからまだ数時間も経っていないのに）

そこまで考え、アイリスはふとエヴァンの不在の理由が気になった。

「あ、あの……舞踏会から、ずっとガロント城に戻られなかったのは……？　てっきりわたし、あなたに……その……」

嫌われたかと思って落ち込んでいた、とはさすがに口に出せず、アイリスはつい言葉を濁《にご》す。

だが言いたいことは伝わったようだ。エヴァンは言いよどむアイリスの髪をそっと撫でた。

「不安にさせてすまなかった。実はあの日、あなたを馬車に送っているとき、会場でフィリップを見かけたのだ」

「フィリップ殿下を……？」

ハッと目を瞠《みは》るアイリスに、エヴァンは苦り切った顔で言った。

「フィリップは地方の領地にやったと聞いていたのに、なぜまだ王都にいるのだと疑問に思ってな。それとなく近づいて探りを入れたら、女優に逃げられて王城に戻ってきたと言うじゃないか。おまけに、是非ともあなたを妻にしたいと周囲に話していた」

「なっ……」

絶句するアイリスに、エヴァンもさもありなんと深く頷く。

「すぐにでも叩きのめしてやりたかったが、どうせなら今後二度と阿呆なことを言い出さないよう、徹底的に黙らせるほうがいいと思ってな」

「では、今まで留守にしていたのは……」

エヴァンが真面目な顔で頷いた。

「フィリップの弱みを探し回っていたんだ。それにあなたの噂を、兄上にはっきり否定していただきたかったからな」

「エヴァン様は……わたしのために奔走《ほんそう》してくださっていたのですか……？」

「フィリップの阿呆にあなたを嫁がせるなど、断じて許せなかったからな。それ以前に、あなたを苦境に叩き落としておきながら、自分だけのうのうと暮らしているのに腹が立った」

「エヴァン様……」

彼の言葉に、アイリスは嬉しさのあまり泣きそうになる。

そっと目を伏せた彼女を優しく抱き寄せて、エヴァンは愛おしげに彼女のつむじに口づけた。

「……まさかそのあいだに王宮から呼び出されるとは思わず、怖い思いをさせたな。本当に、間に合ってよかった。フィリップがあなたに迫るのを見たときは、怒りで目の前が真っ赤になった。自制が利かず、本気で殴り倒してしまったよ」

エヴァンの深い想いが伝わってきて、アイリスはついに嬉し涙をぽろぽろこぼした。そのまま彼の胸にぎゅっと抱きつく。

「ありがとうございます、エヴァン様。本当にありがとう……っ」

「当然のことだ。愛する女には、なんの憂《うれ》いもなく幸せでいてほしいからな」

堂々と言い切ったエヴァンは、アイリスを包むように抱きしめる。だが少しもせずに自嘲気味に微笑んだ。

「それにしても、まさかあなたの憂《うれ》いの一番の原因が自分にあったとは思わなかったな。それと、舞踏会でのこと……すまなかった。嫉妬心から、あなたにひどいことをしてしまった」

アイリスはふるふると首を振る。

あのときはエヴァンの気持ちがわからなくてつらかった。

けれど気持ちがすれ違ったゆえの行為だったとわかれば、エヴァンだけを責めることはできない。

もう気にしていないと伝えるために、いっそう強く抱きつくと、エヴァンが苦笑まじりにアイリスの背を撫でた。

「こんなことなら、もっと早くに気持ちを伝えておけばよかったな」

「……ええ。でも、もういいんです。こうして伝えてもらえたから」

「いいや。わたしがよくない。この上は、あなたがあきれるくらいたくさんの愛の言葉を伝えていくことで、償《つぐな》っていくしかないな。——愛している、アイリス。寝る間も惜しんで懸命に夢に取り組むあなたを見ているうちに、愛おしさが止まらなくなった」

「わたしも愛しています、エヴァン様。あなたのことが大好きです……！」

エヴァンが繰り返し愛を囁《ささや》いてくれるから、アイリスは感極まって涙声になってしまう。

そんな彼女を愛おしげに見つめて、エヴァンはそっと顔を近づけてきた。今度はアイリスも抵抗したりしない。彼の唇を進んで受け入れ、自《みずか》ら舌を絡《から》めた。

「ん……っふ……」

お互いの熱をぶつけ合うように、ぬるぬると舌を絡《から》め合わせて、熱い粘膜を擦り上げていく。

角度を変え、何度も何度も唇を合わせて、相手の奥深くまで探っていくと、たちまち身体中が熱を持った。とりわけ足のあいだはひどく疼《うず》いて、今すぐ繋《つな》がりたいとばかりにきゅうきゅうとうごめいている。

エヴァンも同じなのだろう。口づけだけでなく、大きな手でアイリスの髪を掻き上げ、身体をぴったりと密着させてきた。下腹のあたりに押しつけられる彼自身がどんどん存在を主張してきて、その熱さにくらくらしてくる。

「エヴァン、さま……、ンン……っ」

「アイリス……、ん……」

「……っ、あふ、ぅ……っ」

唇の隙間から漏《も》れるくちゅくちゅという水音にも、敏感なところを擦り上げられる刺激にも、押しつけられる彼の熱棒にも感じてしまって、口づけだけで天国に行ってしまいそうだ。

すると、エヴァンがアイリスの膝裏に手をやり、ひょいと横抱きに抱え上げた。

「エ、エヴァン様、なにを……？」

官能的な口づけにすっかり骨抜きにされていたアイリスは、驚いてパチパチと目を瞬《またた》く。

エヴァンは玉座のうしろの扉から部屋を出ると、広々とした回廊を歩き始める。おそらくこのあたりは王族の私室が連《つら》なる棟《むね》だろう。

その中の奥まった部屋の扉を彼が開けた。さほど広くはないが心地よく整えられた居室は、エヴァンの王宮での住まいだろうと直感する。

「エヴァン様……んんっ……！」

一番奥の寝室にたどり着くなり、エヴァンは寝台に横にしたアイリスへ覆《おお》い被さり、再び口づけてくる。お互いの手足を絡《から》め合い深く唇を重ねられ、アイリスは雲の上に横たわっているような気持ちになった。

「は、ぁ……、あふっ、んん……っ」

我ながら聞いているだけで恥ずかしくなる声を漏《も》らしながら、アイリスはうっとりと瞳を伏せる。

上半身を起こしたエヴァンが、おもむろに上着を脱ぎ捨てた。

「いやなら今のうちに言いなさい。途中で止めてやれる自信がない」

「いやでは、ありませんけど……」

「ん？」

アイリスはうっすらと赤くなりながら、小さな声で告げる。

「……優しく、してほしいです。この前みたいなのは、もう、いやだから」

「もちろんだ。二度と、あなたを不安にさせることはしない」

きっぱり宣言されて、アイリスはほっと息を吐く。身体の力を抜くと、エヴァンが優しいキスをくれた。そして丁寧な仕草でアイリスのドレスを脱がせていく。

「本当に……このバッスルなしのドレスは、すべての女性に普及してほしいものだな」

アイリスはパチパチと目を瞬《またた》く。なぜ今ドレスの話題が出てくるのだろう？

「この型のドレスは、実に脱がせやすい。その気になれば着衣のままでも繋《つな》がれるとなれば、男としても大いに魅力的だ」

ニヤリと微笑みながら言われて、アイリスは思わず小鼻を膨らませた。

「エ、エヴァン様ったら。そんなつもりでこのドレスを作ったわけではありませんっ！」

「わかっているさ。だが、男の率直な意見も必要だろう？」

いつかと同じ言葉を言われて、アイリスは思わず笑ってしまいそうになる。それをあえてこらえて、ツンとした表情を作った。

「そんなふうにおっしゃられると、このドレスを着た他の女性にも、同じことをするおつもりなのかと疑ってしまいますわ」

「まさか。わたしがドレスを脱がせたいと思う相手は、あなただけだ。ただ世の男たちにも、わたしの受けた感動を味わわせてやりたいと思ったまでだよ」

「まぁ……」

とんでもない言葉に絶句するが、すぐにアイリスはくすくす笑ってしまった。

気づけばドレスは脱がされ、コルセットや下着も剝《は》ぎ取られる。

エヴァンもまた残った服をさっさと脱ぎ捨て、張りのある逞《たくま》しい肉体をさらけ出す。

ぎゅっと抱きしめ合い深く口づけると、より官能が刺激されて、足のあいだがじゅんと潤《うる》むのをはっきり感じた。

「愛している、アイリス」

アイリスの頬や耳元にも口づけの雨を降らせながら、エヴァンが耳に心地よい声で囁《ささや》く。

彼の逞《たくま》しい背に腕を回しながら、アイリスも満ち足りた気持ちで頷いた。

「わたしもです。エヴァン様……だいすき」

飽《あ》くことなく唇を重ね合う。二人の身体もピタリと合わさって、アイリスは湧き上がる快感と幸せのまま、彼にすべてを委《ゆだ》ねるのだった。

——気持ちが通じ合うということが、交合においてもこれほどの効果をもたらすとは思ってもみなかった。

「ああ、また達してしまうのか？　今日は一段と感じやすいな、アイリス――」

「……ン、ぅっ……、ふぁぁああ……っ！」

くちゅくちゅと音を立てながら、蜜壷の浅いところを指先でくすぐられて、アイリスはガクガクと腰を震わせる。

エヴァンの言う通り、今日のアイリスは自分でも信じられないほど感覚が鋭敏になっていた。裸の肌をふれ合わせただけで乳首はツンと尖り、口づけるだけで喉の奥から欲求がせり上がってむずむずする。そんな状態で下肢の花芽をつままれては、もうひとたまりもなかった。

「っあぁああ……！」

エヴァンが指を奥まで進めて、くいっと中で折り曲げてくる。さらに手のひらの付け根で花芽をぐっと押してきた。中と外、両方からの刺激に、アイリスは白い喉を反《そ》らして背をしならせる。

腰がびくんと揺れると同時に新たな蜜が噴き出してきて、エヴァンの手首にまで滴《したた》っていった。

「エヴァン、さま……、も、じらさないで……っ」

「なにがだ？」

「ンンっ……！」

膣壁の感じやすいところを緩《ゆる》やかに擦り上げながら、エヴァンがとぼける。

アイリスは恨みがましいやら感じてしまうやらで目を潤《うる》ませ、エヴァンを精一杯睨《にら》みつけた。

「もぅ……入れてください……。ずっと、そうやってふれてばかりで……、いやぁっ！」

不意に身を屈《かが》めたエヴァンが、臍《へそ》のくぼみへ舌を差し入れてきて、アイリスはびくんっと全身を強張《こわば》らせた。

「まだだ。もっとあなたの可愛い顔を堪能してから繋《つな》がりたい」

「……ど、して……、ふっ、ぅンン……！」

「どうして？　決まっている。これほど蕩《とろ》けきって熟《う》れたあなたの中に挿入《はい》ったら、気持ちよすぎてあっという間に果ててしまう。それじゃあつまらないだろう？」

とんでもない理由を堂々と述べられ、アイリスはなんとも言えない顔になってしまう。

だがエヴァンがそれにぷっと噴き出すのを見てしまえば、恨みがましい気持ちは募《つの》る一方だ。

「意地悪……！」

「今頃気づいたのか？　男は多かれ少なかれ、好きな女には意地悪をしたくなるものだ」

「あ、悪趣味だわ……、きゃあっ……！」

尖らせた舌先で臍《へそ》穴をぐりぐりとえぐられて、アイリスはこれ以上ないほど背中を反《そ》らした。そこを刺激されると、快感に燻《くすぶ》るお腹の奥が直《じか》に刺激されるようで、身悶《みもだ》えるほど感じてしまう。

「はっ、あぁ、あぁあああん……！」

「臍《へそ》だけで達してみるか？」

「い、いや、いやです、そんな……っ、ふあぁああ……！」

アイリスが首を振って嫌がれば嫌がるほど、エヴァンの愛撫《あいぶ》は執拗《しつよう》になる。舌の動きに合わせて、指を大きく抜き差しされて、腰から下が蕩《とろ》けそうなほど熱くなった。

「も……、だめぇえ……っ！」

こらえきれず、ぴんっと身体を突っ張った瞬間、勢いよく指が抜かれる。直後、ぷしゃっと音を立てて大量の蜜液が噴き出し、アイリスは激しい羞恥《しゅうち》に見舞われた。

「……だ、だめって……言ったのにぃ……っ」

恥ずかしさのあまり顔を覆《おお》いながら恨み言を漏《も》らすと、エヴァンが笑いながらその手をよけてしまった。

「駄目なわけがない。感じきっているあなたはとても愛らしい。わたしの手で、もっと乱れてくれ」

これ以上乱れるなどとんでもない。なのに欲望に満ちた低い声で囁《ささや》かれると、肌がざわめきゾクゾクと震えてしまって仕方なかった。どんどん欲深になる自分に、アイリスは居たたまれなくなる。

「んっ、んゃ……、耳だめ……」

「いい、の間違いだろう？」

「ふあっ……」

今度は耳孔に舌を入れられて、ぴちゃぴちゃと音を立てながら舐《な》め立てられる。そして先程まで蜜壺に差し入れられていた指は、アイリスの身体の丸みをたどって、お尻のほうへ行き着いた。

柔らかな臀部《でんぶ》をやわやわと揉《も》まれたかと思うと、割れ目の奥に息づくすぼまりにふれられて、アイリスはビクッと全身を強張《こわば》らせる。

「い、いやっ、そんなところ……！」

「こちらでも感じることができるんだぞ？　もっと気持ちよくなれる」

「あ、あぁ、ぁぁあ……っ」

　エヴァンの言葉は麻薬みたいに肌へ浸透し、アイリスを惑乱の渦へ引きずり込む。そこにふれられるのも、見られるのもいやなのに、いざ蜜にまみれた指でくすぐられると、自然と腰が浮き上がってしまった。

「だ、だめ、だめぇ……っ、いやっ、あぁ、あああ……！」

　ふれられているのは後孔なのに、先程まで指を咥《くわ》え込んでいた蜜口もヒクヒクと疼《うず》いて、新たな蜜をこぼしていく。エヴァンは身体をずらして、今度はアイリスの花芽に口づけてきた。

「ひぁっ……！」

　すっかり充血して膨らんだ花芽を口に含まれ、唇でしごかれたり、舌で舐《な》め転がされたりする。

　感じやすい部分への集中した愛撫《あいぶ》に、アイリスの身体はたちまち熱く昇りつめた。

「あっあぁ、いやっ、いやぁっ……、もぅ……っ、あっ、ンンぅ――……ッ!!」

　花芽をじゅっと音がするほど強く吸われた瞬間、積もりに積もった愉悦《ゆえつ》が弾け、アイリスは全身を強張《こわば》らせる。ふれられているところから快感がほとばしり、頭の中が真っ白になった。

「……ふ……、あっ……」

　快感が強すぎて上手《うま》く息が吸えず、はくはくと苦しげに胸を喘《あえ》がせる。

　やがて、アイリスの細い身体は敷布にぐったりと沈み込んだ。

　……少しのあいだ意識が飛んでいたらしい。ゆるゆると目を開けたとき、アイリスはエヴァンの腕にすっぽりと包まれ、柔らかなキスを顔中に受けていた。

「ん……エヴァンさま……」

「気がついたか。快感のあまり気絶するなんて、愛らしくてたまらないぞ、アイリス」

心地よい脱力感の中、アイリスはエヴァンの柔らかなキスをぼうっとした心地で受け取る。

身体がやけに重くて、このまま眠り込んでしまいそうだ。だが、エヴァンがぐっと下肢を押しつけてきたことでハッとした。

「あ……エヴァン様、あつい……」

「熱いだろう？　この頃はあなたを思うと、どこでもこうなってしまうから困りものだ」

嘘か真《まこと》かわからないことを呟きながら、エヴァンはゆっくりとした手つきでアイリスの肩を撫で、乳房にふれてくる。

硬く勃ち上がった乳首を手のひらで転がされ、膨らみごと柔らかく揉《も》まれると、気持ちよさの中にじっとしていられない疼《うず》きが立ち昇ってきた。

「ん、んっ……」

「あなたも、ふれてくれないか」

「え……？　っ……！」

エヴァンに手を取られ、指先にすっかり勃起した彼自身を感じて、アイリスは思わずびくりとなった。とっさに手を引こうとするが、その前に肉竿を握らされる。

驚きと恥ずかしさで息を呑んで固まるアイリスに、エヴァンは小さく笑った。

「こうして、擦ってくれ」

「あっ……」

エヴァンの手に導かれるまま、アイリスは握った竿部分をおっかなびっくりしごき始める。わずかに湾曲したそれが手の中を滑るのは、なんとも言えぬ不思議な感覚だった。

アイリスの手が動くたび、エヴァンが気持ちよさそうに息をつくからドキドキしてしまう。

「こうすると……エヴァン様は気持ちいいの……？」

「ああ、すごくいい。もっと強く……握ってくれ……」

長い睫《まつげ》毛を伏せて感じ入るエヴァンの表情は、これまで見た中でもとびきり艶《つや》やかで、足のあいだが切なく疼《うず》く。アイリスはこくりと喉を鳴らして、指先に力を込めた。

手の中の肉棒はしごくたびに脈打つように震え、どんどん硬度を増していく。痛いのではないかと心配になるほど、それはきつく張り詰めていた。

愛撫《あいぶ》に夢中になっていたら、いきなりエヴァンの片手が下肢に潜《もぐ》り込み、お尻側から蜜口に指を差し入れてくる。

「……ふあっ、あ、だ、駄目です、さわらな……っ、あぁあああん……！」

濡《ぬ》れそぼっているそこをぐちゅぐちゅと掻き回されると、彼の肉棒をしごくどころではなくなり、アイリスは切羽《せっぱ》詰《つ》まった声を上げた。

「あ、あぁ、ひっ……ンン……っ！」

指先から力が抜けて、上手《うま》くしごけない。悩ましく首を振るアイリスを、エヴァンは笑みを浮かべて見つめた。

「あなたのそういう健気《けなげ》なところも愛おしい。足を開いて、身体の力を抜いて」

アイリスはほっと息を吐いて、言われるまま仰向けになって足を開く。

今度はエヴァンもじらさなかった。蜜口に亀頭を宛がうと、一気に腰を進めてくる。

「はぁあああ……っ！」

最奥《さいおう》までずちゅりと音を立てて挿入《はい》ってきた屹立《きつりつ》に、アイリスは喜悦《きえつ》のあまりガクガク震える。

蜜襞《ひだ》を傘の部分が押し入ってくる感覚が気持ちよくて、ため息のような声がこぼれた。

「なんて締めつけだ……やみつきになりそうだな」

エヴァンが気持ちよさそうにうめいて、アイリスの肩口に額《ひたい》を押し当てる。愛おしさが胸に込み上げ、アイリスは震える腕で彼の頭を抱きしめた。

「つぅあ、ああ、そこ、吸っては……ンンン……っ」

アイリスの胸元に頬ずりしたエヴァンが、そのまま乳首を口に含んで転がしてくる。強い力で吸われると、胸の奥に愉悦《ゆえつ》がジンと響いて、繋《つな》がったところが熱く疼《うず》いた。

繰り返し乳首を刺激されると我慢できなくなって、アイリスは自《みずか》ら腰を振りさらなる快感を得ようとする。エヴァンが小さく笑って、逸《はや》るアイリスの髪を撫でた。

「こら、アイリス」

「だって、……んぁああっ……」

アイリスは心のまま腰を振りたくる。彼の肉竿が膣壁を擦るたびに、快感が背筋を這《は》い上がってゾクゾクするのだ。気持ちよくてやめられない。

「はぁ、あああぁ、んくっ……！」

「アイリス、アイリス……」

身悶《みもだ》えるアイリスのこめかみや額《ひたい》に口づけ、エヴァンは子供をなだめるように声音《こわね》を優しくする。

「大丈夫だ。そんなに焦って求めなくても、ちゃんと与えてやる」

「ん、ぅ……っ、エヴァンさま……」

涙の滲《にじ》むアイリスの目元にちゅっと口づけ、エヴァンは額《ひたい》を合わせて囁《ささや》いた。

「まったく。あなたはよほどわたしのことが好きとみえる」

からかいまじりで言われるが、アイリスは大真面目にこくんと頷く。

「は、い……。大好きです」

するとエヴァンも真顔になり、すぐに破顔した。そしてアイリスの唇に柔らかくキスをする。

「そんなに可愛いことを言われると、わたしも我慢ができなくなる。……動くぞ」

「――んあっ、ひ……！」

長大な肉棒をギリギリまで抜いたかと思ったら、最奥《さいおう》まで一気に突き入れられて、その激しさにアイリスは身を震わせる。

それまでの穏やかさが嘘のように、エヴァンはアイリスの腰をしっかり抱え、濡《ぬ》れた蜜壺を強く突き上げてきた。

「ふあっ……！　あ、あぁっ、あっ、あっ、や……っ！」

ずちゅずちゅと水音が立つほどの律動に、アイリスは断続的な喘《あえ》ぎ声を漏《も》らす。

奥を突かれるたびに愉悦《ゆえつ》が背筋を駆け上がり息苦しいくらいなのに、いざ腰を引かれると行かないでとばかりに蜜壺がきゅうきゅうと締まる。

「あっ、あぁあ――……っ！　エヴァ……、んっ、んくっ、んぁあああ……！」

蜜にまみれた膣壁は肉棒に擦り上げられて熱を持ち、さらなる刺激を欲して大きくうねる。じっとしていられないほどの喜悦《きえつ》が襲ってきて、たまらずアイリスはエヴァンの身体にしがみついた。

「はぁ、あふっ……、……!?　エヴァ……きゃっ！」

突然、エヴァンがアイリスの腰をぐっと引き起こす。突然のことに息を呑むアイリスだが、あぐらを掻く彼の腰に座らされていて、悲鳴を上げた。

「はっ、あぁああ――……ッ!!」

直後、真下からずんっと突き上げられ、アイリスは背を反《そ》らしてガクガクと震える。

そのままうしろへ倒れ込みそうになるのを、エヴァンの逞《たくま》しい腕がしっかり支えた。彼はアイリスの細い身体を抱きしめると、鎖骨に舌を這《は》わせてさらに腰を突き上げてくる。

「アイリス……、うっ……」

「んあぁああ……！　い、あぁっ、だめ……あぅう！」

激しく揺さぶられて、目の前がチカチカしてきた。

気持ちよくてたまらない。興奮で心臓が壊れそうに高鳴り、開きっぱなしの唇から漏《も》れる吐息はひどく甘ったるかった。

彼の肉棒が出て行くのに合わせて大量の蜜が溢《あふ》れ出て、繋《つな》がったところがぐっしょり濡《ぬ》れているのがわかる。恥ずかしすぎてめまいがしそうだ。

「や、ぁ、もういく……、いっちゃ……っ！　――ンンッ！」

うわごとを呟いた瞬間、エヴァンがアイリスの後頭部をしっかり支えて、唇を重ねてきた。

熱い舌がぬるりと入り込んできた瞬間、全身が沸き立ち、アイリスは一気に絶頂へと駆け上《のぼ》る。

蜜壺がきゅうっとすぼまり、肉棒を搾《しぼ》り取るようにうごめいた。エヴァンが唇を繋《つな》げたまま低くうめいて、アイリスの尻肉に指を食い込ませる。

直後、彼が欲望を解放した。

「あふっ、ん、ンン――ッ……！」

どくどくと注《そそ》がれる彼の精が、お腹の奥にじんわりと広がっていく。熱く心地よいその感覚に、アイリスは身体中を震わせた。気持ちよくて、心の奥から満たされて、自然と涙がこぼれ落ちる。

唇を離したエヴァンは、アイリスの頬を伝う涙を丁寧に吸い上げた。

「エヴァン、さま……」

「愛している、アイリス。あなただけだ、これほどわたしを熱くさせるのは……」

そうして再び狂おしいほどに口づけられて、アイリスは胸がいっぱいになった。

アイリスも同じ気持ちだ。ドレス作りも楽しくてやりがいがあるけれど、これほど不安にさせられたり、逆に幸せな気持ちにしてくれるのはエヴァンだけ――

「好きです、エヴァン様。大好き……」

口づけの合間に呟くと、応《こた》えるように優しく髪を撫でられる。繋《つな》がったまま再び仰向けにされて、緩《ゆる》やかに腰を動かされた。アイリスは甘い吐息を吐きながら目を伏せる。

先程と違い、ゆっくりと動かれるのもとても気持ちがいい。まるで温かい波間に漂《ただよ》っているようだ。愛の言葉をさざ波のごとく繰り返されて、アイリスはぎゅっと彼の首筋に抱きついた。

同じだけの愛の言葉を返しながら、彼の動きに合わせて腰を揺らす。

愛に溢《あふ》れた交歓は、まだまだ終わりそうになかった。

＊＊＊

——季節が巡《めぐ》り、社交期も終わりに近づく初秋がやって来た。

早い者はそろそろ旅支度を調《ととの》え領地に帰っていく頃だが、今年は王都に留まる者が多い。というのも一ヶ月半ほど前に、ルピオンの王族を招いて盛大な舞踏会を開くと発表があったからだ。

ルピオンとはここ何年も友好的な関係を続けているが、相手国の国王夫妻を招くのは久しぶりのことだった。そのため、王宮はもちろん王都中が隣国の人々を迎える準備に追われ、社交期の後半はかなり慌ただしいものとなっていた。

アイリスもまた、目が回るほど忙しい日々を送っていた。

どこから流れたのか、アイリスの作るドレスは国王陛下がお認めになった最高級のものだと噂されるようになり、それまで以上に多くの貴婦人たちがガロント城に押しかけるようになったのだ。怒濤《どとう》の注文の数に、城内の作業場は昼も夜もなく稼働し続ける。それでも人手が足りず、急遽これまでの倍以上の人数が雇われる事態になったのだった。

そうして、どうにか無事にルピオンの王族一行を迎えた最初の夜。

王宮の大広間では親睦のための舞踏会が開かれ、王侯貴族のみならず多くの著名人が集められていた。

その中には、賜《たまわ》ったばかりの勲章をドレスの腰元につけたアイリスの姿もあった。

「――まぁ！　そちらが先日授与されたという勲章ですわね。大変きらびやかですこと」

勲章の授与式は五日前に行《おこな》われた。女性たちの装《よそお》いを快適かつ華やかなものにした功績で、アイリスは王城に招かれ、国王陛下直々《じきじき》に勲章を授与されたのである。

「ありがとうございます。なんだか恐れ多くて、身につけるのも緊張するのですが」

「なにをおっしゃいますの！　陛下のご判断は確かですわ。あなたは服飾界の革命児ですもの。その功績がたたえられるのはごく自然なことですわ」

挨拶《あいさつ》にやってきたお得意様の言葉に、アイリスははにかむ。褒《ほ》めすぎだとも思うけれど、自分の仕事がこうして認められたのは素直に嬉しいことだ。

一介のデザイナーが勲章を賜《たまわ》るなど異例のことだが、この勲章には国王陛下の謝意が含まれているそうだ。

『実は数年前から、ルピオンの王族をこちらに招きたいと思っていたのだ。しかし、あちらの国とこちらでは、貴婦人の装《よそお》いがかなり違うからな……。ルピオンの方々が社交の場で浮いてしまう事態を避けたいと、常々頭を悩ませておったのだ』

そこへアイリスが、ルピオン式ながら、この国の人々にも受け入れられるデザインのドレスを考案した。おかげで今や貴婦人の装《よそお》いががらりと変わり、隣国の人々を安心して迎えられるようになったという。

『それも踏まえての授与だ。胸を張るがよい』

——おかげで、アイリスとガロント城はさらに忙しくなったわけだが、その甲斐があったと思える光景を目の前にすれば、アイリスの胸は大いなる達成感で満たされる。

今彼女の目には、バッスルなしのドレスの裾を翻《ひるがえ》す貴婦人たちが映っていた。自然な形で広がるスカートを身に纏《まと》い、軽やかに動き、踊り、笑顔を咲かせている。アイリスがデザインしたドレスを着て参加している女性も大勢いて、彼女たちに礼を言われるたびに、アイリスは泣きたくなるほどの幸せを感じていた。

「——なんだ。わたしと愛し合っているときより、よほど幸せそうな顔をしているな」

「まぁ、エヴァン様」

挨拶《あいさつ》の列が途切れたところで声をかけられて、アイリスは目を丸くして振り返る。見ればそこには、王族らしいきらびやかな盛装に身を包んだエヴァンがいた。

謎の商人エヴァン・レイニーとして、アイリスとともに今年の社交期を賑《にぎ》わせていた美丈夫が、実は王弟モルテンジュ公爵であるという事実は、今や周知のこととなっていた。アイリスと気持ちを通じ合わせたのち、彼本人が身分を明かすと宣言したからだ。

『あなたの隣にいる男が王弟であるとわかれば、よこしまな気持ちで近づいてくる不届きな男どもは、もれなく消え失せるだろうからな』

なんとも物騒な言葉だが、実際に挨拶《あいさつ》以外で近づいてくる男性はすっかりいなくなった。

なによりエヴァンが独占欲も露《あら》わにアイリスの隣に陣取り、彼女が営業中も周囲に目を光らせているため、二人は恋人同士であるとあっという間に認知されてしまったのである。

王子の次は王弟かと揶揄《やゆ》する声もあったが、ほとんどは好意的に受け取ってくれたようだ。

どん底まで突き落とされたアイリスがデザイナーとして認められ、再び王宮へ返り咲いた話は、最高のサクセスストーリーとしてもてはやされていた。

それは国内に止まらず隣国にまで伝わっていたようで、ルピオンの王族の耳にも届いているらしい。アイリスとしてはなんとも面映《おもは》ゆいばかりである。

——とはいえ、アイリスの名誉がここまで回復したのは、王家が彼女とフィリップとの婚約破棄の理由を、きちんと公表したのも大きかった。

「ついさっき兄上に聞いた話だが、フィリップの処分が決まったそうだ」

近くを通った給仕から飲み物を受け取って、エヴァンがそっと切り出してくる。アイリスも同じように声を潜《ひそ》めた。

「どのような処分になったのですか……？」

「陛下の母方の叔父のもとに預けられることになった。今でこそ第一線を退《しりぞ》いているが、若い頃は騎士団を率いる猛者《もさ》だった方でな。今は領地の鉱山整備に力を入れているそうで、フィリップはそこで炭鉱夫として働くことになった」

「炭鉱夫ですか……⁉」

線が細く芸術家肌だったフィリップにとって、幽閉されたり国外追放されるより、よほど重くつらい罰に思えた。エヴァンも重々しく頷く。

「それほど兄上の怒りは大きいということだ。これまでフィリップを甘やかしてきた反省もあるのだろう。王妃様は最後まで反対されていたそうだが、ここは王族として厳しい決断を下すところだと判断なさったわけだ」

「そうなのですね……」

「気にするな。あなたが悪いわけではない。むしろ、あなたが一番の被害者なのだから」

「……ええ」

アイリスは改めて会場に目をやった。華やかな女性たちの装《よそお》いを見つめて、花がほころぶように微笑む。エヴァンも穏やかなまなざしで恋人が作ったドレスを眺めた。

やがて両国の国王陛下が挨拶《あいさつ》し、舞踏会が幕を開ける。

王族が踊る最初のダンスに、エヴァンはアイリスをエスコートしていった。話題の二人が前に出たことで、周囲にいた人々がたちまち色めく。

アイリスの新たなドレスに見惚れる者、彼女のダンスにため息をつく者、エヴァンとともにいるのをうらやましがる者……反応は様々だが、皆一様にアイリスを歓迎していた。

一時は二度と人前に出られないと思っていただけに、今、こうして温かなまなざしに包まれていることに、なんだか泣きたくなってくる。

アイリスの様子を察してか、最初のダンスが終わると、エヴァンは彼女をバルコニーへ連れ出した。

「まぁ、なんて素敵な……！」

バルコニーの向こうには広大な庭が広がっていたが、そこここにランタンが置かれ、なんとも幻想的な雰囲気になっている。

まだ舞踏会が始まったばかりで散策している人間はいないが、もう少しすれば多くのひとがこの庭を楽しむことだろう。

「星が地上に降りてきたみたい……」

「あなたの目にはそう映るのだな」

そう言って、エヴァンが柔らかく微笑む。

色々なことがあったけれど……結果的に今、こうして多くのひとの笑顔に囲まれ、愛するひとと一緒にいられるのだから、よかったのだ、きっと。

しみじみとした気持ちで彼を見上げていたせいか、エヴァンがわずかに首を傾《かし》げて聞いてきた。

「――どうした？　そんな目でわたしのことを見て」

アイリスは小さく笑って答えた。

「あなたと出逢えた幸せを噛みしめていたんです。もしあの仮面舞踏会であなたと知り合えていなかったら、どうなっていたかしら……と」

「あなたのことだから、たとえわたしの助けがなくても結果を出していた気もするが。だがあの出逢いはわたしにとっても幸運だった。なにか新しい事業をしたいと思って、人脈作りのために潜《もぐ》り込んだ催《もよお》しだったが、あなたという最愛の女性を見つけられたのだから」

「ふふ、大げさですわ」

「大げさなものか。今こうしているあいだも、あなたと繋《つな》がりたくてたまらないというのに」

手を取って指先に口づけられて、アイリスは頬を赤らめる。悪戯《いたずら》っぽくこちらを見つめるエヴァンの瞳に、本気の光を読み取ったからだ。

「もう、エヴァン様ったら……」

アイリスはツンと顎《あご》を反《そ》らして手を引こうとする。だがエヴァンは離してくれない。

それどころかアイリスの手をしっかり掴《つか》んだまま、その場にすっと跪《ひざまず》いた。

「エヴァン様……？」

「人間の欲は限りないな。あなたとこうして愛し合えるだけで満足していたはずなのに、それだけでは足りなくなった」

そう言いながら、彼は懐《ふところ》から小さな小箱を取り出し、蓋《ふた》を開ける。

中をのぞき込んでみれば、そこにはビロードに収まった細い銀の指輪があった。

エヴァンは、穏やかな笑みを浮かべて告げる。

「結婚してくれ、アイリス。わたしの妻となってほしい」

驚きのあまり声もなく目を見開くアイリスは、思わずエヴァンを凝視した。

「……で、でも、身分が違いますわ……」

「勲章を授与され、今回のような大規模なパーティーに招待されるようになったあなたは、もはや上流階級の一員だ。それに、すでに兄上の許可ももらっている」

「まぁ……っ」

「貴族の結婚の可否を判断する国王陛下がお認めになったのだ。なんの問題もあるまい？」

いったいいつの間にそんな許可など取ったのか。

「ついでに、あなたがイエスと答えてくれれば、このあと皆の前で婚約を発表する手はずも整えてある」

「……さすがに用意周到すぎますわ。初めから、わたしに断られることなど考えていらっしゃらないでしょう？」

「断るのか？」

「まさか」

自分が恋や結婚と無縁であると思っていた頃ならいざ知らず、今のアイリスにはもう、愛するひとの手を拒《こば》む理由はどこにもない。

「もちろん、喜んでお受けいたします。とても素敵な指輪をありがとうございます」

銀のリングの中央には、紫色のアメジストが埋め込まれている。エヴァンの瞳の色だと思うと、愛おしい気持ちが泉のように胸に溢《あふ》れた。

エヴァンも嬉しげに笑みを深め、指輪をアイリスの左手の薬指に嵌《は》めてくれる。ランタンと月明かりの中キラキラ輝く指輪に、アイリスは嬉し涙を浮かべた。

「これからは夫として、あなたを支えることを許してほしい。一番近くで、あなたの生み出すデザインを見守っていきたいのだ」

「わたしのほうこそ、よろしくお願いします。……王弟殿下の奥様となると、ひょっとしたら王子妃よりも大変かもしれませんね」

「なに、わたしは王宮には滅多に寄りつかない。こういう大規模な式典でもない限り王弟として出て行くことはないさ。普段は商人のエヴァン・レイニーだ」

とはいえ、エヴァン・レイニーが王弟であることはもはや周知の事実だから、なにもかもこれまで通りとはいかないだろうけれど……

「わたし自身はなんの不安もない。大げさすぎて煩《わずら》わしいと思っていたこの身分も、あなたを護る盾となるなら、利用しがいがあるというものさ」

「まぁ」

おどけて肩をすくめるエヴァンに、アイリスは頼もしさ半分、あきれ半分で苦笑してしまった。

「わたし……頑張りますね。これからもたくさんドレスを作って、たくさんのひとを笑顔にします」

大好きなエヴァンの側で、大好きなドレス作りを続けていける……それだけで気持ちが高揚して、羽が生えて飛んで行けそうな気分だった。

エヴァンは、唇を思い切りへの字に曲げる。

「なんだかその勢いで、もっといいドレスを作るために、ルピオンかどこかに勉強に行きたいなどと言い出しそうだ……。別にそれでも構わないが、わたしを置いていくのは許さないからな？」

「え⁉　いえ、そんなつもりはありませんけれど……」

「いいや、信用できないな。この上は、あなたを寝台に縛りつけて飛んで行かないようにしなければ。昇天するのはわたしの腕の中だけにしてくれ。そこでなら何度気をやっても構わない」

「それはそれで、その、ちょっと危険な気もしますけれど」

長い指先で顎《あご》を捉《とら》えられて、アイリスはドキドキしながら視線を泳がせる。

エヴァンはよそ見をするなと言いたげに、アイリスの唇にちゅっと口づけた。

「ドレス作りのために必要だというなら、隣国だろうとさらに遠くの国だろうと、いくらでもあなたを連れて行こう。だがあなた一人でどこかへ行くことは許さない。必ずわたしと一緒だ」

「まぁ……」

「あなたに会うまで知らなかったが、どうやらわたしは独占欲が強いらしい。あなたが一人でどこかへ行ってしまうのではないかと考えるだけで、胸が引き裂かれそうだ」

「それは……わたしもそうですわ。あなたとはずっと一緒にいたいもの……」

言い終えるより先に唇を塞《ふさ》がれて、アイリスはそっと目を伏せた。

しばらく濃厚な口づけを続けたあと、エヴァンがニヤリと意地悪く笑う。

「さっそく寝台に縛りつけたくなった。このまま会場を抜け出してわたしの部屋へ行かないか？」

「もう……。婚約発表をするのではなかったのですか？」

「なに、後日でも問題ないさ」

そう言ってエヴァンは、本当にアイリスを連れ出そうとするが……

「失礼いたします、モルテンジュ公爵閣下。国王陛下より、首尾はどうなったのか伺うよう申しつけられまして」

カーテンの陰から控えめな声が聞こえてきて、エヴァンは半ば本気でちっと舌打ちした。

「兄上め。わざと邪魔をしにきたな」

「そうしないと、あなたが雲隠れするとわかっていらしたのだわ。さすが国王陛下ですね」

「こういうときくらい、見逃してくれてもいいと思うのだがな」

軽口を叩きながらも、エヴァンはアイリスに手を差し出してくる。今にもため息をつきそうなエヴァンの横顔にくすくす笑いながら、アイリスはその手を取った。

連れだって会場に戻ると、こちらを見た国王が「遅いぞ」と言わんばかりにしかめっ面《つら》を見せる。

エヴァンは肩をすくめて見せた。

「あなたを寝台に連れて行くのはもう少しあとだな。ここにいる全員に、わたしの妻となる女性を紹介しなければ」

「はい」

今や胸の中は幸福感でいっぱいだ。千の蝋燭《ろうそく》が立てられたシャンデリアの光が、二人の未来を明るく照らしているように感じられる。

国王陛下が一段高いところに立って、この場にいる皆に喜ばしい報《しら》せがあると告げた。

そのすぐ側に控えながら、アイリスはしみじみとした思いで恋人のことを見上げる。

エヴァンもまたアイリスを見つめ、目が合うとかすめるように唇を奪っていった。

「婚約発表が終わったらすぐに部屋へ行こう。早くあなたと愛し合いたい」

恥ずかしさにほんのり頬を染めながらも、アイリスは笑顔で頷いた。

やがて国王が二人を振り返り、アイリスとエヴァンは並んで前へと進み出る。

大きな歓声と祝福の言葉、そして万雷《ばんらい》の拍手が二人に降り注《そそ》ぐ。

たくさんの笑顔の中、これ以上ない幸福を感じたアイリスは、恋人に優しく肩を抱き寄せられて、誰より美しく微笑んだのだった。

甘く淫らな恋物語

ノーチェブックス

甘い執愛に囚われる!?

銀の騎士は異世界メイドがお気に入り

上原《かみはら》緒《お》弥《み》
イラスト：蘭蒼史

異世界にトリップしてしまった香穂。王城でメイドとして働きながら元の世界に戻る方法を探していたある日、この世界の騎士団長、カイルと出会いたちまち惹かれてしまう。けれどこれは身分違いの恋。その上、彼には最愛の婚約者がいるらしい。香穂は必死で恋をあきらめようとしていたが、なぜかカイルが積極的に迫ってきて——!?

詳しくは公式サイトにてご確認ください

http://www.noche-books.com/

携帯サイトはこちらから！

Noche
ノーチェ

甘く淫らな　恋物語

定価：本体1200円+税

全力の愛で征服される♥

騎士団長に攻略されてしまった!

著 桜猫　イラスト 緋いろ

騎士仲間たちの悪ふざけにより、自らの唇を賭けた勝負をするハメになってしまった女騎士・シルフィーナ。なんとかファーストキスを守り切ったはずが……最後に登場した団長に敗れ、甘く唇を奪われて!?　捕獲されたが運の尽き――容赦なくキスの嵐に見舞われる! 初心な女騎士と隠れ肉食系団長の恋の攻防戦。

定価：本体1200円+税

一途な愛に火がついた!?

麗しのシーク様に執愛されてます

著 こいなだ陽日　イラスト なおやみか

村で調薬師として働くティシア。母の病気を治すため大金が必要となった彼女は、王都の娼館で働くことにした。けれど、処女であることを理由に雇ってもらえず、大ピンチ!　自分を抱いてくれる男をどうにかして探し出し、事情を話して一夜を共にする。だが、その翌日、男がティシアを専属娼婦に指名してきて……!?

詳しくは公式サイトにてご確認ください。

http://www.noche-books.com/

掲載サイトはこちらから！

この作品に対する皆様のご意見・ご感想をお待ちしております。
おハガキ・お手紙は以下の宛先にお送りください。

【宛先】
〒150-6005 東京都渋谷区恵比寿 4-20-3 恵比寿ｶﾞｰﾃﾞﾝﾌﾟﾚｲｽﾀﾜｰ 5F
（株）アルファポリス　書籍感想係

メールフォームでのご意見・ご感想は右のＱＲコードから、
あるいは以下のワードで検索をかけてください。

アルファポリス　書籍の感想　検索

ご感想はこちらから

婚約《こんやく》破《は》棄《き》令嬢《れいじょう》の華麗《かれい》なる転身《てんしん》

佐倉 紫（さくら ゆかり）

2018年 12月 15日初版発行

編集－本山由美・宮田可南子
編集長－塙綾子
発行者－梶本雄介
発行所－株式会社アルファポリス
〒150-6005 東京都渋谷区恵比寿4-20-3 恵比寿ｶﾞｰﾃﾞﾝﾌﾟﾚｲｽﾀﾜｰ5F
TEL 03-6277-1601（営業） 03-6277-1602（編集）
URL http://www.alphapolis.co.jp/
発売元－株式会社星雲社
〒112-0005 東京都文京区水道1-3-30
TEL 03-3868-3275
装丁・本文イラスト－八美☆わん
装丁デザイン－AFTERGLOW
（レーベルフォーマットデザイン―ansyyqdesign）
印刷－中央精版印刷株式会社

価格はカバーに表示されてあります。
落丁乱丁の場合はアルファポリスまでご連絡ください。
送料は小社負担でお取り替えします。

ISBN978-4-434-25426-0 C0093